SI C'ÉTAIT
À REFAIRE

MARC LEVY

SI C'ÉTAIT
À REFAIRE

ROBERT LAFFONT

© Éditions Robert Laffont, S.A., Paris,
Versilio, Paris, 2012
ISBN 978-2-266-24425-1

À Louis, Georges et Pauline

« On serait bien heureux si on pouvait s'abandonner soi-même comme on peut abandonner les autres. »

Madame du DEFFAND

1.

Se fondre dans la foule, jouer ce drôle de drame sans que personne se rende compte de rien, se souvienne de quoi que ce soit.

Un jogging, tenue de circonstance pour passer inaperçu. Le long de River Park, à 7 heures du matin, tout le monde court. Dans une ville où le temps est minuté, où les nerfs de chacun sont mis à rude épreuve, on court ; on court pour entretenir son corps, effacer les excès de la veille, prévenir le stress de la journée à venir.

Un banc ; le pied posé sur l'assise, renouer son lacet en attendant que la cible se rapproche. La capuche rabattue sur le front réduit le champ de vision, mais permet de dissimuler le visage. En profiter pour reprendre son souffle, éviter que la main ne tremble. Qu'importe la sueur, elle n'attire pas l'attention, ne trahit rien, ici, tout le monde transpire.

Lorsqu'il apparaîtra, le laisser passer, attendre quelques instants avant de reprendre la course à petites foulées. Rester à bonne distance jusqu'au moment propice.

La scène fut répétée à sept reprises. Chaque matin de la semaine, à la même heure. Chaque fois, la tentation d'agir fut plus pressante. Mais le succès dépend d'une bonne préparation. Pas le droit à l'erreur.

Le voilà descendant Charles Street, fidèle à sa routine. Il attend que le feu passe au rouge pour traverser les quatre premières voies du West Side Highway. Les automobiles filent vers le nord de la ville, les gens se dirigent vers leur lieu de travail.

Il a atteint le terre-plein. Le petit personnage lumineux sur le poteau du feu de circulation clignote déjà. Vers TriBeCa et le Financial District, les voitures avancent pare-chocs contre pare-chocs, il s'engage quand même. Comme toujours, il répond aux klaxons en levant le poing, majeur dressé vers le ciel, bifurque à gauche et emprunte l'allée piétonnière qui longe la rivière Hudson.

Il parcourra ses vingt blocs, au milieu des autres joggeurs, prendra plaisir à laisser derrière lui ceux qui n'ont pas sa forme, et maudira ceux qui le distancent. Ils n'ont aucun mérite, ils ont dix ou vingt ans de moins. Quand il avait dix-huit ans, cette partie de la ville était infréquentable, mais il faisait partie des premiers à venir y perdre son souffle. Les docks qui avançaient jadis sur des pilotis, dont il ne reste que peu de chose, empestaient la poiscaille et la rouille. Odeurs de sang. Comme sa ville a changé en vingt ans, elle a rajeuni, s'est embellie ; lui, les années ont commencé à marquer son visage.

De l'autre côté de la rivière, les lumières d'Hoboken s'éteignent dans le jour naissant, suivies bientôt par celles de Jersey City.

Ne pas le perdre de vue ; lorsqu'il arrivera au croisement de Greenwich Street il quittera la voie piétonnière. Il faudra agir avant. Ce matin-là, il n'atteindra pas le Starbucks Coffee où il a pour habitude de commander son mocaccino.

Au passage de la jetée n° 4, l'ombre qui le suit, sans qu'il s'en rende compte, l'aura rejoint.

Encore un bloc. Accélérer la foulée, se mélanger au groupe qui se forme toujours à cet endroit, parce que l'allée se rétrécit et que les plus lents gênent les plus rapides. La longue aiguille glisse sous la manche, la main déterminée la retient fermement.

Frapper entre le haut du sacrum et la dernière côte. Un coup sec, un aller-retour en profondeur pour perforer le rein et remonter jusqu'à l'artère abdominale. En se retirant, l'aiguille laissera dans son sillage des déchirures irréparables, le temps que quelqu'un comprenne ce qui s'est passé, que les secours arrivent, le temps qu'il soit transporté à l'hôpital, conduit au bloc opératoire. Pas facile d'atteindre l'hôpital, même toutes sirènes hurlantes, à la plus mauvaise heure du matin, quand le trafic est si dense que le conducteur d'une ambulance ne peut que déplorer son impuissance.

Deux ans plus tôt, il aurait peut-être eu une petite chance de s'en tirer. Depuis qu'ils ont fermé le St

Vincent Hospital pour faire la part belle aux promoteurs immobiliers, le centre d'urgence le plus proche se trouve à l'est, à l'opposé de River Park. L'hémorragie sera trop conséquente, il se sera vidé de son sang.

Il ne souffrira pas, pas tant que ça. Il aura juste froid, de plus en plus froid. Il grelottera, perdra peu à peu la sensation de ses membres, claquera des dents à n'en plus pouvoir parler, et pour dire quoi ? Qu'il a éprouvé une violente morsure dans le dos ? La belle affaire ! Quelle conclusion pourrait en tirer la police ?

Les crimes parfaits existent, les meilleurs policiers vous confieront en fin de carrière qu'ils traînent derrière eux comme un fardeau sur la conscience leur lot d'affaires non résolues.

Le voilà arrivé à bonne hauteur. Le geste a été simulé maintes fois sur un sac de sable, mais l'impression est différente quand l'aiguille pénètre la chair humaine. L'important est de ne pas tomber sur un os. Buter sur une vertèbre lombaire signifierait l'échec. L'aiguille doit s'enfoncer et se rétracter aussitôt dans la manche.

Après, continuer de courir à la même allure, résister à l'envie de se retourner, rester anonyme au milieu des joggeurs, invisible.

Tant d'heures de préparation pour quelques secondes d'action.

Il lui faudra plus de temps pour mourir, probablement un quart d'heure, mais ce matin-là, aux alentours de 7 h 30, il mourra.

2.

Mai 2011

Andrew Stilman est journaliste au *New York Times*. Entré comme pigiste à vingt-trois ans, il a gravi les échelons un à un. Obtenir une carte de presse de l'un des quotidiens les plus réputés au monde était son rêve de jeunesse. Chaque matin, avant de franchir les doubles portes du 860, Huitième Avenue, Andrew s'offre un petit plaisir en relevant la tête. Il jette un œil à l'inscription qui orne la façade et se dit que son bureau se trouve ici, dans ce sacro-saint temple de la presse où des milliers de gratte-papier rêveraient d'entrer ne serait-ce qu'une fois, pour en visiter les locaux.

Quatre années passées à la documentation, avant qu'Andrew récupère un poste de rédacteur adjoint au « Carnet du jour », section nécrologie. Celle qui l'avait précédé à cet emploi était passée sous les roues d'un autobus en quittant son travail avant de se retrouver dans les colonnes qu'elle rédigeait auparavant. Trop pressée de rentrer chez elle pour accueillir un livreur d'UPS qui devait lui remettre une lingerie fine commandée en ligne. À quoi tient la vie !

S'ensuivirent pour Andrew Stilman cinq autres années d'un travail laborieux dans le plus grand anonymat. Les rubriques nécrologiques ne sont jamais signées, le défunt ayant pour lui seul les honneurs du jour. Cinq années à écrire sur ceux et celles qui ont été et ne sont plus que souvenirs, bons ou mauvais. Mille huit cent vingt-cinq journées et pas loin de six mille dry martinis consommés soir après soir, entre 19 h 30 et 20 h 15 au bar du Marriott sur la 40e Rue.

Trois olives par verre et, à chaque noyau recraché dans un cendrier bourré de mégots de cigarettes, Andrew chassait de sa mémoire la chronique d'une existence éteinte dont il avait rédigé, le jour même, le déroulé concis. C'est peut-être de vivre en compagnie des morts qui avait poussé Andrew à forcer un peu sur la bouteille. En quatrième année de « nécro », le barman du Marriott devait s'y reprendre à six fois pour étancher la soif de son fidèle client. Andrew arrivait fréquemment à son bureau le visage grisâtre, les paupières lourdes, le col de travers et le veston fripé ; mais le costume-cravate et la chemise amidonnée n'étaient pas de rigueur dans les *open spaces* des salles de rédaction du journal et encore moins dans celle où il œuvrait.

Était-ce le fait de sa plume élégante et précise, ou les conséquences d'un été particulièrement chaud, mais les colonnes dont il s'occupait s'étirèrent bientôt sur deux pleines pages. Lors de la préparation des résultats trimestriels, un analyste du département financier, féru de statistiques, remarqua que la facturation par défunt grimpait en flèche. Les familles endeuillées s'offraient plus de lignes pour témoigner combien leur douleur était grande. Les chiffres, quand ils sont bons, voyagent assez vite au sein des grandes entreprises. Au comité de direction qui se tint au début de l'automne, on discuta de ces résultats, envisageant d'en récompenser l'auteur désormais reconnu. Andrew Stilman fut nommé rédacteur, toujours au sein des mêmes cahiers du jour, mais cette fois à la section des mariages, dont les résultats étaient déplorables.

Andrew ne manquant jamais d'idées, il délaissa quelque temps le bar où il avait ses habitudes pour aller traîner dans les établissements chics que fréquentaient les différentes communautés homosexuelles de la ville. Nouant contact sur contact entre les dry martinis qu'il ne comptait plus, il en profitait pour distribuer à la volée sa carte de visite, expliquant à qui voulait l'entendre que la rubrique dont il avait la charge se réjouissait de publier toutes les annonces d'unions, y compris celles d'un genre que la plupart des autres journaux refusaient d'accueillir dans leurs colonnes. Le mariage homosexuel n'était pas encore légalisé dans l'État de New York, loin de là, mais la presse était libre de faire mention de tout échange de vœux volontairement consentis dans un cadre privé ; *in fine*, seule l'intention compte.

En trois mois, les carnets du jour s'étendirent sur quatre pages dans l'édition du dimanche et le salaire d'Andrew Stilman fut sensiblement revu à la hausse.

Il décida alors de réduire sa consommation d'alcool, non par souci de ménager son foie, mais parce qu'il venait d'acquérir une Datsun 240Z, modèle qui lui faisait envie depuis qu'il était gosse. La police était devenue intransigeante sur le taux d'alcoolémie au volant. Boire ou conduire... Andrew, follement épris d'une vieille voiture impeccablement restaurée dans les ateliers de son meilleur ami qui possédait un garage spécialisé dans les automobiles de collection, avait fait son choix. Et s'il fréquentait à nouveau le bar du Marriott, il ne buvait jamais plus de deux verres par soir, sauf le jeudi.

C'est précisément un jeudi, quelques années plus tard, en sortant du bar du Marriott qu'Andrew tomba nez à nez avec Valérie Ramsay. Elle était aussi ivre que lui et sous l'emprise d'un incontrôlable fou rire, après avoir trébuché sur une boîte à journaux et s'être retrouvée le derrière par terre au beau milieu du trottoir.

Andrew avait aussitôt reconnu Valérie non à ses traits – elle ne ressemblait en rien à celle qu'il avait connue vingt ans plus tôt – mais à son rire. Un rire inoubliable qui faisait tressaillir sa poitrine. Et les seins de Valérie Ramsay avaient hanté l'adolescence d'Andrew.

Ils s'étaient connus au collège. Valérie, rejetée de l'équipe des *cheerleaders* – ces majorettes affublées de combinaisons sexy aux couleurs de l'équipe de football locale – pour une bagarre idiote dans les vestiaires avec une fille qui se la jouait un peu trop, s'était rabattue sur la chorale. Andrew, souffrant d'une atrophie des cartilages aux genoux qu'il ne fit opérer que des années plus tard à cause d'une fille qui aimait danser, avait été dispensé de toute activité sportive. Lui aussi, à défaut de pouvoir faire autre chose, donnait de la voix dans cette même chorale.

Il avait flirté avec elle jusqu'à la fin de leur scolarité. Pas de sexe à proprement parler, mais suffisamment de mains et langues baladeuses pour s'amuser sur les bancs de l'école du désir, en profitant pleinement des formes généreuses de Valérie.

C'était quand même à elle qu'il devait son tout premier orgasme d'une autre main donnée. Un soir de match où les deux tourtereaux planqués dans les vestiaires déserts avaient roucoulé plus que d'habitude, Valérie avait enfin consenti à glisser sa main dans le jean d'Andrew. Quinze secondes de vertige, suivies du rire de Valérie qui avait fait s'agiter sa poitrine et contribué au prolongement d'un plaisir fugace. Une première fois ne s'oublie jamais.

— Valérie ? avait balbutié Stilman.
— Ben ? avait répondu Valérie, tout aussi surprise.

Au collège, tout le monde l'appelait Ben, impossible de se souvenir pourquoi ; cela faisait vingt ans qu'on ne l'avait plus surnommé ainsi.

Pour justifier son état pitoyable, Valérie prétexta une soirée entre copines comme elle n'en avait plus vécu depuis ses années de fac. Andrew, guère en

21

meilleur état, invoqua une promotion, sans préciser qu'il l'avait obtenue deux ans plus tôt ; mais y avait-il prescription pour célébrer les bonnes nouvelles ?

— Qu'est-ce que tu fais à New York ? interrogea Andrew.

— J'y habite, répondit Valérie, alors qu'Andrew l'aidait à se relever.

— Depuis longtemps ?

— Un certain temps, ne me demande pas combien, je ne suis pas en état de compter. Qu'est-ce que tu es devenu ?

— Ce que j'ai toujours voulu être, et toi ?

— Vingt ans de vie, c'est une longue histoire, tu sais, répondit Valérie en époussetant sa jupe.

— Neuf lignes, soupira Andrew.

— Quoi neuf lignes ?

— Vingt ans de vie, si tu me les confies, je te les résume en neuf lignes.

— N'importe quoi.

— Tu paries ?

— Ça dépend quoi ?

— Un dîner.

— J'ai quelqu'un dans ma vie, Andrew, répondit Valérie du tac au tac.

— Je ne t'ai pas proposé une nuit à l'hôtel. Une soupe aux dumplings chez Joe's Shanghai... tu es toujours dingue des dumplings ?

— Toujours.

— Tu n'auras qu'à dire à ton ami que je suis une vieille copine.

— Mais il faudrait d'abord que tu réussisses à résumer mes vingt dernières années en neuf lignes.

Valérie regarda Andrew, avec ce petit sourire en coin qu'elle affichait à l'époque où on l'appelait encore Ben, avant de lui proposer de la retrouver dans la remise derrière le bâtiment des sciences ; un petit sourire qui n'avait pas pris une ride.

— D'accord, dit-elle, un dernier verre et je te raconte ma vie.

— Pas dans ce bar, c'est trop bruyant.

— Ben, si tu as en tête de me ramener chez toi ce soir, tu te trompes de fille.

— Valérie, ça ne m'avait même pas traversé l'esprit, c'est juste que, dans nos états respectifs, nous nourrir un peu ne serait pas du luxe, faute de quoi, je crains que notre pari soit vain.

Andrew n'avait pas tort. Bien que ses deux escarpins fussent ancrés sur le trottoir sale de la 40e Rue depuis qu'il l'avait aidée à se relever, Valérie avait l'impression de tanguer sur le pont d'un bateau. L'idée d'avaler quelque chose n'était pas pour lui déplaire. Andrew siffla un taxi et indiqua au chauffeur l'adresse d'un bistrot de nuit où il avait ses habitudes, dans le quartier de SoHo. Un quart d'heure plus tard, Valérie se mettait à table en face de lui, au sens propre comme au figuré.

Elle avait obtenu une bourse de l'université d'Indianapolis. De toutes les facultés auxquelles elle avait postulé, c'était la première qui avait accepté sa candidature. Le Midwest n'avait jamais fait partie de ses rêves de jeune fille, mais elle n'avait pas eu le luxe d'attendre une réponse plus prestigieuse ;

sans cette aide financière pour s'offrir des études, son futur se serait résumé à un emploi de serveuse dans un bar de Poughkeepsie, ce patelin du nord de l'État de New York où ils avaient tous deux grandi.

Huit ans plus tard, son diplôme de vétérinaire en poche, Valérie avait quitté l'Indiana, et, comme beaucoup de jeunes filles ambitieuses, elle était venue s'installer à Manhattan.

— Tu as suivi tout un cursus à l'école vétérinaire en Indiana pour atterrir à New York ?

— Et pourquoi pas ? répondit Valérie.

— Ton rêve c'était d'ausculter des trous de balle de caniches ?

— T'es trop con, Andrew !

— Je ne voulais pas être blessant, mais reconnais que Manhattan n'est pas d'un grand exotisme en matière d'animaux. Si on excepte les chiens à mémères de l'Upper East Side, c'est quoi ta clientèle ?

— Dans une ville qui compte deux millions de célibataires, tu serais surpris de savoir à quel point les animaux de compagnie jouent un rôle important.

— J'ai compris, tu soignes aussi les hamsters, lès matous et les poissons rouges.

— Je suis vétérinaire titulaire de la police montée. Je m'occupe de leurs chevaux, et aussi des chiens de la brigade cynophile, qui ne compte aucun caniche. Uniquement des labradors pour la recherche de cadavres, quelques bergers allemands proches de la retraite, des retrievers spécialisés dans la détection des stupéfiants et des beagles pour les explosifs.

Andrew haussa les sourcils l'un après l'autre. Il avait appris ce truc pendant ses études de journalisme. Cela décontenançait toujours son interlocuteur. Lorsqu'il interviewait quelqu'un et doutait de la sincérité d'un témoignage, il entamait sa valse des sourcils, estimant à la réaction de son « client » si celui-ci était en train de lui mentir ou non. Mais le visage de Valérie resta impassible.

— Évidemment, dit-il médusé, je ne m'attendais pas du tout à cela. Mais alors, tu es dans la police ou seulement vétérinaire ? Enfin, je veux dire, tu as une carte de flic et tu portes une arme ?

Valérie le regarda fixement et éclata de rire.

— Je vois que tu as beaucoup mûri depuis la dernière fois que je t'ai vu, mon Ben.

— Tu me faisais marcher ?

— Non, mais à la tête que tu as faite, j'ai cru revoir ta frimousse à l'école.

— Ça ne m'étonne pas que tu sois devenue vétérinaire, enchaîna Andrew. Tu as toujours adoré les animaux. Tu m'avais appelé un soir chez mes parents en me suppliant de faire le mur pour que je te rejoigne immédiatement ; j'avais cru à un désir soudain de ta part, mais rien du tout. Tu m'avais obligé à porter un vieux chien puant, à la patte cassée, que tu avais ramassé sur le bord de la route en rentrant du lycée. On avait été réveiller le véto en pleine nuit.

— Tu te souviens de ça, Andrew Stilman ?

— Je me souviens de toutes nos histoires, Valérie Ramsay. Et maintenant, tu m'en dis un peu plus sur ce qui s'est passé entre l'après-midi où je t'ai attendue en vain au cinéma de Poughkeepsie et ce soir où tu réapparais ?

— J'avais trouvé dans le courrier du matin la lettre d'admission de la faculté d'Indianapolis et je ne pouvais pas attendre une journée de plus. J'ai fait ma valise et grâce aux économies de tous les jobs d'été et baby-sittings que je m'étais coltinés, j'ai quitté la maison et Poughkeepsie le soir même. Trop heureuse de ne plus jamais devoir assister aux scènes de ménage entre mes parents, qui n'ont même pas voulu m'accompagner à la gare routière, tu te rends compte ! Et comme tu n'as que neuf lignes à consacrer à ta vieille copine, je t'épargnerai les détails de mon cursus universitaire. En arrivant à New York, j'ai enchaîné les petits boulots dans différents cabinets vétérinaires. Un jour, j'ai répondu à une annonce de la police et j'ai décroché un poste de suppléante. Je suis titularisée depuis deux ans.

Andrew demanda à la serveuse qui passait près d'eux de leur servir deux cafés.

— J'aime bien l'idée que tu sois vétérinaire dans la police. J'ai rédigé plus de nécrologies et d'avis de mariage que tu ne pourrais l'imaginer, mais je n'avais encore jamais eu affaire à ce métier. Je n'aurais même pas imaginé qu'il existe.

— Évidemment qu'il existe.

— Je t'en ai voulu, tu sais.

— De quoi ?

— De t'être sauvée sans me dire au revoir.

— Tu étais le seul à qui j'avais confié que je partirais à la seconde même où je le pourrais.

26

— Je n'avais pas pris cette confidence pour un préavis. Maintenant que tu le dis, ça a du sens.

— Et tu m'en veux encore ? se moqua Valérie.

— Je devrais peut-être, mais j'imagine qu'il y a prescription.

— Et toi, tu es vraiment devenu journaliste ?

— Comment le sais-tu ?

— Je t'ai demandé tout à l'heure ce que tu faisais dans la vie, tu m'as répondu : « Ce que j'ai toujours voulu être »… et tu voulais être journaliste.

— Tu te souviens de ça, Valérie Ramsay ?

— Je me souviens de tout, Andrew Stilman.

— Et donc, tu as quelqu'un dans ta vie ?

— Il est tard, soupira Valérie, il faut que je rentre. Et puis si je t'en dis trop, tu n'arriveras jamais à tout faire tenir en neuf lignes.

Andrew sourit malicieusement.

— Ça veut dire que tu es d'accord pour ce dîner chez Joe's Shanghai ?

— Si tu gagnes ton pari. Je suis une femme de parole.

Ils marchèrent dans les rues désertes de SoHo jusqu'à la Sixième Avenue, sans se dire un mot. Andrew prit Valérie par le bras pour l'aider à traverser les rues aux pavés irréguliers de ce vieux quartier de la ville.

Il héla un taxi qui remontait l'avenue et tint la portière à Valérie, tandis qu'elle s'installait sur la banquette arrière.

— C'était une heureuse surprise de te revoir, Valérie Ramsay.

— Pour moi aussi, Ben.

— Ma prose en neuf lignes, où puis-je te l'adresser ?

Valérie fouilla dans son sac, y attrapa son crayon à paupières et demanda à Andrew de lui présenter la paume de sa main. Elle y inscrivit son numéro de téléphone.

— Neuf lignes, tu devrais pouvoir me les envoyer par texto. Bonne nuit, Ben.

Andrew regarda la voiture remonter vers le nord. Quand il la perdit de vue, il continua à pied jusqu'à son appartement qui se trouvait à quinze minutes de là. Il avait besoin d'un grand bol d'air frais. Bien qu'il eût mémorisé au premier regard le numéro inscrit au khôl dans la paume de sa main, Andrew prit garde pendant tout le trajet de ne jamais la refermer.

3.

Il y avait longtemps qu'Andrew ne s'était attelé à résumer une vie en quelques lignes. Il travaillait depuis deux ans au département « Actualités internationales » du journal. Andrew était particulièrement curieux de la vie, de l'ordre du monde, et nourrissait une curiosité certaine pour tout ce qui avait trait à l'étranger.

Maintenant que les écrans d'ordinateurs remplaçaient les bancs de composition où les linotypistes œuvraient jadis, chacun au sein de la rédaction avait accès aux articles qui figureraient dans l'édition du lendemain. À plusieurs reprises Andrew avait remarqué dans les cahiers d'actualités internationales des erreurs d'analyse ou des contre-vérités. Ses remarques au cours du comité de rédaction hebdomadaire qui réunissait tous les journalistes avaient évité plusieurs fois les rectificatifs publiés après que les lecteurs écrivent pour manifester leur mécontentement. La compétence d'Andrew ne tarda pas à se faire remarquer et entre une prime de fin d'année ou une nouvelle affectation, Andrew n'eut aucune difficulté à choisir.

L'idée d'avoir à rédiger à nouveau une « chronique de vie », comme il se plaisait à nommer ses anciens papiers, le stimulait grandement ; il ressentit même un brin de nostalgie en commençant celle de Valérie.

Deux heures et huit lignes et demie plus tard, il recopiait sa prose sur le clavier de son téléphone et l'envoyait à l'intéressée.

Il passa le reste de sa journée à essayer d'écrire, en vain, un article sur l'éventualité d'un soulèvement du peuple syrien. Éventualité que ses collègues jugeaient plus qu'improbable, pour ne pas dire impossible.

Il ne parvenait pas à se concentrer, son regard naviguant de l'écran de son ordinateur à son téléphone portable qui restait désespérément muet. Lorsqu'il s'illumina enfin aux alentours de 17 heures, Andrew se jeta sur l'appareil. Fausse alerte, le pressing l'informait que ses chemises étaient prêtes.

Ce n'est que le lendemain vers midi qu'il reçut le SMS suivant :

« Jeudi prochain, 19 h 30. Valérie »

Il répondit aussitôt : « Tu as l'adresse ? »

Et regretta sa précipitation en lisant quelques secondes plus tard un « Oui » laconique.

*

Andrew reprit son travail, et resta sobre sept jours durant. Pas une goutte d'alcool, enfin, si l'on considérait comme lui qu'une bière était une boisson trop peu alcoolisée pour être considérée comme telle.

Le mercredi, il passa chez son teinturier récupérer le complet veston déposé la veille, et alla s'acheter une chemise blanche. Il en profita pour se faire rafraîchir la nuque et le visage chez un barbier. Et comme tous les mercredis soir, il retrouva Simon, son meilleur ami, vers 21 heures, dans un petit bistrot qui ne payait pas de mine, mais où l'on servait les poissons les mieux préparés du West Village. Andrew habitait à deux pas, et la cuisine de Mary's Fish lui servait de cantine quand il rentrait tard du journal, ce qui lui arrivait souvent. Pendant que Simon, comme à chacun de leurs dîners, fulminait contre les Républicains qui empêchaient le président d'entreprendre les réformes pour lesquelles on l'avait élu, Andrew dont l'esprit voguait ailleurs, regardait par la vitrine les passants et touristes qui se promenaient dans les rues de son quartier.

— Et c'est, je te le concède, une véritable surprise, mais, de source sûre, Barack Obama serait tombé raide dingue d'Angela Merkel.

— Elle est plutôt jolie, répondit distraitement Andrew.

— Soit tu bosses sur un énorme scoop et je te pardonne, soit tu as rencontré quelqu'un et dans ce cas, tu me mets au parfum tout de suite ! tempêta Simon.

— Ni l'un ni l'autre, répondit Andrew, désolé, je suis fatigué.

— Pas à moi ! Je ne t'ai pas vu rasé de si près depuis que tu sortais avec cette brune qui faisait

31

une tête de plus que toi. Sally, si mes souvenirs sont bons.

— Sophie, mais ce n'est pas grave, cela prouve combien toi aussi tu t'intéresses à ma conversation. Comment t'en vouloir d'avoir oublié son prénom, je ne suis resté qu'un an et demi avec elle !

— Elle était d'un ennui à se pendre, je ne l'ai jamais entendue rire, reprit Simon.

— Parce qu'elle ne riait jamais à tes plaisanteries. Termine ton assiette, je voudrais aller me coucher, soupira Andrew.

— Si tu ne me dis pas ce qui te tracasse, je commande dessert sur dessert, jusqu'à ce que mort s'ensuive.

Andrew regarda son ami droit dans les yeux.

— Il y a une fille qui a marqué ton adolescence ? demanda-t-il en faisant signe à la serveuse de lui apporter l'addition.

— Je savais que ce n'était pas le boulot qui te mettait dans cet état !

— Ne crois pas ça, je travaille sur un sujet révoltant, une histoire sordide à vous retourner les tripes.

— Quel est le sujet ?

— Secret professionnel !

Simon régla la note en espèces et se leva.

— Allons faire quelques pas, j'ai besoin de prendre l'air.

Andrew récupéra son imperméable au portemanteau et rejoignit son ami qui l'attendait déjà sur le trottoir.

— Kathy Steinbeck, murmura Simon.

— Kathy Steinbeck ?

— La fille qui a marqué mon adolescence, tu m'as posé la question il y a cinq minutes, tu as déjà oublié ?

— Tu ne m'en as jamais parlé.

— Tu ne m'avais jamais posé cette question, répondit Simon.

— Valérie Ramsay, déclara Andrew.

— En fait tu te fiches totalement de savoir en quoi Kathy Steinbeck a pu marquer ma vie de jeune homme. Tu ne m'as posé cette question que dans le but de me parler de ta Valérie.

Andrew prit Simon par l'épaule et l'entraîna quelques pas plus loin. Trois marches descendaient vers le sous-sol d'un petit immeuble en brique. Il poussa la porte de chez Fedora, un bar où avaient joué jadis de jeunes artistes aux noms de Count Basie, Nat King Cole, John Coltrane, Miles Davis, Billie Holiday ou Sarah Vaughan.

— Tu me trouves trop centré sur moi-même ? questionna Andrew.

Simon ne répondit pas.

— Tu dois être dans le vrai. À force d'avoir résumé pendant tant d'années les vies d'inconnus, j'ai fini par croire que le seul jour où l'on s'intéresserait à moi serait celui où j'apparaîtrais à mon tour dans mes fichues colonnes à macchabées.

Et levant son verre, Andrew se mit à clamer à voix haute :

— Né en 1975, Andrew Stilman a travaillé la plus grande partie de sa vie au célèbre *New York Times*… Tu vois, Simon, c'est pour cela que les toubibs n'arrivent pas à se soigner eux-mêmes, on a la main qui tremble quand il faut s'opérer. C'est pourtant le b.a.-ba du métier, les qualificatifs doivent être exclusivement réservés au défunt. Je recommence… né en 1975, Andrew Stilman a collaboré de nombreuses années au *New York Times*. Son ascension fulgurante le conduisit au début des années 2020 à en assumer le poste de rédacteur en chef. C'est sous son impulsion que le journal prit un nouvel essor et redevint l'un des quotidiens les plus respectés au monde… J'en fais peut-être un peu trop, non ?

— Tu ne vas pas recommencer ta nécro depuis le début !

— Sois patient, laisse-moi aller au bout, je ferai la tienne aussi, tu verras ce sera marrant.

— Tu comptes mourir à quel âge, pour que je sache combien de temps va durer ce cauchemar ?

— Va savoir avec les progrès de la médecine… Où en étais-je ? Ah oui, c'est sous son impulsion, bla-bla-bla, que le journal retrouva sa splendeur. Andrew Stilman obtint, en 2021, le prix Pulitzer pour son article visionnaire sur… bon, je ne vois rien maintenant, mais je t'en préciserai le sujet plus tard. Sujet qui, d'ailleurs, donna lieu à la rédaction de son premier livre, largement primé lui aussi et aujourd'hui étudié dans toutes les grandes universités.

— *Traité de la modestie chez le journaliste* était le titre de ce chef-d'œuvre, railla Simon. Et à quel âge ils t'ont remis le Nobel ?

— À soixante-douze ans, j'allais y venir… Quittant son poste de directeur général au terme d'une remarquable carrière, il prit sa retraite à l'âge de soixante et onze ans, et se vit remettre, l'année suivante…

— … Un mandat d'arrêt pour homicide volontaire, car il avait fait périr d'ennui son plus fidèle ami.

— Tu n'es pas très compatissant.

— Et à quoi devrais-je compatir ?

— Je traverse une période bizarre, mon Simon ; la solitude me pèse, ce qui n'est pas normal, car je n'apprécie jamais autant la vie que lorsque je suis célibataire.

— Tu approches de la quarantaine !

— Je te remercie, il me reste encore quelques années avant de passer le cap. L'ambiance au journal est délétère, reprit Andrew, nous vivons avec une épée de Damoclès au-dessus de la tête. Je voulais juste me mettre un peu de baume au cœur… C'était qui ta Kathy Steinbeck ?

— Ma prof de philo.

— Ah ? Je n'aurais pas imaginé que la fille qui avait marqué ton adolescence… n'était plus une fille.

— La vie n'est pas bien faite ; à vingt ans, les femmes qui en avaient quinze de plus que moi me faisaient fantasmer, à trente-sept ans, ce sont celles qui en ont quinze de moins qui me font tourner la tête.

— C'est ta tête qui n'est pas bien faite, mon vieux.

— Tu m'en dis un peu plus sur ta Valérie Ramsay ?

— Je l'ai croisée la semaine dernière en sortant du bar du Marriott.

— Je vois.

— Non, tu ne vois rien du tout. J'étais fou d'elle au collège. Lorsqu'elle a quitté notre patelin en se sauvant comme une voleuse, j'ai mis des années à l'oublier. Pour être très franc, je me demande même si je l'ai jamais totalement oubliée.

— Et en la revoyant, grosse déception ?

— Tout le contraire, elle a quelque chose de changé qui la rend encore plus troublante aujourd'hui.

— Elle est devenue une femme, je t'expliquerai un jour ! Tu es en train de me dire que tu es retombé amoureux ? Andrew Stilman, terrassé par un coup de foudre sur la 40e Rue, quelle manchette !

— Je suis en train de te dire que je suis troublé, et que cela ne m'était pas arrivé depuis longtemps.

— Tu sais comment la joindre ?

— Je dîne demain soir avec elle et j'ai le même trac que quand j'étais adolescent.

— Confidence pour confidence, je crois que ce trac-là ne nous quitte jamais. Dix ans après la mort de maman, mon père a fait la rencontre d'une femme dans un supermarché. Il avait alors soixante-huit ans et la veille de son premier dîner avec elle, j'ai dû le conduire en ville. Il voulait absolument s'acheter un nouveau costume. Dans le salon d'essayage chez le tailleur, il me répétait ce qu'il allait lui dire à table et me demandait mon avis. C'était pathétique. Moralité, on perd toujours nos moyens devant une femme qui nous bouleverse, peu importe l'âge qu'on a.

— Je te remercie, me voilà rassuré pour demain.

— Je te dis cela pour te prévenir que tu vas enchaîner gaffe sur gaffe, tu auras l'impression de lui tenir une conversation sans intérêt, ce sera probablement le cas, et en rentrant chez toi, tu te maudiras d'avoir, toi aussi, été pathétique toute la soirée.

— Surtout ne t'arrête pas, Simon, c'est tellement bon d'avoir de vrais amis.

— Attends, avant de râler. Je veux juste t'aider à ne penser qu'à une seule chose. Demain soir, profite du mieux possible de ce moment que tu n'espérais pas. Sois toi-même, si tu lui plais, tu lui plais.

— La gent féminine nous domine à ce point ?

— Tu n'as qu'à regarder autour de nous, dans ce bar. Bon, je te reparlerai de ma prof de philo un autre jour. On déjeune vendredi, je veux le récit détaillé de ces retrouvailles. Peut-être pas aussi détaillé que ta nécro à bien y réfléchir.

La fraîcheur de la nuit les surprit tous deux lorsqu'ils sortirent de chez Fedora. Simon sauta dans un taxi, laissant Andrew rentrer à pied.

Le vendredi, Andrew confia à Simon que sa soirée s'était déroulée telle qu'il l'avait prédite, peut-être de façon pire encore. Il en conclut qu'il était probablement retombé amoureux de Valérie Ramsay, ce qui ne l'arrangeait pas du tout, car sans trop s'étendre sur le sujet, elle lui avait répété avoir un homme dans sa vie. Elle ne le rappela ni le lendemain, ni la semaine suivante. Et Andrew se sentit gagné par un cafard noir. Il passa son samedi à travailler au journal, retrouva Simon le dimanche sur le terrain de basket à l'angle de la Sixième Avenue et de West Houston où ils échangèrent nombre de passes, à défaut de mots.

Son dimanche soir fut aussi maussade que pouvait l'être un dimanche soir. Un repas chinois commandé par téléphone, un film en rediffusion en alternance avec un match de hockey et une énième série où des policiers scientifiques élucidaient des meurtres sordides. Une soirée lugubre, jusqu'à ce que, vers 21 heures, l'écran de son téléphone portable s'allume. Ce n'était pas un message de Simon, mais de Valérie qui voulait le voir le plus tôt possible, elle avait besoin de lui parler.

Andrew répondit sans délai, et sans la moindre retenue, qu'il en serait enchanté et lui demanda quand elle souhaitait le voir.

« Maintenant ». Et le texto suivant lui indiquait le lieu de la rencontre, à l'angle de la 9e Rue et de l'Avenue A, en face du Tompkins Square, dans l'East Village.

Andrew jeta un œil dans le miroir de son salon. Combien de temps lui faudrait-il pour retrouver une apparence humaine ? Le short et le vieux polo qu'il n'avait pas quittés depuis sa partie de basket avec Simon n'étaient pas du meilleur goût, et une bonne douche ne serait pas du luxe. Mais il avait perçu dans le message de Valérie quelque chose d'urgent qui le tracassait. Il enfila un jean, une chemise propre, attrapa ses clés dans la coupelle de l'entrée et descendit précipitamment les trois étages de son immeuble.

Le quartier était désert, pas âme qui vive et encore moins de taxis. Il se mit à courir vers la Septième Avenue, en repéra un au feu à l'angle de Charles Street et le rattrapa de justesse avant qu'il ne démarre. Il promit un généreux pourboire au chauffeur si celui-ci le conduisait à destination en moins de dix minutes.

Ballotté sur la banquette arrière, Andrew regretta sa promesse, mais il arriva plus vite que prévu et le chauffeur toucha une somme non négligeable.

Valérie l'attendait devant la devanture close d'un café, le Pick Me Up, ce qui le fit sourire un court instant. Un court instant seulement, car Valérie avait la mine défaite.

Il s'approcha, et Valérie lui administra une gifle magistrale.

— Tu m'as fait traverser la ville pour me gifler ? dit-il en se frottant la joue. Qu'est-ce que j'ai fait pour mériter tant d'attentions ?

— Ma vie était presque parfaite jusqu'à ce que je te croise à la sortie de ce fichu bar et, maintenant, je ne sais plus du tout où j'en suis.

Andrew, sentant une vague de chaleur l'envahir, se dit qu'il venait de recevoir la plus délicieuse gifle de toute sa vie.

— Je ne te rendrai pas la pareille, un gentleman ne fait pas ce genre de chose, mais je pourrais t'en dire autant, souffla-t-il sans la quitter des yeux, je viens de passer deux semaines franchement maussades.

39

— Cela fait quinze jours que je ne cesse de penser à toi, Andrew Stilman.

— Quand tu as déserté Poughkeepsie, Valérie Ramsay, j'ai pensé à toi jour et nuit, et ce pendant trois ans… quatre en fait, peut-être même plus.

— C'était une autre époque, je ne te parle pas du temps où nous étions adolescents, mais de maintenant.

— Maintenant, c'est pareil, Valérie. Rien n'a changé, ni toi, ni l'effet que cela me fait de te revoir.

— Tu dis cela, mais si ça se trouve tu veux juste prendre ta revanche sur ce que je t'ai fait endurer.

— Je ne sais pas où tu vas chercher des idées aussi tordues, tu ne dois pas être si heureuse que ça dans ta vie presque parfaite pour penser ainsi.

Et avant qu'Andrew ne comprenne ce qui lui arrivait, Valérie passa ses bras autour de son cou et l'embrassa. Ce fut d'abord un baiser timide posé sur ses lèvres, puis Valérie devint plus aventureuse. Elle interrompit son étreinte et le regarda, les yeux humides.

— Je suis fichue, dit-elle.

— Valérie, même avec la meilleure volonté du monde, je ne comprends rien à ce que tu me dis.

Elle se rapprocha, l'embrassa plus fougueusement encore, et le repoussa de nouveau.

— C'est foutu.

— Mais arrête de dire ça, bon sang !

— La seule chose qui pouvait encore me sauver était que ce baiser soit…

— Soit quoi ? demanda Andrew, le cœur battant comme quand il la retrouvait à la sortie des cours.

— Andrew Stilman, j'ai terriblement envie de toi.

— Désolé, pas le premier soir, question de principe, répondit-il en souriant.

Valérie lui tapa sur l'épaule et tandis qu'Andrew continuait de lui sourire béatement, elle prit ses mains au creux des siennes.

— Qu'est-ce qu'on va faire, Ben ?

— Un bout de chemin ensemble, Valérie, un bout de chemin et plus encore… si tu ne m'appelles plus jamais Ben.

4.

Ne restait à Valérie pour emprunter ce chemin qu'à quitter son compagnon, deux années de vie ne pouvaient se défaire en une discussion d'un soir. Andrew guetta sa venue, tout en sachant que, s'il précipitait les choses, elle ne resterait pas.

Vingt jours plus tard, il reçut au milieu de la nuit un message presque identique à celui qui avait bouleversé son existence un autre dimanche. Lorsque son taxi arriva devant le Pick Me Up, Valérie l'attendait, deux traînées noires de chaque côté du visage et une valise à ses pieds.

De retour chez lui, Andrew posa la valise dans sa chambre et laissa Valérie s'installer. Quand il revint, elle s'était glissée sous les draps sans avoir allumé la lumière. Il s'assit près d'elle, l'embrassa et ressortit, devinant qu'elle avait besoin d'être seule pour faire le deuil d'une relation qui venait de se rompre. Il lui souhaita bonne nuit et lui demanda si elle aimait toujours le chocolat chaud. Valérie acquiesça d'un signe de tête ; Andrew se retira.

Cette nuit-là, depuis le canapé du salon où il ne

trouvait pas le sommeil, il l'entendit pleurer, mourut d'envie d'aller la consoler, mais se retint ; guérir de ce genre de chagrin ne dépendait que d'elle.

Au matin, Valérie découvrit sur la table basse du salon un plateau de petit déjeuner avec un bol contenant de la poudre chocolatée et un petit mot.

« Ce soir, je t'emmène dîner.
Ce sera notre première fois.
Je t'ai laissé un double des clés dans l'entrée.
Je t'embrasse,
Andrew. »

Valérie promit à Andrew de ne rester que le temps que son ex ait déménagé ses affaires de son appartement. Si son amie Colette n'habitait pas La Nouvelle-Orléans, elle se serait installée chez elle. Dix jours plus tard, au grand dam d'Andrew qui se réjouissait de plus en plus de sa présence, elle fit sa valise pour repartir dans l'East Village. Devant la mine attristée d'Andrew, elle lui rappela qu'une quinzaine de blocs, tout au plus, les séparaient.

L'été arriva. Les week-ends où la chaleur new-yorkaise devenait intenable, ils prenaient le métro jusqu'à Coney Island où ils passaient des heures à la plage.

En septembre, Andrew quitta les États-Unis dix jours d'affilée, refusant de donner à Valérie la moindre information sur son voyage. Il invoqua le secret professionnel et lui jura qu'elle n'avait aucune raison de douter de lui.

En octobre, alors qu'il s'absentait à nouveau, il

lui fit la promesse, pour se faire pardonner, de l'emmener en vacances dès que possible. Mais Valérie n'aimait pas les lots de consolation et lui répondit d'aller se faire voir, avec ses vacances.

À la fin de l'automne, Andrew se vit récompensé du travail qui l'avait tant accaparé. Des semaines de recherches, deux voyages en Chine consacrés à recueillir des témoignages, à confronter différentes sources pour vérifier leur authenticité, lui avaient permis de révéler les détails d'un trafic d'enfants dans la province du Hunan et de mener à terme l'une de ces enquêtes qui attestent de la vénalité et de l'horreur dont l'être humain pouvait être capable. Son article publié dans l'édition du dimanche, la plus lue de la semaine, fit grand bruit.

Soixante-cinq mille bébés chinois avaient été adoptés par des familles américaines au cours des dix dernières années. Le scandale concernait plusieurs centaines d'enfants qui n'avaient pas été abandonnés, ainsi que les papiers officiels en attestaient, mais enlevés de force à leurs parents légitimes, pour être placés dans un orphelinat qui percevait à chaque adoption un dédommagement de cinq mille dollars. La manne financière avait enrichi une mafia de policiers et fonctionnaires véreux à l'origine de ce trafic sordide. Les autorités chinoises mirent un terme au scandale avec la plus grande diligence, mais le mal était fait. L'article d'Andrew plongea de nombreux parents américains dans un questionnement moral aux conséquences dramatiques.

Le nom d'Andrew circula dans toute la rédaction

et fut cité dans les journaux télévisés du soir qui, comme c'était souvent le cas, choisissaient de développer des sujets empruntés aux tribunes du *New York Times*.

Andrew fut félicité par ses pairs. Il reçut un mail de sa rédactrice en chef et de nombreuses lettres de lecteurs bouleversés par son enquête. Mais il s'attira aussi la jalousie de quelques-uns de ses confrères, et trois lettres anonymes proférant des menaces de mort arrivèrent au journal, ce qui se produisait parfois.

Il passa les fêtes de fin d'année en solitaire. Valérie avait quitté New York pour rejoindre Colette à La Nouvelle-Orléans.

Le lendemain de son départ, Andrew se fit agresser dans un parking, une agression à coups de batte de baseball qui aurait pu virer au drame sans l'arrivée d'un dépanneur avec lequel il avait rendez-vous.

Simon partit réveillonner en compagnie d'une bande de copains skieurs, à Beaver Creek dans le Colorado.

Andrew n'accordait aucune importance particulière au jour de Noël, ni au nouvel an ; il détestait les soirs de fête programmée où l'on devait s'amuser coûte que coûte. Il passa ces deux soirées attablé au comptoir de Mary's Fish devant un plateau d'huîtres et quelques verres de vin blanc sec.

L'année 2012 débuta sous de meilleurs auspices. Hormis un petit accident aux premiers jours de janvier. Andrew s'était fait bousculer par une voiture qui sortait du commissariat de police de Charles

Street. Son conducteur, un flic à la retraite, venu en pèlerinage sur son ancien lieu de travail, à l'occasion d'un séjour à New York, était aussi confus de l'avoir renversé que soulagé de le voir se relever sans égratignure. Il avait insisté pour l'inviter à dîner dans le bistrot de son choix. Andrew n'avait rien à faire ce soir-là, un bon steak valait mieux qu'un constat d'assurance et un journaliste ne refuse jamais un repas avec un vieux policier new-yorkais qui a envie de converser. L'inspecteur lui raconta sa vie et les épisodes les plus marquants de sa carrière.

Valérie avait gardé son appartement qu'Andrew avait baptisé son « parachute », mais, à partir de février, elle dormit chez lui tous les soirs et ils commencèrent à envisager sérieusement de trouver un endroit plus grand pour s'installer ensemble. Seul obstacle, Andrew se refusait à quitter le West Village où il s'était juré de vivre jusqu'à la fin de ses jours. Dans un quartier principalement peuplé de petites maisons, les trois pièces étaient rares. Valérie avait beau le traiter de vieux garçon, elle savait qu'elle ne le délogerait jamais de ces rues insolites, dont il connaissait toutes les histoires. Et il prenait plaisir à les lui raconter lorsque, en se promenant avec Valérie, ils traversaient tel carrefour de Greenwich Avenue, où se trouvait jadis le restaurant qui avait inspiré à Hopper son célèbre tableau *Nighthawks*, longeaient les fenêtres d'une maison où John Lennon avait vécu avant d'emménager dans le Dakota Building. Le West Village avait été le lieu de toutes les révolutions culturelles, avait abrité les plus célèbres cafés, cabarets et night-clubs du pays, et lorsque Valérie lui expliquait que les artistes d'aujourd'hui avaient pour la plupart migré à Williamsburg, Andrew la regardait avec un air des plus sérieux et s'exclamait :

— Dylan, Hendrix, Streisand, Peter, Paul & Mary, Simon &&Garfunkel, Joan Baez, ont tous débuté dans le Village, dans les bars de mon quartier, ce n'est pas une raison suffisante pour vouloir vivre ici ?

Et Valérie, qui n'aurait voulu le contrarier pour rien au monde, lui répondait :

— Bien sûr que si !

Quand elle lui vantait le confort des tours qui s'élevaient à seulement quelques blocs de là, Andrew lui répliquait qu'il n'irait jamais vivre dans un perchoir d'acier. Il voulait entendre la rue, les sirènes, les klaxons des taxis aux carrefours, le craquement des parquets usés, les cognements de la tuyauterie quand la chaudière de l'immeuble se mettait à ronronner, la porte d'entrée grincer, ces bruits qui lui rappelaient qu'il était en vie, entouré d'êtres humains.

Un après-midi, il quitta le journal, rentra chez lui, vida ses placards et transféra la plupart de ses affaires dans un garde-meuble local. Ouvrant sa penderie, il annonça à Valérie qu'il n'y avait plus aucune urgence à déménager, elle avait désormais la place nécessaire pour s'installer vraiment.

En mars, Andrew se vit confier par sa rédactrice en chef une nouvelle enquête dans la lignée de la précédente. Un dossier important auquel il s'attela sans attendre, réjoui que celui-ci l'amène à se rendre en Argentine.

Aux premiers jours de mai, revenant de Buenos Aires et sachant qu'il lui faudrait y retourner sous peu, Andrew ne trouva d'autre moyen de se faire pardonner que de déclarer à Valérie, au cours d'un dîner, qu'il voulait l'épouser.

Elle le dévisagea, circonspecte, avant d'éclater de rire. Le rire de Valérie le bouleversait. Andrew la regarda, troublé de réaliser que cette demande en mariage qu'il avait formulée sans y réfléchir plus que ça le rendait lui-même très heureux.

— Tu n'es pas sérieux ? questionna Valérie en s'essuyant le coin des yeux.

— Pourquoi ne le serais-je pas ?

— Enfin Andrew, nous ne sommes ensemble que depuis quelques mois. C'est peut-être un peu court pour prendre une telle décision.

— Nous sommes ensemble depuis un an et nous nous connaissons depuis l'adolescence, tu ne penses pas que nous avons eu tout le temps ?

— Avec un interlude d'une petite vingtaine d'années…

— Pour moi, le fait que nous nous soyons rencontrés adolescents, perdus de vue, puis retrouvés par hasard sur un trottoir de New York, est un signe.

— Toi, le journaliste si rationnel et cartésien, tu crois aux signes, maintenant ?

— Quand je te vois en face de moi, oui !

Valérie le regarda droit dans les yeux, silencieuse, puis elle lui sourit.

— Redemande-le-moi.

49

À son tour, Andrew observa Valérie. Elle n'était plus la jeune fille rebelle qu'il avait connue vingt ans plus tôt. La Valérie qui dînait face à lui avait troqué son jean rapiécé pour une jupe seyante, ses baskets aux bouts peinturlurés de vernis à ongles pour des escarpins vernis, l'éternelle veste en treillis qui dissimulait ses formes, pour un pull en V en cachemire qui galbait ses seins à la perfection. Ses yeux n'étaient plus maquillés à outrance, à peine un voile de fard à paupières et un peu de mascara. Valérie Ramsay était de loin la plus jolie femme qu'il ait rencontrée et jamais il ne s'était senti aussi proche de quiconque.

Andrew sentit la moiteur gagner la paume de ses mains, chose qui ne lui arrivait jamais. Il repoussa sa chaise, fit le tour de la table et posa un genou à terre.

— Valérie Ramsay, je n'ai pas de bague sur moi, parce que mon intention est aussi spontanée que sincère, mais si tu veux bien devenir ma femme, nous irons en choisir une ensemble ce week-end, et je compte bien faire en sorte d'être le meilleur des hommes pour que tu la portes durant ta vie entière. Ou disons ma vie entière, si tu décidais de te remarier après ma mort.

— Tu ne peux pas t'empêcher de faire de l'humour noir, même quand tu me demandes en mariage !

— Je t'assure que dans cette position, avec tous ces gens qui me regardent, je ne cherchais pas à être drôle.

— Andrew, chuchota Valérie en se penchant à

son oreille, je vais dire oui à ta demande, parce que j'en ai envie et aussi pour t'éviter de passer pour une andouille devant tout ce monde, mais quand tu auras regagné ta place, je te dirai la seule exigence que je pose à notre union. Alors ce « oui » que je vais formuler à voix haute restera au conditionnel durant les quelques minutes qui vont suivre, nous sommes d'accord ?

— Nous sommes d'accord, chuchota à son tour Andrew.

Valérie posa un baiser sur ses lèvres et prononça un oui bien distinct. Dans la salle du restaurant, les clients qui retenaient leur souffle applaudirent à tour de bras.

Le patron de la trattoria abandonna son comptoir pour venir féliciter son fidèle client. Il prit Andrew dans ses bras, le serra fort en lui glissant à l'oreille avec son accent italo-new-yorkais sorti d'un film de Scorsese :

— J'espère que tu sais ce que tu viens de faire !

Puis il se pencha vers Valérie et lui fit un baisemain.

— Je peux, maintenant que vous êtes Madame ! Je vous fais porter du champagne pour fêter ça, c'est la maison qui régale. Si, si, j'y tiens !

Et Maurizio retourna derrière son comptoir en faisant signe à son unique serveur de s'exécuter sur-le-champ.

— Je t'écoute, souffla Andrew alors que le bouchon de champagne sautait.

Le serveur remplit leurs verres et Maurizio revint

une coupe à la main, bien décidé à trinquer avec les futurs mariés.

— Donne-nous juste une seconde Maurizio, dit Andrew, en retenant le patron par le bras.

— Tu veux que je t'énonce ma condition devant lui ? demanda Valérie surprise.

— C'est un vieil ami, je n'ai pas de secrets pour mes vieux amis, répondit Andrew, d'un ton ironique.

— Très bien ! Alors voilà, monsieur Stilman, je vous épouserai à la condition que vous me juriez sur l'honneur de ne jamais me mentir, me tromper, ou me faire intentionnellement souffrir. Si un jour vous ne m'aimiez plus, je veux être la première à le savoir. J'ai eu mon compte d'histoires qui finissent en nuits de tristesse. Si vous me faites cette promesse, alors je veux bien devenir votre femme.

— Je te le jure, Valérie Ramsay-Stilman.

— Sur ta vie ?

— Sur ma vie !

— Si tu me trahis, je te tue !

Maurizio regarda Andrew et se signa.

— On peut trinquer maintenant ? demanda le patron, c'est que j'ai des clients à servir tout de même.

Après leur avoir offert deux parts de son tiramisu maison, Maurizio refusa de leur présenter l'addition.

Andrew et Valérie rentrèrent par les rues du West Village.

— On va vraiment se marier ? dit Valérie en serrant la main d'Andrew.

— Oui, vraiment. Et pour tout t'avouer, je n'imaginais pas en t'en faisant la demande que cela me rendrait si heureux.

— Je le suis aussi, répondit Valérie. C'est dingue. Il faut que je téléphone à Colette pour lui annoncer. Nous avons fait nos études ensemble, partagé galères et bonheurs, surtout les galères, elle sera mon témoin de mariage. Et toi, qui choisiras-tu ?

— Simon, j'imagine.

— Tu n'as pas envie de l'appeler ?

— Si, je le ferai dès demain.

— Ce soir, fais-le ce soir pendant que je téléphone à Colette !

Andrew n'avait aucune envie de déranger Simon à une heure aussi tardive pour lui annoncer une nouvelle dont il pouvait tout à fait prendre connaissance le lendemain, mais il avait perçu dans les yeux de Valérie comme une supplique d'enfant, et ce regard où se mélangeaient soudain joie et peur le toucha.

— On téléphone chacun de notre côté ou on réveille nos deux meilleurs amis ensemble ?

— Tu as raison, nous devons commencer à nous habituer à faire les choses ensemble, répondit Valérie.

Colette promit à Valérie de venir lui rendre visite à New York au plus vite. Elle félicita Andrew et lui dit qu'il ignorait encore tout de la chance que la vie lui accordait. Sa meilleure amie était une femme exceptionnelle.

Simon, lui, crut d'abord à une farce. Il demanda à parler à Valérie, et Andrew masqua son agacement quand Simon la félicita en premier. D'autant que ce dernier s'invita à déjeuner avec eux le lendemain, sans l'avoir consulté.

— C'est juste que j'aurais préféré lui annoncer moi-même, dit Andrew à Valérie pour expliquer son air grognon.

— C'est ce que tu viens de faire.

— Non, moi il ne m'a pas cru, c'est toi qui le lui as dit. C'est tout de même mon meilleur ami, bon sang !

— Mais nous sommes d'accord que je n'y suis pour rien, dit Valérie en approchant son visage de celui d'Andrew.

— Non, tu n'y es pour rien, et là, tu es en train de me mordre la lèvre.

— Je sais.

Ils firent l'amour toute la nuit et, entre deux moments de tendresse, ils allumèrent la télévision posée sur la commode au bout du lit pour regarder de vieilles séries en noir et blanc. Aux premières heures du matin, ils traversèrent la ville et allèrent s'installer sur un banc face à l'East River pour assister au lever du jour.

— Il faudra que tu te souviennes toujours de cette nuit, murmura Andrew à Valérie.

5.

Andrew avait passé les dix premiers jours de juin à Buenos Aires. De retour de ce second voyage en Argentine, il retrouva Valérie plus rayonnante que jamais. Un dîner en ville, réunissant les fiancés et leurs témoins respectifs, donna lieu à l'une des soirées les plus agréables qu'il ait connues. Colette lui trouva beaucoup de charme.

En attendant le mariage prévu pour la fin du mois, Andrew passait ses journées et nombre de ses soirées à peaufiner son article, rêvant parfois qu'il obtiendrait le prix Pulitzer.

La climatisation de son appartement avait rendu l'âme et le couple avait investi le deux pièces de Valérie dans l'East Village. Il lui arrivait de rester jusqu'au milieu de la nuit au journal, le bruit de son clavier empêchant Valérie de dormir lorsqu'il travaillait chez elle.

Il faisait une chaleur insoutenable en ville, des orages qualifiés d'apocalyptiques à la télé frappaient presque quotidiennement Manhattan. En entendant le mot apocalypse, Andrew n'imaginait pas à quel point sa propre vie allait bientôt basculer.

*

Il en avait fait la promesse solennelle à Valérie : pas d'escapade dans un club de strip-tease, pas de virée dans l'un de ces night-clubs où traînaient des filles esseulées, il s'agissait juste de passer une soirée à refaire le monde, entre amis.

Pour son enterrement de vie de garçon, Simon invita Andrew dans l'un des nouveaux restaurants en vogue. À New York, les restaurants en vogue ouvrent et ferment au même rythme que les saisons.

— Tu es vraiment sûr de toi ? demanda Simon en lisant le menu.

— J'hésite encore entre le chateaubriand et le filet mignon, répondit Andrew d'une voix distante.

— Je te parlais de ta vie.

— J'avais bien compris.

— Alors ?

— Qu'est-ce que tu veux que je te dise, Simon ?

— Chaque fois que j'aborde le sujet de ton mariage, tu bottes en touche. Je suis ton meilleur ami quand même ! J'aimerais juste partager ce que tu vis.

— Menteur, tu m'observes comme si j'étais une souris de laboratoire. Tu voudrais savoir ce qui me trotte dans la tête au cas où ce genre de chose t'arriverait un jour.

— Aucun risque !

— J'aurais pu dire ça il y a quelques mois.

— Alors qu'est-ce qui s'est vraiment passé pour que tu fasses le pas ? interrogea Simon en se penchant vers Andrew. D'accord, tu es mon rat de laboratoire, maintenant dis-moi si tu ressens un changement en toi depuis que tu as pris cette décision.

— J'ai trente-huit ans, toi aussi, et je ne vois que deux chemins s'offrir à nous : continuer à batifoler avec ces créatures de rêve qui évoluent dans les endroits à la mode…

— Ce qui est plutôt joyeux comme programme ! s'exclama Simon.

— … Et devenir l'un de ces vieux beaux solitaires qui flirtent avec des filles de trente ans leurs cadettes en croyant rattraper une jeunesse qui court plus vite qu'eux.

— Je ne te demande pas de me faire une leçon sur les choses de la vie, mais de me dire si tu penses aimer Valérie au point de vouloir passer toute ton existence avec elle.

— Et moi, si je ne t'avais pas demandé d'être mon témoin, je t'aurais probablement répondu que cela ne te regarde pas.

— Mais je suis ton témoin !

— Toute mon existence, je n'en sais rien, et puis ça ne dépend pas que de moi. En tout cas je n'imagine plus ma vie sans elle. Je suis heureux, elle me manque quand elle n'est pas là, je ne m'ennuie jamais en sa compagnie, j'aime son rire, et elle rit beaucoup. Je crois que c'est ce que je trouve de plus séduisant chez une femme. Quant à notre vie sexuelle…

— C'est bon, interrompit Simon, tu m'as convaincu ! Le reste ne me regarde absolument pas.

— Tu es témoin, oui ou non ?

— Je n'ai pas à témoigner de ce qui se passe dans le noir.

— Ah, mais nous n'éteignons pas la lumière…

— Ça va Andrew, arrête ! On peut passer à autre chose ?

— Je vais opter pour le filet mignon…, dit Andrew. Tu sais ce qui me ferait vraiment plaisir ?

— Que je t'écrive un beau discours pour la cérémonie.

— Non, je ne peux pas te demander l'impossible, mais j'aimerais bien que l'on aille finir la soirée dans mon nouveau bar préféré.

— Le bar cubain de TriBeCa !

— Argentin.

— J'envisageais quelque chose de différent, mais c'est ta nuit, tu ordonnes, j'exécute.

*

Le Novecento était bondé. Simon et Andrew réussirent à se frayer un chemin jusqu'au bar.

Andrew commanda un Fernet noyé dans du Coca. Il le fit goûter à Simon qui grimaça et opta pour un verre de vin rouge.

— Comment fais-tu pour boire ce truc ? C'est amer au possible.

— J'ai écumé quelques bars à Buenos Aires ces derniers temps. On s'y fait, crois-moi, on finit même par y prendre goût.

— Très peu pour moi.

Simon avait repéré dans la salle une créature aux jambes interminables, il abandonna aussitôt Andrew en s'excusant à peine. Seul au comptoir, Andrew sourit en regardant son ami s'éloigner. Des deux chemins de vie évoqués plus tôt, nul doute sur celui que choisissait Simon.

Une femme prit place sur le tabouret que Simon venait de quitter et lui décocha un sourire alors qu'il commandait un second Fernet-Coca.

Ils échangèrent quelques phrases anodines. La jeune femme lui avoua être surprise de voir un Américain apprécier cette boisson, c'était assez rare. Andrew répondit qu'il était un type assez rare dans son genre. Elle sourit un peu plus et lui demanda ce qui pouvait bien le distinguer des autres hommes. Andrew, décontenancé par la question, le fut encore plus par la profondeur du regard de son interlocutrice.

— Que faites-vous dans la vie ?
— Journaliste, balbutia Andrew.
— C'est un métier intéressant.
— Ça dépend des jours, répondit Andrew.
— Dans la finance ?
— Oh non, qu'est-ce qui vous fait penser ça ?
— Nous ne sommes pas très loin de Wall Street.
— Si j'avais pris un verre dans le Meatpacking District vous auriez pensé que j'étais boucher ?

La jeune femme rit de bon cœur et Andrew aima son rire.

— Politique ? reprit-elle.
— Non plus.

— D'accord, j'aime les devinettes, dit-elle. Vous avez le teint hâlé, j'en déduis que vous voyagez.

— Nous sommes en été, vous aussi vous avez le teint hâlé… mais, en effet, mon métier me fait voyager.

— J'ai la peau mate, question d'origines. Vous êtes grand reporter !

— On peut dire ça, oui.

— Sur quoi enquêtez-vous en ce moment ?

— Rien dont je puisse vous parler dans un bar.

— Et ailleurs que dans un bar ? susurra-t-elle.

— Uniquement en salle de rédaction, répondit Andrew qui sentait soudain une vague de chaleur le gagner. Il prit une serviette en papier sur le comptoir et s'essuya la nuque.

Il crevait d'envie de la questionner à son tour, mais le seul fait de se prêter à sa conversation amorçait un jeu moins anodin que celui des devinettes.

— Et vous ? bredouilla-t-il en cherchant désespérément Simon du regard.

La jeune femme consulta sa montre et se leva.

— Je suis désolée, dit-elle, je n'avais pas vu l'heure, je dois partir. J'ai été enchantée, quel est votre nom ?

— Andrew Stilman, répondit-il en se levant à son tour.

— À une autre fois peut-être…

Elle le salua. Il ne la quitta pas des yeux. Il espéra même qu'elle se retourne au moment où elle franchirait la porte du bar, mais il ne le sut jamais. La main de Simon, en se posant sur son épaule, le fit sursauter.

— Qu'est-ce que tu regardes comme ça ?

— On s'en va, tu veux bien ? demanda Andrew d'une voix pâle.

— Déjà ?

— J'ai besoin de prendre l'air.

Simon haussa les épaules et entraîna Andrew à l'extérieur.

— Qu'est-ce que tu as, tu es blanc comme un linge, c'est ce truc que tu as bu qui ne passe pas ? s'inquiéta-t-il en sortant de l'établissement.

— Je veux juste rentrer.

— Dis-moi d'abord ce qui t'est arrivé. Tu fais une tête ! Je veux bien qu'on respecte tes secrets professionnels, mais là, tu n'étais pas en train de bosser à ce que je sache !

— Tu ne comprendrais pas.

— Qu'est-ce que je n'ai pas compris à ton sujet, ces dix dernières années ?

Andrew ne répondit pas et se mit à remonter West Broadway. Simon lui emboîta le pas.

— Je crois que je viens d'avoir un coup de foudre, murmura Andrew.

Simon éclata de rire. Andrew accéléra le pas.

— Tu es sérieux ? demanda Simon en le rejoignant.

— Très sérieux.

— Tu as eu un coup de foudre pour une inconnue pendant que j'étais aux toilettes ?

— Tu n'étais pas aux toilettes.

— Tu es tombé raide amoureux en cinq minutes ?

— Tu m'as laissé seul au bar plus d'un quart d'heure !

— Apparemment pas si seul que ça. Tu peux m'expliquer ?

— Il n'y a rien à expliquer, je ne connais même pas son prénom…

— Et ?

— Je crois que je viens de croiser la femme de ma vie. Je n'ai jamais ressenti une chose pareille, Simon.

Simon attrapa Andrew par le bras et le força à s'arrêter.

— Tu n'as rien rencontré de tel. Tu as un peu trop bu, la date de ton mariage approche, et l'ensemble forme un cocktail assez redoutable.

— Je suis sincère Simon, je n'ai vraiment pas envie de plaisanter.

— Mais moi non plus ! C'est la trouille qui parle. Tu pourrais t'inventer n'importe quelle raison pour faire marche arrière.

— Je n'ai pas la trouille, Simon. Enfin, je ne l'avais pas avant d'entrer dans ce bar.

— Qu'as-tu fait quand cette créature t'a parlé ?

— Je lui ai tenu une conversation sans aucun intérêt et je me suis senti pathétique après son départ.

— Mon rat de laboratoire est en train de découvrir les effets secondaires de la potion du mariage, ce qui est assez original quand on sait qu'elle ne lui a pas encore été inoculée…

— Comme tu dis !

— Demain matin, tu ne te souviendras même pas du visage de cette femme. Voilà ce que nous allons faire, nous allons oublier cette soirée au Novecento et tout rentrera dans l'ordre.

— J'aimerais que ce soit aussi simple que ça.

— Tu veux que nous revenions demain soir ? Avec un peu de chance, ton inconnue sera là, en la revoyant tu en auras le cœur net.

— Je ne peux pas faire ça à Valérie. Je me marie dans quinze jours !

Même s'il lui arrivait parfois d'afficher une certaine désinvolture qu'on aurait pu confondre avec de l'arrogance, Andrew était un homme honnête doté de convictions. Il avait absorbé bien trop d'alcool pour avoir les idées claires, Simon avait probablement raison, c'était la peur qui le faisait dérailler. Valérie était une femme exceptionnelle, une chance inespérée que la vie lui accordait, sa meilleure amie Colette n'avait eu de cesse de le lui répéter.

Il fit jurer à Simon de ne jamais révéler à personne ce qui venait de se passer et le remercia de l'avoir raisonné.

Ils montèrent dans le même taxi, Simon déposa Andrew dans le West Village et promit de lui téléphoner vers midi pour prendre de ses nouvelles.

*

À son réveil, le lendemain, Andrew éprouva le contraire de ce que Simon avait prédit. Les traits de l'inconnue du Novecento étaient bien présents dans sa mémoire, tout comme l'odeur de son parfum. Dès qu'il fermait les yeux, il revoyait ses longues mains jouant avec le verre de vin, il se souvenait du timbre de sa voix, de son regard et, alors qu'il se préparait un café, il ressentit un vide, ou plutôt une absence, et l'impérieuse nécessité de retrouver celle qui pourrait la combler.

La sonnerie du téléphone retentit ; Valérie le ramena à une réalité qui lui tordit le cœur. Elle lui demanda si sa soirée avait été à la hauteur de ses espérances. Il raconta avoir dîné en compagnie de Simon dans un bon restaurant et pris un verre dans un bar de TriBeCa. Rien de bien extraordinaire. En raccrochant, Andrew se sentit coupable d'avoir menti pour la première fois à la femme qu'il s'apprêtait à épouser.

Il y avait bien eu un petit mensonge quand, en rentrant de Buenos Aires, il avait juré à Valérie être déjà allé faire ajuster le costume qu'il devait porter à leur mariage. Comme pour effacer sa faute, il appela le tailleur sur-le-champ et prit rendez-vous avec lui à l'heure du déjeuner.

Voilà peut-être la raison de cette mésaventure. Toute chose avait un sens dans la vie, il s'agissait ici de lui rappeler la nécessité d'ourler le pantalon de son costume de marié et de raccourcir les manches du veston. Tout cela ne lui était arrivé que pour lui éviter la fâcheuse déconvenue de se présenter devant sa future femme dans un habit qu'on aurait cru emprunté à son grand frère.

— Tu n'as même pas de grand frère, imbécile, grommela Andrew en se parlant à lui-même, et dans le genre imbécile, difficile de trouver pire que toi.

À midi, il quitta le journal. Pendant que le tailleur traçait à la craie blanche les retouches nécessaires au bas des manches du veston, en pinçait le dos, assurant qu'il fallait reprendre ici et là si l'on voulait qu'il ait de l'allure, se plaignait pour la énième fois du fait que son client s'y prenait vraiment au dernier moment, Andrew ressentit un profond mal-être. La séance d'essayage terminée, il ôta le costume, que le tailleur emporta, et se rhabilla à la hâte. Tout serait prêt le vendredi suivant, Andrew n'aurait qu'à passer en fin de matinée.

Lorsqu'il ralluma son portable, il découvrit plusieurs messages de Valérie. Elle s'inquiétait, ils avaient rendez-vous pour déjeuner du côté de la 42e, et elle l'attendait depuis une heure.

Andrew l'appela pour s'excuser, il invoqua une réunion impromptue en salle de conférences : si son secrétariat avait affirmé qu'il était sorti, c'était uniquement parce que, dans ce journal, personne ne prêtait attention à quiconque. Deuxième mensonge de la journée.

Le soir, Andrew se présenta chez Valérie, avec un bouquet de fleurs. Depuis qu'il l'avait demandée en mariage, il lui en faisait souvent livrer, des roses parme, ses fleurs préférées. Il trouva l'appartement vide et un petit mot griffonné à la hâte posé sur la table basse du salon.

« Suis partie pour une urgence vétérinaire. Je rentrerai tard. Ne m'attends pas. Je t'aime. »

Il descendit dîner chez Mary's Fish. Pendant le repas, il ne cessa de regarder sa montre, demanda l'addition avant même d'avoir fini son plat principal, et, à peine sorti, sauta dans un taxi.

De retour à TriBeCa, il arpenta le trottoir devant le Novecento, brûlant d'envie d'y boire un verre. Le portier, qui assurait la sécurité de l'établissement, sortit une cigarette et demanda à Andrew s'il avait du feu. Andrew avait arrêté de fumer depuis belle lurette.

— Vous voulez entrer ? C'est très calme ce soir.

Andrew prit cette invitation pour un second signe.

La belle inconnue de la veille n'était pas assise au comptoir. Andrew parcourut la salle du regard, le portier ne lui avait pas menti, et il lui suffit d'un rapide coup d'œil pour constater qu'elle n'était pas revenue. Il se sentit grotesque, avala son Fernet-Coca et demanda la note au barman.

— Un seul verre ce soir ? lui dit ce dernier.

— Vous vous souvenez de moi ?

— Oui, je vous ai déjà vu ici, enfin je crois, quoi qu'il en soit, cinq Fernet-Coca d'affilée hier, ça ne s'oublie pas.

Andrew hésita un instant avant de demander au barman de lui en servir un autre et pendant que ce dernier remplissait son verre, il lui posa une question étonnante venant d'un homme qui allait bientôt se marier.

— La femme qui se trouvait à côté de moi, vous vous souvenez d'elle aussi, c'est une habituée ?

Le barman fit mine de réfléchir.

— Des jolies femmes, j'en vois beaucoup dans ce bar. Non, je n'y ai pas prêté attention, c'est important ?

— Oui, enfin non, répondit Andrew. Il faut que je rentre, dites-moi ce que je vous dois.

Le barman se retourna pour taper l'addition sur sa caisse enregistreuse.

— Si d'aventure, dit Andrew en glissant trois billets de vingt dollars sur le comptoir, elle repassait et vous demandait qui était l'homme au Fernet-Coca, voici ma carte de visite, n'hésitez pas à la lui remettre.

— Vous êtes journaliste au *New York Times* ?

— C'est ce qui est écrit sur cette carte...

— Si un jour vous aviez envie de faire un petit papier sur notre établissement, ne vous gênez surtout pas.

— Je n'oublierai pas d'y penser, dit Andrew, et vous non plus, n'oubliez pas.

Le barman lui fit un clin d'œil en rangeant le bristol dans son tiroir-caisse.

En sortant du Novecento, Andrew vérifia l'heure, si l'intervention de Valérie avait tardé, il serait peut-être rentré avant elle, dans le cas contraire, il prétendrait avoir travaillé tard au journal. Il n'était plus à un mensonge près.

*

À compter de ce soir-là, Andrew ne connut plus de répit. Jour après jour, il sentait son calme l'abandonner. Il eut même une violente altercation avec un collègue de travail qu'il avait surpris le nez dans ses affaires. Freddy Olson était un fouille-merde, jaloux de lui, un type dérangeant, mais Andrew n'avait pas pour autant l'habitude de s'emporter. Les deux dernières semaines de juin, c'était son excuse, seraient chargées en événements majeurs. Il devait conclure la rédaction de cet article qui l'avait conduit à deux reprises en Argentine et qui, l'espérait-il, rencontrerait autant de succès que son sujet en Chine. La date de remise à laquelle il s'était engagé était fixée au lundi suivant, mais Olivia Stern était une rédactrice en chef pointilleuse, surtout lorsqu'il s'agissait d'une enquête qui occuperait une page entière dans l'édition du mardi. Elle aimait avoir son samedi pour relire et élaborer les suggestions qu'elle communiquerait à son auteur par courriel le soir même. Drôle de journée que ce samedi où Andrew prêterait serment devant Dieu, drôle de dimanche où il devrait se faire pardonner auprès de Valérie d'avoir dû retarder leur voyage de noces à cause de son fichu travail et de ce dossier auquel sa patronne attachait tant d'importance.

Rien de tout cela n'avait réussi à effacer l'inconnue du Novecento de l'esprit d'Andrew. L'envie de revoir cette femme virait à l'obsession, sans qu'il en comprenne la raison.

Le vendredi, en allant chercher son costume, Andrew se sentit plus perdu que jamais. Le tailleur l'entendit soupirer alors qu'il se regardait en pied dans la glace.

— Quelque chose vous déplaît dans la coupe ? demanda-t-il d'une voix désolée.

— Non, monsieur Zanelli, votre travail est parfait.

Le tailleur observa Andrew et releva l'épaule droite du veston.

— Mais quelque chose vous tracasse, n'est-ce pas ? reprit celui-ci en plantant une épingle au bas de la manche.

— C'est plus compliqué que cela.

— Vous avez résolument un bras plus long que l'autre, je ne l'avais pas remarqué aux essayages. Donnez-moi quelques minutes, nous allons corriger cela tout de suite.

— Ne prenez pas cette peine, c'est le genre de costume que l'on ne porte qu'une seule fois dans sa vie, n'est-ce pas ?

— Je vous le souhaite, mais c'est aussi le genre de photographies que l'on revoit toute sa vie, et lorsque vos petits-enfants vous diront que votre veste n'était pas ajustée, je ne veux pas que vous leur racontiez que vous aviez un mauvais tailleur. Alors laissez-moi faire mon travail.

— C'est que j'ai un article très important à finir pour ce soir, monsieur Zanelli.

— Oui, et moi j'ai un costume très important à terminer dans le quart d'heure. Vous parliez d'une chose qui semblait compliquée ?

— En effet, soupira Andrew.

— Quel genre de chose, si ce n'est pas indiscret ?

— J'imagine que vous êtes tenu par le secret professionnel vous aussi, monsieur Zanelli ?

— Si vous faites l'effort de ne pas écorcher mon nom, je m'y tiendrai, c'est Zanetti, pas Zanelli !

Ôtez-moi ce veston, et installez-vous sur cette chaise, je vais travailler pendant que nous discutons.

Et tandis que monsieur Zanetti ajustait la manche du costume d'Andrew, celui-ci raconta comment, un an plus tôt en sortant d'un bar, il avait renoué avec son amour d'adolescence, et comment, dans un autre bar, il avait rencontré, à la veille de son mariage, une femme qui l'obsédait depuis que leurs regards s'étaient croisés.

— Vous devriez peut-être vous abstenir quelque temps de fréquenter les établissements de nuit, cela vous simplifierait l'existence. Je dois reconnaître que ce n'est pas banal comme histoire, ajouta le tailleur en allant chercher une bobine de fil dans le tiroir d'une commode.

— Simon, mon meilleur ami, me dit tout le contraire.

— Votre Simon a une étrange conception de la vie. Puis-je vous poser une question ?

— Toutes les questions que vous voudrez si cela peut m'aider à y voir plus clair.

— Si c'était à refaire, monsieur Stilman, si vous aviez le choix entre ne pas avoir renoué avec la femme que vous allez bientôt épouser ou ne pas avoir rencontré celle qui vous tourmente, que préféreriez-vous ?

— L'une est mon alter ego, l'autre… je ne connais même pas son prénom.

— Alors vous voyez que ce n'est pas si compliqué.

— Vu sous cet angle…

— Étant donné notre différence d'âge, je vais me

70

permettre de vous parler comme un père, monsieur Stilman et, vous disant cela, je dois vous avouer que je n'ai pas d'enfant, donc très peu d'expérience en la matière…

— Faites quand même.

— Puisque vous me le demandez ! La vie n'est pas comme l'un de ces appareils modernes où il suffit d'appuyer sur un bouton pour rejouer le morceau choisi. Pas de retour en arrière possible et certains de nos actes ont des conséquences irréparables. Comme de s'enticher d'une illustre inconnue, aussi envoûtante soit-elle, à la veille de son mariage. Si vous vous entêtez, je crains fort que vous le regrettiez sérieusement, sans parler du mal que vous feriez autour de vous. Vous allez me dire que l'on ne commande pas à son cœur ce qui doit être ou pas, mais vous avez aussi une tête, alors servez-vous-en. Qu'une femme vous trouble n'est en rien blâmable, à condition toutefois que cela n'aille pas plus loin qu'un simple trouble.

— Vous n'avez jamais eu l'impression d'avoir croisé l'âme sœur, monsieur Zanetti ?

— L'âme sœur, quelle idée ravissante ! À l'époque de mes vingt ans, je croyais la rencontrer chaque samedi soir en allant danser. J'étais très bon danseur dans ma jeunesse et un vrai « cœur d'artichaut ». Je me suis souvent demandé comment on pouvait se persuader d'avoir rencontré l'âme sœur avant même d'avoir construit quelque chose ensemble.

— Vous êtes marié, monsieur Zanetti ?

— Cela m'est arrivé quatre fois, c'est vous dire si je sais de quoi je parle !

En le saluant, monsieur Zanetti avait affirmé à Andrew que les deux manches étant maintenant à la bonne longueur, rien ne pouvait plus nuire à ce bonheur qui l'attendait. Andrew Stilman sortit de chez son tailleur bien décidé à porter haut son costume de mariage le lendemain.

6.

La mère de Valérie s'était approchée d'Andrew juste avant le début de la cérémonie, et, lui époussetant l'épaule d'une tape qui se voulait amicale, lui avait soufflé au creux de l'oreille :

— Sacré Ben ! Tu es la preuve qu'avec de la persévérance, on finit toujours par arriver à ses fins. Je me souviens quand tu avais seize ans et que tu faisais la cour à ma fille... je ne t'aurais pas donné une chance sur mille de réussir ton coup. Et aujourd'hui nous voilà à l'église !

Andrew comprenait mieux pourquoi sa future femme avait tant souhaité quitter le domicile parental à la première occasion.

Valérie était plus belle que jamais. Elle portait une robe blanche discrète et élégante. Elle avait noué ses cheveux sous un petit chapeau blanc qui rappelait ceux des hôtesses de la Pan Am en d'autres temps, bien que ces derniers fussent bleus. Son père l'accompagna jusqu'à l'autel où l'attendait Andrew. Elle lui souriait de tout son amour.

Le prêtre fit un sermon parfait et Andrew fut ému.

Ils échangèrent leurs vœux et leurs alliances, s'embrassèrent longuement et sortirent sous les applaudissements des parents de la mariée, de Colette, Simon, et Andrew ne put s'empêcher, en levant les yeux vers le ciel, d'imaginer que ses propres parents le voyaient eux aussi.

Le petit cortège marchait dans l'allée du parc qui bordait l'église St Luke in the Fields. Les rosiers grimpants ployaient sous l'abondance de fleurs, les parterres de tulipes éclataient de couleurs, la journée était belle, Valérie radieuse et Andrew heureux.

Heureux, jusqu'à ce que débouchant sur Hudson Street, il aperçoive à la fenêtre d'un 4×4 noir arrêté au feu rouge le visage d'une femme. Une femme qu'il ne reconnaîtrait pas s'il la croisait à nouveau, lui avait assuré son témoin de mariage, une femme avec laquelle il avait échangé quelques phrases anodines dans un bar de TriBeCa.

Sa gorge se noua et Andrew eut soudain envie d'un Fernet-Coca alors qu'il était à peine midi.

— Tout va bien ? s'inquiéta Valérie. Tu es bien pâle tout à coup.

— C'est l'émotion, répliqua Andrew.

Sans pouvoir détourner son regard du carrefour, il suivit le 4×4 qui se perdait dans le flot de la circulation. Andrew sentit son cœur se serrer, il en était presque certain, l'inconnue du Novecento lui avait adressé un sourire.

— Tu me fais mal, gémit Valérie. Tu me serres la main trop fort.

— Pardonne-moi, dit-il en relâchant son étreinte.

— Je voudrais que les festivités de la journée soient derrière nous pour me retrouver seule avec toi à la maison, soupira-t-elle.

— Vous êtes une femme pleine de surprises, Valérie Ramsay.

— Stilman ! reprit-elle. Et pourquoi suis-je une femme pleine de surprises ?

— Je n'en connais aucune autre qui souhaiterait que le jour de son mariage passe à toute vitesse. Lorsque je t'ai demandé ta main, j'imaginais que tu voudrais organiser une grande cérémonie, je nous voyais entourés de deux cents convives qu'il aurait fallu saluer les uns après les autres, croiser tes cousins et cousines, tes oncles et tantes, qui chacun aurait voulu s'étendre sur des souvenirs auxquels je me serais senti totalement étranger. Je redoutais tant cette journée. Et nous voilà, à six sur ce trottoir.

— Tu aurais dû m'en parler plus tôt, je t'aurais rassuré, j'ai toujours rêvé d'un mariage intime. J'avais envie d'être ta femme, pas de jouer les cendrillons en robe de bal.

— Les deux n'étaient pas incompatibles…

— Tu as des regrets ?

— Non, vraiment aucun, dit Andrew en regardant au loin vers Hudson Street.

Quatrième mensonge.

Ils dînèrent dans le meilleur restaurant chinois de New York. Dans la salle de Mr Chow on servait des mets raffinés, à l'avant-garde de la cuisine asiatique. Le repas fut joyeux, Colette et Simon s'entendaient à merveille avec les parents de Valérie. Andrew parla peu et sa femme remarqua combien il était absent.

C'est elle qui déclina l'invitation de son père à poursuivre la fête ailleurs. Et lorsque ce dernier se plaignit d'avoir été privé d'une danse avec sa fille, elle s'en excusa auprès de lui, elle avait une folle envie de se retrouver seule avec son mari.

Le père de Valérie prit Andrew dans ses bras et le serra contre lui.

— Vous avez intérêt à la rendre heureuse mon vieux, lui chuchota-t-il à l'oreille, sinon vous aurez affaire à moi, ajouta-t-il sur le ton de la plaisanterie.

Il était presque minuit lorsque le taxi déposa les jeunes mariés en bas de l'appartement de Valérie. Elle sema Andrew dans l'escalier pour l'attendre sur le palier.

— Quoi, qu'est-ce qu'il y a? demanda-t-il en cherchant ses clés dans les poches de son veston.

— Tu vas me prendre dans tes bras et me faire franchir le pas de cette porte sans me cogner la tête, répondit-elle avec un sourire malicieux.

— Tu vois que tu es quand même attachée à certaines traditions, dit-il en s'exécutant.

Elle avait ôté ses vêtements au milieu du salon, dégrafé son soutien-gorge, et fait glisser son shorty le long de ses jambes. Elle s'approcha d'Andrew, nue, lui ôta sa cravate, défit les boutons de sa chemise et posa ses mains sur son torse.

Collée contre lui, elle fit glisser ses doigts jusqu'à la ceinture du pantalon, en détacha la boucle et ouvrit la fermeture Éclair.

Andrew lui prit les mains, lui caressa la joue d'un geste tendre et la porta jusqu'au canapé. Puis, il s'agenouilla devant elle, laissa tomber sa tête sur ses cuisses et se mit à sangloter.

— Qu'est-ce qui t'arrive ? demanda Valérie. Tu semblais si lointain aujourd'hui.

— Je suis désolé, dit Andrew en relevant les yeux.

— Si quelque chose ne va pas, si tu as des problèmes d'argent ou de travail, il faut m'en parler, tu peux tout me dire.

Andrew inspira profondément.

— Tu m'as fait te promettre de ne pas te mentir, de ne jamais te trahir, tu t'en souviens ? Tu m'as fait te promettre de te dire sans détour, si un jour quelque chose se brisait.

Les yeux de Valérie s'emplirent de larmes, elle regarda Andrew, silencieuse.

— Tu es ma meilleure amie, ma complice, la femme dont je me sens le plus proche...

— Nous nous sommes mariés aujourd'hui, Andrew, hoqueta Valérie.

— Je te demande pardon du fond du cœur, pardon d'avoir fait la pire des choses qu'un homme puisse faire à une femme.

— Tu as quelqu'un d'autre ?

— Oui, non, juste une ombre... mais je n'avais jamais ressenti cela avant.

— Tu as attendu que nous soyons mariés pour te rendre compte que tu en aimais une autre ?

— Je t'aime, je sais que je t'aime, mais pas de cet amour-là. J'ai eu la lâcheté de ne pas me l'avouer, de ne pas t'en parler. Je n'ai pas trouvé le courage d'annuler le mariage. Tes parents venus de Floride, ta meilleure amie de La Nouvelle-Orléans, cette enquête sur laquelle j'ai tant travaillé ces derniers mois, qui a fini par virer à l'obsession. Je n'ai plus pensé qu'à cela et je me suis égaré en chemin. J'ai voulu chasser mes doutes, j'ai voulu bien faire.

— Tais-toi, murmura Valérie.

Elle baissa les yeux et le regard d'Andrew fut attiré par ses mains qu'elle tordait à s'en faire blanchir les doigts.

— Je t'en supplie, ne dis plus un mot. Va-t'en. Rentre chez toi, où tu veux, mais pars. Quitte cet appartement.

Andrew voulut faire un pas vers elle, Valérie recula. Elle recula jusqu'à la chambre à coucher et referma doucement la porte derrière elle.

*

Un crachin tombait sur le soir triste. Le col de son veston de jeune marié relevé sur la nuque, Andrew Stilman traversa l'île de Manhattan d'est en ouest pour regagner son appartement.

Dix fois il eut envie de téléphoner à Simon, de lui avouer qu'il avait, malgré lui, commis l'irréparable. Mais celui qui croyait n'avoir peur de rien redouta le jugement de son meilleur ami et s'abstint de l'appeler.

Dix fois, il eut envie de se confier à son père, de débarquer chez ses parents pour tout leur raconter. D'entendre sa mère lui dire que tout finit par s'arranger, qu'il valait mieux reconnaître l'erreur d'un mariage plutôt que de s'engager dans une vie de mensonges, aussi cruel que cela soit. Valérie le haïrait pendant quelques années peut-être, mais elle finirait par l'oublier. Une femme qui avait ses qualités ne resterait pas seule longtemps. Si elle n'était pas la femme de sa vie, c'est qu'il ne devait probablement pas être l'homme de la sienne. Il était encore jeune, et quand bien même les moments qu'il traversait lui semblaient insurmontables, ils ne seraient plus tard que de mauvais souvenirs. Andrew aurait voulu sentir la main de sa mère se poser sur sa joue, le bras de son père sur son épaule, entendre leurs voix. Mais les parents d'Andrew n'étaient plus de ce monde et, au soir de son mariage, il se sentit plus seul que jamais.

*

« *When the shit hits the fan, it spreads all over* » était l'adage préféré de Freddy Olson, son collègue de bureau. Andrew passa son dimanche à le ressasser en corrigeant son article. Il avait reçu aux premières heures du jour un courriel de sa rédactrice en chef qui ne tarissait pas d'éloges sur la qualité de son enquête. Olivia Stern lui assurait qu'il s'agissait là d'une des meilleures qu'elle ait lues depuis longtemps et se félicitait au passage de lui en avoir confié la responsabilité. Et, cependant, elle lui retournait son article empli d'annotations, de passages surlignés, le questionnant sur l'authenticité de ses sources d'information, sur la véracité des faits révélés. Les accusations qu'il portait dans son article n'étaient pas sans gravité et le service juridique voudrait sans nul doute s'assurer que toutes étaient bien fondées.

Aurait-il pris autant de risques si c'était pour affabuler ? Aurait-il dépensé la moitié de son salaire pour remonter grâce à la barmaid de son hôtel miteux jusqu'à des sources aussi fiables que peu loquaces, manqué de se faire tabasser dans la grande banlieue de Buenos Aires s'il n'avait réussi à fausser compagnie aux types qu'il suivait depuis deux jours, risqué de se retrouver en prison, sacrifié sa vie personnelle à cette enquête s'il était un amateur ! Il râla toute la journée en mettant de l'ordre dans ses notes.

Olivia réitérait ses félicitations à la fin de son courriel et informait Andrew de son souhait de déjeuner avec lui dès le lendemain. C'était la première fois. En temps normal, une telle invitation aurait convaincu Andrew qu'il était sur le point de recevoir une nouvelle promotion, pourquoi pas un prix, mais d'humeur plus que maussade, il n'envisageait rien de bon.

Le soir tombé, on tambourina violemment à sa porte. Andrew songea que ce devait être le père de Valérie qui venait lui casser la figure, et il ouvrit, presque soulagé ; une bonne correction le ferait peut-être se sentir moins coupable.

Simon le repoussa sans ménagement avant d'entrer dans l'appartement.

— Dis-moi que tu n'as pas fait ça ! s'écria-t-il en allant vers la fenêtre.

— Elle t'a appelé ?

— Non, c'est moi qui ai téléphoné. Je voulais passer vous déposer votre cadeau de mariage et j'avais peur de vous déranger, d'arriver en pleins ébats amoureux. J'étais loin du compte.

— Qu'est-ce qu'elle t'a dit ?

— À ton avis ? Elle a le cœur en miettes, elle ne comprend rien, sauf que tu t'es foutu d'elle et que tu ne l'aimes pas. Pourquoi l'avoir épousée, tu ne pouvais pas y renoncer avant ? Tu t'es comporté comme un salaud.

— Mais parce que vous m'avez tous convaincu de ne rien dire, de ne rien faire, de ne pas ouvrir les yeux ! Parce que vous m'avez tous expliqué que ce que je ressentais n'était que le fruit de mon imagination !

— C'est qui ce « tous » ? Tu t'es confié à quelqu'un d'autre que moi ? Tu as eu un coup de foudre pour un nouveau meilleur ami ? Moi aussi tu vas me quitter ?

— Tu es trop con, Simon. J'ai parlé avec mon tailleur.

— De mieux en mieux… Tu ne pouvais pas prendre un peu sur toi, essayer pendant quelques mois, vous donner au moins une chance ? Que s'est-il donc passé de si grave hier soir pour que tu foutes tout en l'air ?

— Je n'ai pas pu lui faire l'amour et Valérie est trop fine pour croire à une simple panne, puisque tu veux tout savoir.

— Non, ça j'aurais mieux aimé ne pas le savoir, reprit Simon en se laissant choir dans le canapé. Nous voilà bien !

— Nous ?

— Oui, bon ça va, j'ai été suffisamment proche de toi dans les coups durs pour me sentir concerné, et après tout je suis maintenant le témoin du mariage le plus court qui soit.

— Tu veux une attestation du *Guinness* ?

— L'idée d'aller lui présenter tes excuses, de lui dire que tu t'es trompé et que tout ça n'est qu'un coup de folie passagère te semble impossible ?

— Je ne sais plus où j'en suis, sauf que je suis malheureux comme jamais.

Simon se leva et se rendit dans la cuisine. Il en revint avec deux bières et en tendit une à Andrew.

— Je suis désolé pour toi mon vieux, désolé pour elle et encore plus pour vous deux. Si tu veux, tu peux passer la semaine à la maison.

— Pour quoi faire ?

— Pour t'éviter de rester seul à broyer du noir.

Andrew remercia Simon, mais, à bien y penser, il avait probablement besoin de rester seul à broyer du noir. Ce n'était pas une grande punition à côté de la souffrance qu'il infligeait à Valérie.

Simon posa sa main sur l'épaule de son ami.

— Tu connais l'histoire de cet homme qui comparaissait devant une cour de justice pour avoir assassiné ses deux parents et qui a sollicité la clémence du juge en lui rappelant qu'il s'apprêtait à condamner un orphelin...

Andrew regarda Simon et les deux copains partirent dans un éclat de rire que seule l'amitié peut faire naître au cœur des pires moments.

*

Le lundi, Andrew déjeuna en tête à tête avec sa rédactrice en chef. Elle avait choisi un restaurant éloigné du journal.

Olivia Stern n'avait jamais manifesté tant d'intérêt pour un de ses articles. Jamais elle ne l'avait autant interrogé sur ses sources, sur les rencontres qu'il avait faites, sur la façon dont il avait enquêté. Et tout au long du repas, sans toucher à son assiette, elle l'écouta lui raconter ses voyages en Argentine, comme un enfant écoute un adulte lui conter une histoire bouleversante. Et, par deux fois au cours de son récit, Andrew crut voir Olivia Stern au bord des larmes.

À la fin du déjeuner, elle prit la main d'Andrew, le remercia pour le travail exceptionnel qu'il avait accompli et lui suggéra d'écrire un jour un livre sur ce sujet. Ce n'est qu'en sortant de table qu'elle lui annonça son intention d'en retarder la publication d'une semaine, dans le seul but de lui obtenir une accroche en une et deux pleines pages dans le journal. Une accroche à la une du *New York Times* et deux pleines pages, si ce n'était pas le Pulitzer, c'était en tout cas une marque de distinction qui lui apporterait une certaine renommée dans le milieu. Et lorsque Olivia lui demanda, sans que sa question laisse planer le moindre doute, s'il avait matière à développer son article à cette fin, Andrew l'assura qu'il se mettait au travail.

C'est ce qu'il se promit de faire durant toute la semaine. Il arriverait tôt à son bureau, y déjeunerait sur le pouce d'un sandwich et travaillerait tard dans la nuit, sauf, de temps en temps peut-être, pour dîner avec Simon.

Andrew respecta ce programme à la lettre, ou presque. Le mercredi, en sortant du journal, il ressentit une impression poignante de déjà-vu. À l'angle de la 40e Rue, il crut apercevoir pour la deuxième fois, à la fenêtre arrière d'un 4×4 garé devant l'immeuble, le visage de l'inconnue du Novecento. Il se mit à courir vers elle. Dans sa précipitation, son porte-documents lui échappa et les feuillets de son article s'éparpillèrent sur le trottoir. Le temps qu'il les ramasse et se redresse, la voiture avait disparu.

À partir de ce jour, Andrew alla finir ses soirées au Novecento, dans l'espoir de retrouver la femme qui le hantait.

Chaque soir il attendait en vain et retournait chez lui, dépité et épuisé.

Le samedi, il trouva dans son courrier une lettre dont il reconnut l'écriture sur l'enveloppe. Il la reposa sur son bureau en se promettant de ne pas y toucher tant qu'il n'aurait pas mis un point final à l'article qu'Olivia Stern attendait depuis la veille au soir.

Après avoir envoyé son texte à sa rédactrice en chef, il appela Simon, prétexta qu'il avait encore du travail pour annuler sa soirée avec lui.

Puis il alla s'asseoir sur le rebord de la fenêtre du salon, respira l'air de la nuit à pleins poumons et lut enfin la lettre de Valérie.

Andrew,
Ce dimanche sans toi fut le premier depuis l'adolescence à étreindre la douleur de l'absence. J'ai fugué à dix-sept ans, toi à presque quarante. Comment réapprendre à ne plus savoir comment tu vas ? Comment renaître du fond de tes silences ?

J'ai peur de mes souvenirs qui me ramènent à tes regards d'adolescent, au son de ta voix d'homme qui égayait mes jours, aux battements de ton cœur quand la main sur ton torse, je t'écoutais dormir et rassurais mes nuits.

En te perdant, j'ai perdu un amant, un amour, un ami et un frère. C'est un long deuil à faire.

Que la vie te soit belle, même si je t'ai voulu mort de me faire tant souffrir.

Je sais que quelque part dans cette ville où je me promène seule, tu respires, c'est déjà beaucoup.

Je signe cette courte lettre en écrivant pour la première et dernière fois « Ta femme », ou plutôt, celle qui le fut, l'espace d'un jour triste.

7.

Il dormit presque tout le dimanche. Il était sorti la veille, décidé à s'adonner au cours de sa soirée à la plus outrancière des ivresses. Il avait pendant de nombreuses années fait preuve d'un certain talent pour ce genre d'exercice. Rester cloîtré chez lui aurait ajouté au gâchis un manque de courage insupportable.

Il avait poussé la porte du Novecento plus tard que d'habitude, avalé plus de Fernet-Coca que d'habitude et avait quitté le bar encore plus mal que d'habitude. Le gâchis continuait puisqu'il avait passé la soirée seul au comptoir et n'avait conversé qu'avec le barman. En errant dans la nuit déserte, imbibé d'alcool, Andrew Stilman avait été pris d'un fou rire. Un fou rire qui s'était rapidement mué en une tristesse profonde. Puis il sanglota pendant une heure, assis sur le bord d'un trottoir, les pieds dans le caniveau.

Il était sans nul doute le plus grand des abrutis et, pourtant, il en avait croisé quelques-uns au cours de sa vie.

En se réveillant avec une gueule de bois qui lui rappela qu'il n'avait plus vingt ans, Andrew comprit combien Valérie lui manquait. Elle lui manquait à en crever, aussi fort que cette créature d'un soir l'avait, pour d'obscures raisons, envoûté. Mais l'une était sa femme, l'autre une illusion. Et Andrew ne cessait de repenser à la lettre que Valérie lui avait écrite.

Il trouverait le moyen de se faire pardonner, les mots justes, c'était son domaine, après tout.

Si son article, qui paraîtrait le lendemain, devait lui apporter un peu de gloire, c'est avec Valérie qu'il souhaitait la partager.

Ce lundi, en sortant de chez lui, il descendit Charles Street, comme chaque matin, et partit à petites foulées vers la rivière faire son footing.

Il attendit que le feu passe au rouge et traversa le West Highway. Lorsqu'il gagna le terre-plein central, le petit personnage lumineux clignotait et, comme chaque matin, Andrew s'engagea pourtant sur la chaussée. Il répondit aux klaxons en levant le poing, majeur dressé vers le ciel. Puis il emprunta l'allée de River Park et accéléra.

Il irait dès ce soir sonner à la porte de Valérie, pour lui présenter ses excuses et lui dire combien il regrettait sa conduite. Il ne doutait plus un instant de ses sentiments pour elle, et il eut envie de se frapper la tête contre un mur en se demandant quelle folie lui avait traversé l'esprit pour se comporter comme il l'avait fait.

Une semaine s'était écoulée depuis leur séparation, sept jours de cauchemar infligés à la femme de sa vie, sept jours d'un égoïsme ignoble, mais cela n'arriverait plus jamais, il lui en ferait la promesse. Il n'aurait désormais de cesse que de la rendre heureuse. Il la supplierait de tout oublier et, quand bien même lui imposerait-elle le pire des chemins de croix avant de lui accorder son pardon, il le parcourrait à genoux si nécessaire.

Andrew Stilman arriva à la hauteur du Pier n° 4, avec une seule idée en tête, reconquérir le cœur de sa femme.

Soudain, il sentit une morsure foudroyante au bas du dos, une déchirure terrible qui remontait vers l'abdomen. Si la douleur avait été localisée plus haut dans la poitrine, il aurait pensé faire un infarctus. Il eut l'impression que sa respiration se bloquait. Ce n'était pas une impression, ses jambes se défilèrent et il eut à peine la force de tendre les bras en avant pour protéger son visage dans sa chute.

À terre, le visage contre l'asphalte, il aurait voulu pouvoir se retourner, appeler à l'aide. Andrew Stilman ne comprenait pas pourquoi aucun son ne sortait de sa gorge, jusqu'à ce qu'une quinte de toux lui fasse cracher un liquide épais.

Découvrant l'étendue rougeâtre qui s'épanchait devant lui, Andrew comprit que c'était son sang qui se répandait sur l'allée de River Park. Pour une raison qu'il ignorait, il était en train de se vider comme un animal à l'abattoir. Un voile noir commença à obscurcir sa vue.

Il supposa qu'on lui avait tiré dessus, bien qu'il

ne se souvînt pas d'avoir entendu une déflagration ; peut-être l'avait-on poignardé. Usant de ses derniers instants de lucidité, Andrew se demanda qui avait bien pu l'assassiner.

Respirer lui était presque impossible. Ses forces l'abandonnaient et il se résolut à l'imminence de sa fin.

Il s'attendit à voir défiler sa vie, guetta une lueur sublime au bout d'un couloir, une voix divine qui le guiderait vers un ailleurs. Rien de tout cela ne se produisit. Les derniers instants de conscience d'Andrew Stilman n'étaient qu'une lente et douloureuse plongée vers le néant.

À 7 h 15, par un lundi matin de juillet, la lumière s'éteignit, et Andrew Stilman comprit qu'il était en train de mourir.

8.

Un air glacial entra dans ses poumons, un fluide tout aussi froid coulait dans ses veines. Une lumière aveuglante l'empêchait d'ouvrir les yeux, la peur aussi. Andrew Stilman se demandait s'il était en train de se réveiller au purgatoire ou en enfer. Compte tenu de ses récents agissements, le paradis lui semblait au-dessus de ses moyens.

Il ne sentait plus battre son cœur, il avait froid, terriblement froid.

La mort étant censée durer l'éternité, il n'allait pas rester dans le noir tout ce temps-là. Il rassembla son courage et réussit à rouvrir les yeux.

Chose qui lui parut pour le moins étrange, il se retrouva adossé au feu rouge du croisement de Charles Street et du West End Highway.

L'enfer ne ressemblait absolument pas à ce qu'on lui avait enseigné aux cours de catéchisme de l'école catholique de Poughkeepsie, à moins que ce carrefour n'en marque l'entrée. Mais vu le nombre de fois qu'Andrew l'avait franchi en allant faire son footing, il s'en serait tout de même rendu compte.

Tremblant comme une feuille au vent, le dos suintant, il regarda machinalement sa montre. Elle affichait 7 heures pile, soit quinze minutes avant qu'on l'ait assassiné.

Cette phrase qu'il venait de formuler mentalement lui parut dénuée de tout sens. Andrew ne croyait pas à la réincarnation et encore moins en une résurrection qui lui aurait permis de revenir sur terre un quart d'heure avant sa mort. Il regarda autour de lui, le paysage ne semblait aucunement différent de ce qu'il avait coutume de voir tous les matins. Un flot d'automobiles remontait vers le nord, de l'autre côté du terre-plein, les voitures, pare-chocs contre pare-chocs, tentaient de gagner le quartier financier, le long de la rivière, des joggeurs parcouraient à bonne allure l'allée de River Park.

Andrew fit de son mieux pour rassembler ses esprits. L'unique intérêt qu'il ait jamais accordé à la mort était qu'elle vous libère de toute souffrance physique. S'il ressentait une pareille douleur au bas du dos, si une kyrielle de petites étoiles se promenaient dans son champ de vision, c'était bien la preuve qu'en ce qui le concernait, corps et âme faisaient toujours un.

Il avait le souffle court, mais de toute évidence il respirait, puisqu'il toussait aussi. Il fut gagné par la nausée et se pencha en avant pour vomir son petit déjeuner dans le caniveau.

Plus question de courir ce matin, ni de boire une goutte d'alcool de toute son existence, même un Fernet-Coca. L'addition que la vie venait de lui présenter était assez salée pour qu'on ne l'y reprenne plus.

Recouvrant un semblant de forces, Andrew fit demi-tour. Une fois chez lui, il prendrait une bonne douche, se reposerait un peu, et tout rentrerait dans l'ordre.

Et tandis qu'il marchait, la douleur dans son dos régressant, Andrew se persuada qu'il avait dû perdre connaissance quelques secondes. Quelques secondes qui l'avaient totalement désorienté.

Il aurait pourtant juré s'être trouvé à la hauteur du Pier n° 4 et non au bout de Charles Street au moment où il avait éprouvé ce malaise. Lorsqu'il consulterait un médecin, et il savait déjà qu'il lui faudrait en consulter un, il ne manquerait pas de faire état de cette confusion mentale. L'incident était suffisamment troublant pour qu'il s'en inquiète.

Ses sentiments pour Valérie n'avaient pas varié pour autant. Tout au contraire, la crainte de mourir les avait renforcés encore davantage.

Quand tout serait rentré dans l'ordre, il appellerait le journal pour prévenir de son retard et sauterait dans un taxi, direction les écuries de la police montée de New York où se trouvait le cabinet vétérinaire de son épouse. Il n'attendrait pas plus longtemps pour lui exprimer ses regrets et lui demander pardon.

Andrew poussa la porte de son immeuble, monta jusqu'au troisième étage, inséra la clé dans la serrure et entra. Ses clés lui échappèrent des mains quand il découvrit Valérie dans son salon. Elle lui demanda s'il avait vu la blouse qu'elle avait rapportée de la teinturerie la veille. Depuis qu'il était parti courir, elle l'avait cherchée sans réussir à mettre la main dessus.

S'arrêtant un instant de fouiller l'appartement, elle l'observa et lui demanda pourquoi il la regardait avec cet air hébété.

Andrew ne sut quoi lui répondre.

— Aide-moi au lieu de rester planté là, je vais finir par être en retard et ce n'est vraiment pas le jour, nous avons une inspection sanitaire ce matin.

Andrew resta immobile, il avait la bouche sèche, l'impression que ses lèvres étaient scellées.

— Je t'ai préparé du café, il est dans la cuisine, tu ferais bien de manger quelque chose, tu es blanc comme un linge. Tu cours trop et trop vite, reprit Valérie en continuant ses recherches. Mais d'abord, je t'en supplie, trouve-moi cette blouse. Il faudrait vraiment que tu me fasses un peu de place dans ta penderie, j'en ai plus qu'assez de trimballer mes affaires d'un appartement à l'autre, regarde le résultat !

Andrew fit un pas vers Valérie et lui agrippa les bras pour capter son attention.

— Je ne sais pas à quoi tu joues, mais te trouver ici est la plus belle surprise de toute ma vie. Tu ne me croiras sûrement pas, je m'apprêtais à venir te voir à ton cabinet. Je dois absolument te parler.

— Ça tombe bien, moi aussi, nous n'avons toujours rien décidé au sujet de ce projet de vacances dans le Connecticut. Quand repars-tu en Argentine déjà ? Tu me l'as dit hier, mais je déteste tellement cette idée, que j'ai déjà oublié.

— Pourquoi repartirais-je en Argentine ?

Valérie se retourna et observa Andrew attentivement.

— Pourquoi repartirais-je en Argentine ? répéta Andrew.

— Parce que ton journal t'a confié « une enquête majeure qui va propulser ta carrière au firmament » ? Je ne fais que répéter ce que tu m'as expliqué ce week-end dans un état de surexcitation qui frisait le ridicule. Parce que ta rédactrice en chef t'a appelé vendredi dernier pour te suggérer d'y retourner, alors que tu en reviens à peine. Mais elle est tellement insistante, et accorde tant d'importance à cette enquête...

Andrew se souvenait très bien de cette conversation avec Olivia Stern, à ce détail près qu'elle avait eu lieu au retour de son premier voyage à Buenos Aires, au début du mois de mai et que nous étions début juillet.

— Elle m'a appelé vendredi dernier ? balbutia Andrew.

— Va manger quelque chose, tu perds la boule.

Andrew ne répondit pas. Il se précipita dans sa chambre, attrapa la télécommande sur la table de nuit et alluma le poste de télévision. La chaîne New York 1 diffusait le journal du matin.

Sidéré, Andrew constata qu'il connaissait chacune des nouvelles que le présentateur annonçait.

Le dramatique incendie qui avait ravagé un entrepôt du Queens et coûté la vie à vingt-deux personnes... l'augmentation du prix des péages à
l'entrée de la ville qui entrait en vigueur le jour
même. Mais le jour en question avait eu lieu deux
mois plus tôt.

Andrew regarda défiler le bandeau d'informations
en continu au bas de l'écran. La date du 7 mai
s'afficha, et il dut s'asseoir sur le lit pour tenter
de comprendre ce qui lui arrivait.

Le présentateur météo annonça l'arrivée de la
première tempête tropicale de la saison, elle perdrait
de son intensité avant d'atteindre les côtes de la
Floride. Andrew Stilman savait que le météorologue
se trompait, et qu'elle redoublerait de force en fin
de journée, de la même façon qu'il se souvenait
du nombre de victimes qu'elle provoquerait sur son
passage.

Son tailleur lui avait dit un jour que la vie
n'était pas comme l'un de ces appareils où il suffisait d'appuyer sur une touche pour rejouer le
morceau choisi, qu'il n'y avait pas de retour en
arrière possible. Apparemment, M. Zanetti s'était
trompé. Quelqu'un, quelque part, avait dû appuyer
sur un étrange bouton, car la vie d'Andrew Stilman venait de se rembobiner soixante-deux jours
en arrière.

Andrew se rendit dans la cuisine, retint sa respiration en ouvrant la porte du réfrigérateur et trouva
ce qu'il redoutait d'y voir : un sac en plastique

contenant la blouse que sa femme – qui n'était pas encore sa femme – avait rangée là par mégarde la veille au soir avec les yaourts achetés à l'épicerie du coin.

Il la lui rapporta, Valérie lui demanda pourquoi sa blouse était glacée, Andrew lui en expliqua la raison, et Valérie lui promit de ne plus jamais lui reprocher d'être distrait. C'était la seconde fois qu'il entendait cette promesse ; la première s'étant produite dans des circonstances parfaitement identiques, deux mois plus tôt.

— Au fait, pourquoi voulais-tu venir me voir à mon cabinet ce matin ? dit-elle en attrapant son sac à main.

— Pour rien, parce que tu me manquais.

Elle l'embrassa sur le front et sortit à la hâte. En lui rappelant de lui souhaiter bonne chance, elle le prévint qu'elle rentrerait probablement tard.

Andrew savait que la visite des services sanitaires n'aurait pas lieu, l'inspecteur ayant à l'instant même un accident de voiture sur le Queensborough Bridge.

Valérie l'appellerait au bureau vers 18 h 30 pour lui proposer d'aller au cinéma. Andrew tarderait à quitter le journal, par sa faute ils rateraient la séance et, pour se faire pardonner, il l'emmènerait dîner en ville.

Andrew avait une mémoire infaillible. Il s'en était toujours félicité, mais jamais il n'aurait pu imaginer que cette faculté le plonge un jour dans un tel état de panique.

Seul dans l'appartement, envisageant l'impensable, Andrew comprit qu'il avait soixante-deux jours devant lui pour découvrir qui l'avait assassiné, et pour quels motifs.

Et ce, avant que son meurtrier n'arrive à ses fins...

9.

En arrivant au journal, Andrew décida de ne rien changer à sa routine. Il avait besoin de prendre du recul sur sa situation et de réfléchir avant de décider quoi que ce soit. Et puis il avait lu dans sa jeunesse quelques bouquins de science-fiction traitant de voyages dans le passé et se souvenait que modifier le cours des événements pouvait avoir de fâcheuses conséquences.

Il passa sa journée à préparer son deuxième séjour en Argentine, séjour qu'il avait déjà organisé dans sa précédente vie. Il envisagea de s'octroyer tout de même le droit de changer d'hôtel à Buenos Aires, celui où il avait séjourné lui ayant laissé un très mauvais souvenir.

Il eut un bref échange de mots avec Freddy Olson, son voisin de bureau. Ce dernier, par jalousie, n'avait de cesse de le rembarrer en comité de rédaction, quand il n'essayait pas de lui piquer ses sujets.

Andrew se rappelait très bien la raison de leur altercation, puisqu'elle avait déjà eu lieu. Tant pis pour l'ordre du monde, il prit l'initiative d'y mettre un terme. Il envoya paître Olson, évitant ainsi à leur rédactrice en chef de sortir de sa cage en verre pour lui imposer l'humiliation de présenter ses excuses à ce crétin, devant tous ses collègues.

Après tout, Andrew n'allait pas marcher au millimètre près dans chacun de ses pas, se dit-il en regagnant sa table. Il écraserait probablement quelques insectes qui avaient survécu à ses footings matinaux sur les pelouses de River Park au cours des deux derniers mois... prochains mois, rectifia-t-il mentalement.

L'idée de défier l'ordre des choses n'était pas pour lui déplaire. Il n'avait pas encore demandé sa main à Valérie – il ne le ferait que dans trois jours après qu'elle lui aurait reparlé de son voyage à Buenos Aires –, il ne lui avait pas encore brisé le cœur, et n'avait donc plus rien à se faire pardonner. S'il n'y avait cette probabilité qu'il finisse baignant dans son sang, dans une soixantaine de jours, ce retour en arrière n'avait finalement que du bon.

Lorsque Valérie lui téléphona à 18 h 30, il commit l'impair de lui promettre, avant qu'elle ne le lui propose, de la rejoindre au cinéma sur-le-champ.

— Comment savais-tu que j'allais te suggérer d'aller au cinéma ? demanda-t-elle, surprise.

— Je ne le savais pas, bafouilla-t-il, les doigts crispés sur son crayon à papier. Mais c'est une bonne idée, n'est-ce pas ? À moins que tu ne préfères un dîner au restaurant ?

Valérie réfléchit un bref instant et opta pour le dîner.

— Je réserve une table chez Omen.

— Tu es très doué ce soir, j'y pensais justement.

Le crayon à papier d'Andrew se brisa dans la paume de sa main.

— Il y a des soirs comme ça, dit-il. Retrouvons-nous dans une petite heure. Puis il l'interrogea sur la façon dont s'était déroulée son inspection sanitaire, bien qu'il connût la réponse.

— Pas d'inspection, lui répondit Valérie, l'inspecteur a eu un accident de voiture en venant. Je te raconterai à table.

Andrew raccrocha.

— Tu vas devoir faire preuve d'un peu plus de finesse au cours des prochains mois, si tu ne veux pas éveiller de soupçons, se dit-il à voix haute.

— Quel genre de soupçons ? demanda Freddy Olson en passant la tête par-dessus la cloison qui séparait son bureau de celui d'Andrew.

— Dis-moi Olson, ta mère ne t'a jamais expliqué que ce n'était pas très poli d'écouter aux portes ?

— Je ne vois aucune porte Stilman, toi qui es si observateur, tu n'as jamais remarqué qu'on travaillait dans un open space ? Tu n'as qu'à parler moins fort. Tu crois que ça m'amuse d'entendre tes conversations ?

— Je n'en doute pas une seconde.

— Alors, de quoi s'agissait-il monsieur le reporter qui prend du galon ?

— Et que signifie cette petite remarque exactement ?

— Oh, ça va Stilman, ici tout le monde sait bien

101

que tu es devenu le protégé de Stern. Que veux-tu, on ne peut pas lutter contre un certain corporatisme.

— Je sais que tes talents journalistiques te font douter d'appartenir à notre profession et je ne te jette pas la pierre, si j'étais aussi nul que toi Olson, je douterais également.

— Très drôle ! Mais je ne parlais pas de ça, Stilman, ne te fais pas plus bête que tu ne l'es.

— Et tu parlais de quoi, Olson ?

— Stilman, Stern, c'est un peu les mêmes origines, non ?

Andrew observa attentivement Freddy. Il se fit la remarque que dans sa vie précédente – et ce genre de pensée lui semblait si absurde qu'il avait encore du mal à s'y faire – cette altercation avec Olson s'était produite bien plus tôt au cours de la journée, à une heure où Olivia Stern se trouvait encore dans son bureau. Or elle en était maintenant partie depuis une bonne demi-heure, comme la plupart de ses collègues, qui avaient levé le camp aux alentours de 18 heures. Le cours des choses, sous l'influence de ses actes, était en train de se modifier et Andrew en conclut qu'il aurait tort de ne pas en profiter. Il décocha une gifle magistrale à Freddy Olson qui recula d'un pas et en resta bouche bée.

— Merde, Stilman, je pourrais porter plainte contre toi, menaça-t-il, en se frottant la joue. Il y a des caméras de surveillance partout sur ce plateau.

— Vas-y, ne te gêne pas, j'expliquerai pourquoi tu t'es pris une baffe. Je suis certain que la vidéo pourrait rencontrer un grand succès sur le Net.

— Tu ne t'en tireras pas comme ça !

— Tu ne crois pas si bien dire ! Bon, j'ai rendez-vous et tu m'as fait perdre assez de temps.

Andrew attrapa sa veste et s'en alla vers les ascenseurs, en faisant un doigt d'honneur à Freddy qui se frottait encore la joue. Dans la cabine qui filait vers le rez-de-chaussée, Andrew fulminait contre son collègue, mais il se dit qu'il avait tout intérêt à s'apaiser avant de retrouver Valérie, il aurait bien du mal à lui expliquer ce qui venait de se produire.

*

Attablé au comptoir du restaurant japonais de SoHo, Andrew avait le plus grand mal à prêter attention à ce que lui disait Valérie. Cela étant, il avait pour excuse de connaître déjà toute sa conversation. Et pendant qu'elle lui parlait de sa journée, il réfléchissait à la façon d'exploiter au mieux la situation pour le moins déconcertante dans laquelle il se trouvait.

Il regretta amèrement de s'être toujours moqué de l'actualité financière. Dire qu'il aurait suffi qu'il s'y soit un peu intéressé pour se faire une petite fortune. S'il avait mémorisé les cours de la Bourse des prochaines semaines, qui appartenaient pour lui au passé, il aurait pu en misant ses économies se faire un joli pactole. Mais rien ne l'ennuyait plus que Wall Street et ses excès.

— Tu n'écoutes pas un mot de ce que je te raconte. Je peux savoir à quoi tu penses ?

— Tu viens de me dire que Licorice, l'un de tes

chevaux préférés, souffrait d'une sale tendinite et que tu redoutais qu'elle vive ses derniers jours de service dans la police montée ; tu m'as aussi précisé que l'officier... mince j'ai oublié son nom... bref, son cavalier, ne s'en remettrait pas si on devait réformer son canasson.

Valérie regarda Andrew et resta sans voix.

— Quoi, demanda Andrew ? Ce n'est pas ce que tu viens de me dire ?

— Non, ce n'est pas ce que je viens de te dire, mais c'est exactement ce que je m'apprêtais à te dire. Qu'est-ce qui t'arrive aujourd'hui, tu as avalé une boule de cristal au petit déjeuner ?

Andrew se força à rire.

— Tu es peut-être plus distraite que tu ne le penses, je n'ai fait que répéter tes paroles. Comment voudrais-tu autrement que je sache tout cela ?

— C'est précisément la question que je te pose !

— Tu l'as peut-être pensé si fort que je t'ai entendue avant même que tu ne parles, ce qui prouve combien nous sommes connectés l'un à l'autre, dit-il en affichant un sourire séducteur.

— Tu as téléphoné au cabinet, tu es tombé sur Sam et tu l'as cuisiné.

— Je ne connais pas ce Sam et je te jure que je n'ai pas appelé ton bureau.

— C'est mon assistant.

— Tu vois, je n'ai aucune boule de cristal, j'aurais juré qu'il s'appelait John, ou un truc comme ça. On peut passer à autre chose ? suggéra Andrew.

— Et toi, ta journée ?

Cette question plongea Andrew dans une profonde réflexion.

Il était mort en faisant son footing matinal, s'était réveillé peu de temps après à environ un mile du lieu où on l'avait assassiné et, plus surprenant encore, deux mois avant l'agression. Depuis, il revivait une journée, presque identique à celle qu'il avait connue par le passé.

— Longue, répondit-il laconiquement, ma journée fut très longue, j'ai pour ainsi dire l'impression de l'avoir vécue deux fois !

*

Le lendemain matin, Andrew se retrouva seul dans l'ascenseur avec sa rédactrice en chef. Elle se tenait derrière lui, mais il pouvait voir dans le reflet des portes de la cabine qu'elle le regardait bizarrement, de cette façon dont on vous observe avant de vous annoncer une mauvaise nouvelle. Il attendit un instant et se mit à sourire.

— À propos, dit-il comme s'il poursuivait une conversation, avant que ce con d'Olson ne vienne cafter, je lui ai collé une baffe avant de partir hier soir.

— Vous avez fait quoi ? s'exclama Olivia.

— Je crois que vous avez parfaitement entendu. Pour être tout à fait honnête, je pensais que vous le saviez déjà.

— Et pourquoi avez-vous fait cela ?

— Rien qui engage le journal, soyez rassurée, et

si cet abruti portait plainte, j'en assumerais l'entière responsabilité.

Olivia tira sur le bouton d'arrêt et appuya sur celui du rez-de-chaussée, l'ascenseur s'immobilisa et redescendit.

— Où va-t-on ? demanda Andrew.

— Prendre un café.

— Le café, je vous l'offre, mais je ne vous en dirai pas plus, répondit Andrew alors que les portes de la cabine s'ouvraient.

Ils s'installèrent à une table de la cafétéria. Andrew alla chercher deux mocaccinos et en profita pour s'acheter un croissant au jambon.

— Ça ne vous ressemble tellement pas, dit Olivia Stern.

— C'était juste une gifle, rien de bien méchant, et il ne l'avait pas volée.

Olivia le regarda et se mit à sourire à son tour.

— J'ai dit quelque chose de drôle ? demanda Andrew.

— Je devrais vous faire la morale, vous dire que de tels gestes sont inacceptables et pourraient vous coûter une mise à pied, si ce n'est votre place, mais j'en suis bien incapable.

— Qu'est-ce qui vous en empêche ?

— J'aurais adoré coller cette gifle à Olson.

Andrew se garda de tout commentaire et Olivia enchaîna aussitôt.

— J'ai lu vos notes, c'est bien, mais ce n'est pas suffisant. Pour pouvoir publier votre histoire il me faut du concret, des témoignages irréfutables, des

preuves... je vous suspecte d'avoir intentionnellement édulcoré votre texte.

— Pourquoi aurais-je fait ça ?

— Parce que vous êtes sur un gros coup et que
vous ne voulez pas tout me révéler pour l'instant.

— Vous me prêtez de drôles d'intentions.

— J'ai appris à vous connaître, Andrew. Donnant donnant, j'ai accédé à votre demande, vous
repartirez en Argentine, mais, pour que je justifie
vos frais, il va falloir nourrir ma curiosité. Vous
avez retrouvé la trace de cet homme, oui ou non ?

Andrew considéra sa patronne un instant. Depuis
qu'il faisait ce métier, il avait appris à ne faire
confiance à personne. Mais il savait que s'il ne
lâchait rien, Olivia ne le laisserait pas retourner
à Buenos Aires, et comme elle l'avait deviné, à
l'aube du mois de mai, il était loin d'avoir terminé
son enquête.

— Je pense être sur la bonne voie, concéda-t-il
en reposant son café sur la table.

— Et comme le suggèrent vos notes, vous le
soupçonnez d'avoir participé à ce trafic ?

— Difficile d'affirmer quoi que ce soit. De
nombreuses personnes furent impliquées dans ces
affaires, les langues ne se délient pas facilement.
C'est un sujet encore douloureux pour la plupart
des Argentins. Puisque nous en sommes aux confidences, pourquoi tenez-vous tant à cette enquête ?

Olivia Stern considéra son journaliste.

— Vous l'avez déjà retrouvé, n'est-ce pas ? Vous
avez mis la main sur Ortiz ?

— Possible... mais je partage votre avis, je

n'en ai pas encore assez sous le pied pour que cette histoire soit publiée, c'est pour cela qu'il faut que je retourne là-bas. Vous êtes d'accord avec moi sur le fait que vous n'avez pas répondu à ma question...

Olivia se leva et lui fit signe qu'il pouvait terminer son croissant tout seul.

— C'est votre priorité absolue, Andrew, je vous veux à cent pour cent sur cette affaire. Vous avez un mois, pas plus.

Andrew regarda sa rédactrice en chef sortir de la cafétéria. Deux réflexions lui vinrent à l'esprit. Il se fichait complètement de ses menaces, sachant pertinemment qu'il repartirait à Buenos Aires à la fin du mois et qu'il mènerait son enquête à terme. Au cours de la conversation, Olivia l'avait pris de court, et il avait dû y réfléchir à deux fois avant de parler, se demandant en permanence ce qu'elle était censée savoir et ce qu'elle ignorait encore.

Et pour cause, il n'avait aucun souvenir de lui avoir remis ses notes, pas plus dans cette vie qu'au cours de celle qui s'était achevée dans l'allée de River Park. D'autre part, il était certain de ne jamais avoir eu cette discussion avec elle auparavant.

Et, retournant à son bureau, Andrew se dit qu'il n'aurait peut-être pas dû gifler Freddy Olson la veille au soir. Dorénavant il faudrait être plus vigilant à ne pas modifier le cours de certaines choses.

*

Andrew profita d'une pause pour aller se promener sur Madison Avenue et s'arrêta devant la vitrine d'un bijoutier. Il n'avait pas de grands moyens financiers, mais sa demande en mariage était encore plus motivée que la première fois. Il s'était senti un peu ridicule chez Maurizio de ne pas avoir pu présenter le petit écrin rituel au moment où il s'était agenouillé.

Il entra dans le magasin et regarda attentivement les vitrines. Il lui fallut se rendre à l'évidence, on ne jouait pas si facilement que cela avec le cours des événements. La vie avait un ordre qu'il n'était pas facile de bouleverser. Il reconnut parmi dix autres la bague que Valérie avait choisie quand ils étaient venus l'acheter ensemble. Et pourtant, Andrew n'avait aucun doute sur le fait que ce n'était pas dans cette bijouterie.

Mais il se souvenait très bien du prix de cette bague. Aussi, lorsque le bijoutier tenta de lui faire croire qu'elle en valait le double, Andrew lui répliqua avec assurance :

— Ce diamant pèse un peu moins de 0,95 carat et, bien qu'il soit assez lumineux à première vue, c'est une taille ancienne et il comporte suffisamment d'inclusions pour justifier que sa valeur ne dépasse pas la moitié de ce que vous m'en demandez.

Andrew ne faisait que répéter ce que le précédent bijoutier avait expliqué, quand il avait acheté cette bague avec Valérie. Il s'en souvenait d'autant mieux que la réaction de sa fiancée l'avait profondément touché. Il s'attendait à ce qu'elle choisisse une pierre de meilleure qualité, mais en passant la bague à son doigt, Valérie avait dit au vendeur que c'était bien suffisant pour elle.

— Je ne vois donc que deux explications possibles, reprit Andrew. Soit vous vous êtes trompé de référence en regardant l'étiquette, je ne vous blâme pas on dirait des pattes de mouche, soit vous essayez de m'entuber. Ce serait dommage que ça me donne envie d'écrire un petit papier sur les arnaques des bijoutiers. Je vous ai dit que j'étais journaliste au *New York Times* ?

Le bijoutier examina à nouveau l'étiquette, fronça les sourcils et annonça tout confus qu'il s'était en effet trompé, cette bague valait bien le prix qu'Andrew lui en avait proposé.

L'affaire se conclut dans la plus grande civilité et Andrew ressortit sur Madison Avenue avec un ravissant petit écrin au fond de la poche de son veston.

Son deuxième achat de la journée fut un petit cadenas à combinaison qu'il destinait à verrouiller le tiroir de son bureau.

Le troisième était un carnet de moleskine doté d'un élastique. Il ne le réservait pas aux notes concernant son article, mais à une autre enquête devenue pour lui prioritaire : découvrir, en moins de cinquante-neuf jours, l'identité de celui qui l'avait assassiné et l'empêcher d'arriver à ses fins.

Andrew entra dans un Starbucks Coffee. Il s'acheta de quoi se nourrir et s'installa dans un fauteuil club, commençant à réfléchir à tous ceux qui auraient pu le vouloir mort. De telles pensées le mirent profondément mal à l'aise. Qu'avait-il donc raté à ce point dans son existence pour en être arrivé à faire ce genre d'inventaire ?

Il nota le nom de Freddy Olson. On ne sait jamais de quoi un collègue de bureau est vraiment capable, ni jusqu'où la jalousie peut conduire. Andrew voulut se rassurer aussitôt, Olson était une couille molle et puis ils n'en étaient jamais venus aux mains dans sa précédente vie.

Il y avait eu ces lettres de menaces reçues peu après la publication de son article sur un trafic d'enfants en Chine. Son papier avait certainement bouleversé la vie de nombreuses familles américaines touchées par le sujet.

Les enfants sont sacrés ; tous les parents du monde vous le diront, ils seraient prêts à tout pour protéger leur progéniture, même à tuer.

Andrew se demanda ce qu'il aurait fait lui-même s'il avait adopté un enfant et qu'un journaliste l'eût rendu complice involontaire d'une telle affaire, affirmant que l'enfant devenu sien avait peut-être été volé à ses vrais parents.

— J'en aurais probablement voulu jusqu'à la fin de mes jours au type qui aurait ouvert cette boîte de Pandore, grommela Andrew.

Que faire en sachant que votre enfant finira tôt ou tard par découvrir la vérité, maintenant qu'elle avait été rendue publique ? Lui briser le cœur et le vôtre en même temps en le raccompagnant à sa famille légitime ? Vivre dans le mensonge et attendre qu'à l'âge adulte il vous reproche d'avoir fermé les yeux sur le pire des trafics ?

En écrivant son article, Andrew n'avait qu'effleuré les implications de telles révélations. Combien de pères et de mères américains avait-il plongés dans une situation déchirante ? Mais seuls les faits comptaient, son métier était de faire éclater la vérité ; on ne voit jamais midi qu'à sa porte, comme lui disait souvent son paternel.

Il raya le nom d'Olson sur son carnet et nota d'aller relire les trois lettres anonymes le menaçant de mort.

Puis il songea à son enquête en Argentine. La dictature qui avait régné entre 1976 et 1983 n'avait pas hésité à envoyer des assassins hors de ses frontières pour supprimer les opposants au régime ou ceux qui se risquaient à en dénoncer les agissements criminels. Les temps avaient changé, mais certaines méthodes restent ancrées à jamais dans les cerveaux les plus tordus.

Cette enquête, là aussi, avait dû en déranger plus d'un. L'hypothèse qu'un ancien membre des forces armées, un responsable de l'ESMA[1], de l'un ou l'autre de ces camps secrets où les victimes des disparitions forcées étaient conduites pour y être torturées et assassinées, était possible, sinon probable.

Sur son autre carnet, Andrew commença à recopier les noms de ceux et celles qu'il avait interrogés au cours de son premier séjour. Pour des raisons évidentes, les notes prises au cours du second voyage

1. École supérieure de mécanique de la marine, qui a abrité pendant la dernière dictature l'un des plus grands centres clandestins de détention.

n'y figuraient pas. Quand il retournerait à Buenos Aires, il veillerait à être plus vigilant encore.

— Comme d'habitude, tu ne penses qu'à ton boulot, se dit-il à voix basse en tournant les pages de son carnet.

Et l'ex-petit ami de Valérie ? Elle n'en parlait jamais, deux ans de vie commune, ce n'est pas rien. Un type qui se fait plaquer pour un autre peut devenir violent.

Songer à tous ces gens qui auraient pu vouloir le supprimer lui avait coupé l'appétit. Andrew repoussa son assiette et se leva.

En route vers son bureau, il fit tourner le petit écrin au fond de sa poche, refusant d'envisager ne serait-ce qu'un instant l'hypothèse qui venait de lui effleurer l'esprit.

Jamais Valérie n'aurait été capable de commettre un tel acte.

— En es-tu vraiment sûr ? lui souffla sa conscience comme un vent mauvais qui lui glaça le sang.

*

Le jeudi de la première semaine de sa résurrection – cette expression le terrorisait chaque fois qu'il la formulait – Andrew, plus pressé que jamais de retourner à Buenos Aires, s'attela à peaufiner les derniers détails de son voyage. Il renonça finalement à changer d'hôtel, il y avait fait des rencontres décisives pour ses recherches.

La fille qui tenait le bar, une certaine Marisa, lui

avait confié l'adresse d'un café où se réunissaient d'anciens membres de l'ERP, l'Armée révolutionnaire du peuple, et des Montoneros qui avaient survécu à leur passage dans un centre de détention. Ils étaient peu nombreux. Elle l'avait aussi mis en relation avec l'une des Mères de la place de Mai, ces femmes dont les enfants avaient été enlevés par les commandos de l'armée pour ne jamais reparaître ; femmes qui, bravant la dictature, avaient arpenté les trottoirs de la place de Mai pendant des années, en portant des panneaux où figuraient les photos de leurs disparus.

Marisa était drôlement sexy et ses charmes n'avaient pas laissé Andrew insensible. La beauté des Argentines n'était pas une légende.

*

Simon l'avait appelé vers 11 heures pour déjeuner avec lui. Andrew ne se rappelait plus ce rendez-vous. Leur conversation lui reviendrait peut-être en mémoire au cours du repas.

*

Dès que Simon lui parla de la femme qui l'avait appelé la veille – il l'avait rencontrée lors de son séjour aux sports d'hiver – Andrew se souvint que ce déjeuner n'avait aucun intérêt. Pour la énième fois, Simon s'était entiché d'une créature au physique plus marquant que son sens de l'humour. Andrew, qui voulait retourner à son article au plus vite, coupa la parole à son ami, lui annonçant sans ménagement qu'il allait droit dans le mur.

— Tu m'as bien dit que cette fille habite Seattle et qu'elle vient passer quatre jours à New York, c'est ça ?

— Oui, et c'est moi qu'elle a choisi d'appeler pour que je lui fasse visiter la ville, répliqua aussitôt Simon, plus heureux que jamais.

— La semaine prochaine, nous serons assis à cette même table et tu me diras de fort mauvaise humeur que tu t'es fait avoir. Cette fille cherche un benêt dans ton genre qui la sortira pendant trois jours, paiera les additions et lui offrira un toit où dormir. Le soir en rentrant dans ton appartement, elle prétextera qu'elle est crevée, te jouera l'auberge du cul tourné et s'endormira illico. Pour toute gratification, tu auras le droit à un petit baiser sur la joue le jour de son départ.

Simon resta bouche bée.

— C'est quoi l'auberge du cul tourné ?

— Tu veux que je te fasse un dessin ?

— Et comment tu sais tout ça ?

— Je le sais, c'est tout !

— Tu es jaloux, c'est pathétique.

— Tes vacances de Noël sont finies depuis cinq mois, tu as eu de ses nouvelles entre-temps ?

— Non, mais enfin, Seattle-New York, avec la distance…

— Crois-moi, elle a revisité son carnet d'adresses et s'est arrêtée à la lettre P comme pigeon, mon Simon !

Andrew régla l'addition. Cette conversation l'avait ramené aux vacances de Noël et au souvenir d'un incident survenu le lendemain du réveillon, quand il s'était fait renverser par une voiture sortant du commissariat de police de Charles Street. Mener des enquêtes journalistiques entrait dans sa sphère de compétence, mais une enquête criminelle requérait des aptitudes particulières. Les services d'un policier, même s'il n'était plus en service, pourraient lui être fort utiles. Il chercha dans son carnet le numéro de téléphone que lui avait laissé un certain inspecteur Pilguez.

10.

Après avoir quitté Simon, Andrew passa un appel à l'inspecteur Pilguez. Il obtint sa messagerie vocale, hésita à laisser un message et raccrocha.

Arrivant au journal, il se mit à frissonner et ressentit une douleur intense dans les reins, si forte qu'il fut contraint de prendre appui sur la rambarde de l'escalier. Andrew n'avait jamais souffert du dos, et cette anomalie ne manqua pas de lui rappeler la sinistre échéance qui se rapprochait. Si l'imminence de la mort devait se manifester de la sorte, pensa-t-il, il ferait bien de se faire prescrire très vite un stock d'antalgiques.

Sa rédactrice en chef qui rentrait de déjeuner le surprit au bas des marches, crispé par la douleur, alors qu'il tentait de récupérer son souffle.

— Vous allez bien, Andrew ?

— Je me suis senti mieux pour être très franc.

— Vous êtes d'une pâleur inquiétante, voulez-vous que j'appelle le 911 ?

— Non, ce n'est qu'un mauvais tour de reins, ça va passer.

— Vous devriez prendre votre après-midi, et aller vous reposer.

Andrew remercia Olivia. Il allait se rafraîchir le visage et tout rentrerait dans l'ordre.

En se regardant dans le miroir des sanitaires, Andrew eut l'impression de voir la mort rôder dans son dos et il s'entendit murmurer :

— Tu as bénéficié d'une partie gratuite, mon vieux, mais tu as intérêt à te remuer les méninges si tu veux qu'elle se prolonge. Tu ne crois pas que ce genre de chose est offert à tout le monde quand même ! Tu as écrit suffisamment de nécrologies pour te faire une petite idée de ce que cela signifie quand le compteur s'arrête. Plus rien ne doit t'échapper, aucun détail, les jours passent et ils passeront de plus en plus vite.

— Tu parles encore tout seul, Stilman ? demanda Olson en sortant d'un box.

Il remonta la fermeture Éclair de son pantalon et s'approcha d'Andrew, près du lavabo.

— Je ne suis pas d'humeur, répondit celui-ci en se passant le visage sous l'eau.

— Je vois ça. Je te trouve vraiment bizarre ces derniers temps, je ne sais pas ce que tu mijotes encore, mais ça ne doit pas être très catholique ton affaire.

— Olson, tu pourrais t'occuper des tiennes, d'affaires, et me foutre la paix.

— Je ne t'ai pas dénoncé ! annonça fièrement Olson, comme s'il se vantait d'un acte héroïque.

— C'est bien, Freddy, tu deviens un homme.

Olson avança vers l'essuie-mains et tira de toutes ses forces sur le rouleau de tissu.

— Ces trucs ne marchent jamais, dit-il en tapant sur le couvercle de l'appareil.

— Tu devrais en faire un article, je suis certain que ça plairait beaucoup, ton plus beau papier de la saison, « La malédiction des essuie-mains » par Freddy Olson.

Olson lança un regard noir à Andrew.

— Ça va, je plaisantais, ne prends pas tout au premier degré.

— Je ne t'aime pas, Stilman, et je ne suis pas le seul dans ce journal à ne pas supporter ton arrogance, mais au moins, moi, je ne fais pas semblant. Nous sommes nombreux à t'attendre au tournant. Tu finiras par dégringoler de ton piédestal.

À son tour, Andrew observa son collègue.

— Et qui d'autre fait partie du joyeux club des anti-Stilman ?

— Cherche plutôt ceux qui t'apprécient, tu verras que la liste n'est pas longue.

Olson jeta un regard de dédain à Andrew et ressortit des toilettes.

Luttant contre la douleur, Andrew le suivit et le rattrapa devant les ascenseurs.

— Olson ! J'ai eu tort de te frapper. Je suis un peu à cran en ce moment, je te présente mes excuses.

— Vraiment ?

— Entre collègues, nous devrions mettre un peu d'eau dans notre vin.

Freddy regarda Andrew.

— OK, Stilman, j'accepte tes excuses.

Olson tendit la main et Andrew fit un effort surhumain pour la lui serrer. Olson avait les mains affreusement moites.

Tout l'après-midi, Andrew traîna une fatigue qui l'empêcha d'écrire. Il en profita pour relire les premières lignes de son article sur les événements qui avaient frappé l'Argentine durant la dictature.

Andrew Stilman, New York Times

Buenos Aires, 24 mars 1976
Un nouveau coup d'État reconduit un tyran au pouvoir. Après avoir interdit partis politiques et syndicats, institué une censure de la presse dans tout le pays, le général Jorge Rafaël Videla et les membres de la junte militaire organisent une campagne de répression telle que la nation Argentine n'en a jamais connue.

L'objectif déclaré est de prévenir toute forme d'insurrection, de supprimer toute personne suspectée de dissidence. S'engage alors une véritable chasse à l'homme dans le pays. Celui qui s'oppose au régime, ses amis, ou simples relations comme tous ceux qui expriment des pensées allant à l'encontre des valeurs conservatrices de la civilisation chrétienne seront considérés comme terroristes, quels que soient leur âge ou leur sexe.

La junte au pouvoir ouvre des centres de détention clandestins, crée des sections spéciales composées d'unités de police et de membres appartenant aux trois corps de l'armée. Les escadrons de la mort sont en marche.

Sous le commandement de responsables régionaux, leur mission est de kidnapper, torturer, assassiner toute personne suspectée de sympathiser avec l'opposition. Durant dix ans, la junte au pouvoir réduira en esclavage et fera disparaître plus de trente mille personnes, hommes et femmes de tous âges, le plus souvent très jeunes. Plusieurs centaines d'enfants seront arrachés à leur mère dès leur naissance pour être donnés à des sympathisants du régime. L'identité de ces enfants sera méthodiquement effacée au bénéfice d'une nouvelle fabriquée de toutes pièces. La doctrine du pouvoir en place revendique une morale chrétienne inébranlable : soustraire des âmes innocentes à des parents aux idéaux pervertis pour leur offrir la salvation en les confiant à des familles dignes de les élever.

Les « disparus », ainsi qu'on les nomme, seront enterrés dans des fosses communes et, pour beaucoup d'entre eux, anesthésiés dans les centres de détention avant d'être transportés à bord d'avions clandestins d'où ils seront jetés vivants dans le Rio Grande et dans l'océan.

Il ne restera aucune trace de ce massacre pouvant incriminer les dirigeants au pouvoir...

Andrew parcourut pour la énième fois la liste qui regroupait les noms des commanditaires de ces barbaries. Région par région, zone urbaine par zone urbaine, centre de détention par centre de détention. Les heures de la journée s'égrenaient à la lecture des noms des bourreaux alors qu'il continuait d'éplucher les retranscriptions de témoignages, d'aveux de minutes de procès rendus stériles. Une fois la démocratie rétablie, les barbares avaient joui d'une impunité presque totale après qu'une loi d'amnistie fut votée.

En accomplissant ce travail de fourmi, Andrew continuait inlassablement de rechercher la trace d'un certain Ortiz, dont le parcours était, selon les informations communiquées par sa rédactrice en chef, emblématique de ces simples soldats devenus les complices tacites des pires atrocités.

Pourquoi lui en particulier ? Son destin était des plus mystérieux, lui avait déclaré Olivia Stern. Qu'il s'agisse de l'Argentine ou d'ailleurs, la question restait la même : quelle ferveur avait inspirée le pouvoir en place pour transformer des hommes normaux en tortionnaires, comment un père de famille pouvait rentrer chez lui, embrasser sa femme et ses enfants, après avoir au cours de sa journée torturé et assassiné d'autres femmes, d'autres enfants ?

Andrew savait qu'il s'en était fallu de peu pour qu'il réussisse à coincer Ortiz. Était-ce l'un de ses anciens complices, l'un de ses compagnons d'armes qui l'avait poursuivi jusque dans les allées de River Park ?

Quelque chose clochait dans cette théorie. Andrew avait été tué deux jours avant que son article ne paraisse, il ne pouvait donc pas s'agir d'une vengeance. Néanmoins, se dit-il, lorsqu'il retournerait à Buenos Aires, il lui faudrait être bien plus vigilant qu'il ne l'avait été au cours de sa précédente vie.

Plus il y songeait, plus il paraissait évident à Andrew qu'il avait besoin d'aide. Il rappela l'inspecteur Pilguez.

Le policier à la retraite supposa que ce coup de téléphone n'augurait rien de bon et qu'Andrew avait finalement décidé d'engager des poursuites après l'accident qu'il lui avait causé.

— J'ai bien des douleurs dans le dos, mais vous n'y êtes pour rien, le rassura Andrew. Mon appel n'est pas lié à votre façon un peu énergique de sortir d'un parking.

— Ah ? souffla Pilguez, alors que me vaut le plaisir ?

— J'ai besoin de vous voir, c'est urgent.

— Je vous inviterais bien à prendre un café, mais j'habite San Francisco, c'est un peu loin de chez vous.

— Je comprends, soupira Andrew.

— De quel genre d'urgence parlez-vous ? reprit Pilguez après un court instant d'hésitation.

— D'un genre vital.

— S'il s'agit d'une affaire criminelle, je suis à la retraite. Mais je peux vous recommander à l'un de mes collègues new-yorkais. L'inspecteur Lucas du 6e Precinct a toute ma confiance.

— Je sais que vous êtes à la retraite, mais c'est à vous que je veux me confier, question d'instinct.

— Je vois...

— J'en doute fort. La situation dans laquelle je me trouve est pour le moins incongrue.

— Je vous écoute. J'ai une certaine habitude des

123

situations incongrues, croyez-moi, insista l'inspecteur.

— Ce serait trop compliqué par téléphone. Vous ne me croiriez pas… Pardonnez cet appel intempestif. Je vous souhaite une agréable soirée.

— À San Francisco, nous sommes encore au milieu de l'après-midi.

— Alors bon après-midi, inspecteur.

Andrew raccrocha. Il prit sa tête entre ses mains et essaya de rassembler ses esprits.

Il avait rendez-vous dans une heure avec Valérie, et ferait mieux de changer d'humeur s'il ne voulait pas gâcher cette soirée si importante. Il avait usé de son quota d'égoïsme dans sa précédente vie.

*

Il lui fit sa demande en mariage, comme si c'était la première fois. Elle admira la bague qu'Andrew lui avait passée au doigt et l'assura, émue, qu'elle n'en aurait pas choisi d'autre.

Le dîner achevé, Andrew téléphona à Simon et tendit aussitôt l'appareil à Valérie pour qu'elle lui annonce la nouvelle ; puis vint le tour d'appeler Colette.

En arrivant au bas du petit immeuble de l'East Village, Andrew sentit son téléphone vibrer au fond de sa poche. Il décrocha, intrigué.

— J'ai réfléchi à notre petite conversation. Ma femme serait ravie que je lui fiche la paix pendant quelques jours. Il paraît que je tourne en rond depuis que je suis à la retraite… et qu'un peu de distraction ne pourrait pas me faire de mal. Tout cela pour vous dire que je prendrai l'avion demain matin. Je vais profiter de ces quelques jours de liberté pour venir rendre visite à de vieux amis new-yorkais. Retrouvons-nous pour un dîner vers 21 heures au même endroit que la dernière fois. Soyez à l'heure, vous avez éveillé ma curiosité, monsieur Stilman.

— À demain inspecteur, 21 heures chez Frankie's, répondit Andrew soulagé.

— Qui était-ce ? interrogea Valérie.

— Personne.

— Et demain soir, tu dînes avec personne ?

*

La salle baignait dans un clair-obscur. Attablé au fond du restaurant, l'inspecteur Pilguez attendait. Andrew regarda sa montre en s'asseyant.

— C'est moi qui suis en avance, dit l'inspecteur en lui serrant la main.

Le serveur leur présenta les cartes et l'inspecteur fronça les sourcils.

— Cette manie des éclairages tamisés dans les restaurants, c'est exaspérant. Je n'arrive pas à lire une ligne de ce menu, reprit-il en extrayant une paire de lunettes de sa poche.

Andrew consulta rapidement la carte et la reposa.

— Ils servent toujours une bonne viande ici, reprit Pilguez en renonçant à la lecture du menu.

— Va pour une viande, dit Andrew. Vous avez fait bon voyage ?

— Quelle question ! Comment voulez-vous faire

un agréable voyage en avion de nos jours ? Mais passons à ce qui nous amène ici, que puis-je faire pour vous ?

— M'aider à arrêter la personne qui m'a...

Andrew marqua un temps d'hésitation avant de poursuivre.

— ... qui a tenté de m'assassiner, répondit-il, sans autre forme de préambule.

Pilguez reposa sa bouteille de bière.

— Vous avez déposé une plainte au commissariat ?

— Non.

— Si quelqu'un a vraiment voulu vous tuer, vous devriez peut-être commencer par là, non ?

— C'est un peu plus compliqué que cela... disons que cela n'a pas encore eu lieu.

— Ce n'est pas très clair. On a tenté de vous assassiner ou on va tenter de vous assassiner ?

— Si je répondais sincèrement à cette question, j'ai bien peur que vous ne me preniez pour un illuminé.

— Essayez quand même.

— Eh bien les deux, inspecteur.

— Je comprends, vous avez été victime d'une tentative d'assassinat et vous supposez que l'auteur va remettre le couvert d'ici peu, c'est bien ça ?

— En quelque sorte.

Pilguez fit signe au serveur de venir prendre leur commande. Dès qu'il s'en fut allé, il fixa attentivement son interlocuteur.

— Je viens de passer six heures coincé dans une boîte de sardines à trente mille pieds d'altitude, parce que vous m'avez appelé à l'aide. Vous m'êtes sympathique et je me sens redevable après vous avoir un peu roulé dessus.

— Vous m'avez tout juste bousculé, et je n'ai pas eu la moindre égratignure.

— Justement, dans cette ville de tordus qui vous font des procès pour un rien, j'avais toutes les chances que vous essayiez d'obtenir une belle indemnisation de ma compagnie d'assurances. Vous ne l'avez pas fait, j'en déduis que vous êtes un homme honnête. J'ai senti que vous étiez inquiet, vraiment inquiet. En quarante ans de carrière mon flair m'a rarement trompé et croyez-moi, j'ai été témoin d'événements que vous ne soupçonneriez pas. Si je vous en racontais certains, vous me prendriez pour bien plus allumé que vous. Alors soit vous m'expliquez exactement de quoi il s'agit, soit je termine ce steak et je vais me coucher. Ai-je été clair ?

— On ne peut plus clair, répondit Andrew en baissant les yeux.

— Je vous écoute, j'ai horreur de manger froid, poursuivit l'inspecteur en attaquant son repas.

— J'ai été assassiné le 9 juillet.

L'inspecteur se mit à compter sur ses doigts.

— C'était donc il y a dix mois. Vous m'expliquerez plus tard dans quelles circonstances, mais avant tout, qu'est-ce qui vous laisse penser que l'on va de nouveau menacer votre vie ?

— Vous ne m'avez pas bien entendu, on m'a tué cet été.

— Nous ne sommes que le 11 mai et vous m'avez l'air plutôt bien vivant...

— Je vous avais prévenu.

— Vous avez de sérieux problèmes d'expression pour un journaliste. Si je comprends bien ce que vous sous-entendez, vous êtes convaincu que l'on va vous assassiner le 9 juillet. Pourquoi cette date ?

— C'est encore plus complexe que cela...

Et Andrew fit le récit détaillé de ce qui lui était arrivé dans l'allée de River Park au matin du 9 juillet et de l'expérience invraisemblable qu'il vivait depuis lors.

Lorsqu'il eut terminé de parler, l'inspecteur siffla sa bière d'un trait et en commanda une autre.

— Je dois avoir un don pour attirer les affaires bizarres, ou alors une malédiction s'est abattue sur moi.

— Pourquoi dites-vous cela ?

— Vous auriez du mal à comprendre...

— Au point où nous en sommes.

— Je vous en parlerai une autre fois. Bon, résumons, vous prétendez que vous avez été assassiné et que, aussitôt mort, vous auriez fait un saut de deux mois dans le passé. Vous avez fait un scanner pour vérifier que tout fonctionnait bien sous vos méninges ? demanda l'inspecteur sur un ton goguenard.

— Non.

— On devrait peut-être commencer par là. Vous avez peut-être un petit caillot bloqué quelque part dans le cerveau qui vous fait prendre des vessies pour des lanternes. J'ai une très bonne amie neurochirurgienne à San Francisco, une femme épatante, qui a vécu elle aussi des choses peu communes. Je peux lui passer un coup de fil, elle aura certainement un confrère new-yorkais à vous recommander.

— Si je vous disais que je peux vous raconter ce qui va se passer d'ici à juillet.

— Et en plus, vous seriez extralucide !

— Non, j'ai juste une excellente mémoire, je me souviens de ce que j'ai vécu au cours des deux derniers mois de ma vie.

— Excellent, voilà qui écarte un Alzheimer précoce. Sérieusement Stilman, vous croyez à ce que vous dites ?

Andrew resta silencieux, Pilguez lui tapota amicalement la main.

— Bien sûr que vous y croyez ! Et il fallait que ça tombe sur moi, qu'est-ce que j'ai pu faire au bon Dieu ?

— Ce n'est pas grave, reprit Andrew, je me doutais que j'avais peu de chances de vous convaincre. Moi-même, à votre place...

— Vous aimez le sport ? interrompit Pilguez en lançant un regard vers le poste de télévision accroché au-dessus du comptoir du bar.

— Oui, comme tout le monde.

— Ne vous retournez pas, les Yankees sont en train de jouer contre les Mariners de Seattle, le match touche à sa fin, vous pouvez me donner le score final ?

— Je ne m'en souviens pas précisément, ce que je peux vous dire, c'est que, contre toute attente, les

Mariners commencent une saison exceptionnelle, les Yankees doivent être en train de manger la pelouse.

— Mouais, soupira Pilguez, n'importe quel fan des Mariners vous dirait la même chose.

— Fan des Mariners et New Yorkais… vous plaisantez ! Les Yankees vont reprendre le dessus dans les toutes dernières minutes et gagner de justesse.

— Ils n'en prennent pas le chemin, soupira Pilguez.

— Demain matin, achetez le *New York Times*. En première page, vous lirez que l'US Navy a tiré sur un bateau de la marine iranienne qui bloque le détroit d'Ormuz.

— Enfin Stilman ! Vous êtes journaliste au *New York Times*, vous n'allez quand même pas essayer de m'épater en me faisant croire que vous avez deviné la une du journal où vous bossez ?

— L'incident fera l'objet d'un communiqué du Pentagone aux alentours de 23 h 30 ; le bouclage du journal a lieu à minuit et nous en sommes loin. Mais puisque vous ne me croyez pas : demain, en fin de matinée, une tornade frappera la bourgade de Gardner en Floride. Le centre-ville sera pour ainsi dire rayé de la carte.

— Et vous vous souvenez de ça parce que vous êtes un accro de la météo ?

— Je m'en souviens parce que mes futurs beaux-parents habitent Arcadia, une petite ville à une trentaine de miles de là. Je me souviens parfaitement que ma future femme était morte d'inquiétude et comme cela s'est passé deux jours après ma demande en mariage, j'avais en effet retenu la date.

— Toutes mes félicitations à vous deux. Autre chose, madame Irma ?

— L'un de vos collègues de la police montée se fera renverser par une ambulance dans l'après-midi. Il s'en tirera avec une clavicule cassée. Malheureusement, sa monture devra être euthanasiée. Ma femme est vétérinaire, c'est elle qui s'occupe des chevaux de la police montée de New York. Entre la tornade et la perte d'un cheval, Valérie était rentrée dans un état de stress qui m'avait préoccupé. Je vous ai assez fait perdre votre temps pour ce soir et je n'ai pas envie de continuer ce petit jeu qui ne m'est pas agréable. Vous êtes mon invité, dites-moi également ce que je vous dois pour votre billet d'avion.

— Je vous laisse l'addition, pour mes frais de voyage, je suis un grand garçon, merci quand même.

Andrew régla la note et se leva.

— Une petite chose me vient à l'esprit Stilman, à supposer que vous soyez en effet capable de prédire ce qui va se passer au cours des prochains mois, pourquoi ne pas essayer de prévenir ce qui peut l'être ?

— Parce que je ne peux pas changer le cours des choses. Les rares fois où j'ai tenté de le faire lors de ces deux derniers jours, je n'ai réussi qu'à retarder les événements de quelques heures.

— Alors, dans ce cas, qu'est-ce qui vous fait croire que vous pourriez empêcher votre assassinat ?

— L'espoir, ou le désespoir, selon mon état d'esprit du moment.

Andrew salua l'inspecteur et quitta le restaurant.

Pilguez resta seul à la table, songeur. Il regarda la fin du match, et dans les dernières minutes les Yankees frappèrent un *home run* et remportèrent la partie.

11.

Andrew n'attendit pas d'arriver à son bureau pour lire l'édition du *New York Times*. Il acheta son journal chez le kiosquier au coin de sa rue et remarqua en première page l'article que Freddy Olson avait rédigé en urgence après l'annonce faite par le Pentagone une demi-heure avant le bouclage. Un croiseur de l'US Navy avait tiré un coup de semonce en direction d'une frégate iranienne qui s'approchait trop près de la sixième flotte à l'embouchure du détroit d'Ormuz. Le tir n'avait causé aucun dégât au navire qui avait fait demi-tour, mais la tension entre les deux pays grimpait de jour en jour.

Andrew espéra que l'inspecteur aurait lu le même article. En début d'après-midi, après avoir regardé le bandeau d'informations en continu qui défilait sur les écrans de télévision de la salle de rédaction, il téléphona à Valérie pour l'informer, avant qu'elle ne l'apprenne, qu'une tornade classée F5 avait détruit une petite ville non loin de chez ses parents. Elle n'avait aucune raison de s'inquiéter pour eux, en apprenant la nouvelle, avait-il menti pour la bonne cause, il s'était aussitôt enquis de la situation à Arcadia où rien ne s'était passé.

Et, en prévision de ce qu'il ne pouvait encore lui dire, il appela un fleuriste, commanda un bouquet de pivoines et rédigea quelques mots d'amour sur un bristol qu'il glisserait entre les fleurs. Ce soir, il veillerait sur elle.

Il consacra l'après-midi à ses recherches. Cette petite remarque que l'inspecteur lui avait faite la veille au soir prêtait à réflexion. Pourquoi ne pas tenter de modifier le cours des choses ?

En voulant éviter l'altercation avec Olson, il n'avait fait que repousser leur dispute de quelques heures, et celle-ci avait été bien plus véhémente qu'à l'origine.

En allant acheter une bague avant de faire sa demande en mariage, et bien qu'il se soit rendu dans une autre bijouterie, il avait étrangement choisi la même.

Fallait-il pour autant s'interdire de profiter de l'expérience acquise ? Peut-être réussirait-il au cours de son prochain voyage à Buenos Aires à confondre cet homme qu'il n'avait pu faire témoigner. S'il réussissait à faire parler le commandant Ortiz, sa rédactrice en chef lui offrirait la une dès la première lecture de son article et il pourrait emmener sa femme en voyage de noces le lendemain de leur mariage.

Si c'était à refaire ? griffonna Andrew sur la page de garde de son carnet… Qui n'a jamais rêvé à cette éventualité ? Corriger ses erreurs, réussir là où on avait échoué. La vie était en train de lui offrir une seconde chance...

Et tu n'iras donc pas traîner au Novecento ? lui souffla une petite voix intérieure.

Andrew chassa cette pensée de son esprit. Il rangea ses affaires, ayant l'intention de rentrer avant le retour de Valérie. Son téléphone sonna, la standardiste lui passa un appel, un inspecteur de police souhaitait lui parler.

— Vous êtes très doué, dit Pilguez sans autre formule de politesse ; c'est presque un sans-faute.

— Presque ?

— Mon collègue n'a pas la clavicule, mais le fémur cassé, c'est plus ennuyeux. Je ne vais pas vous mentir, en lisant le journal ce matin, je vous ai suspecté d'être un escroc de haute volée. Après le passage de la tornade, les images à la télévision étaient terrifiantes, j'hésitais encore à réviser mon jugement. J'ai raccroché il y a moins d'une heure avec cet ami qui travaille au 6e Precinct. Il a fait quelques recherches pour moi et m'a confirmé l'accident survenu dans l'après-midi entre une ambulance et l'un de nos collègues de la police montée. Vous n'avez pas pu deviner tout ça.

— Non, en effet.

— Il faut que l'on se revoie, monsieur Stilman.

— Demain ?

— Descendre deux étages en ascenseur devrait vous prendre moins de temps que ça, je suis dans le hall de votre journal, je vous attends.

*

135

Andrew avait conduit Pilguez au bar du Marriott. L'inspecteur se commanda un scotch, Andrew sans y réfléchir, se fit servir un Fernet-Coca.

— Qui peut souhaiter votre mort ? demanda Pilguez. Et pourquoi cette question vous fait-elle sourire ?

— J'ai commencé à rédiger une liste, je ne l'imaginais pas si longue.

— Nous pouvons procéder par ordre alphabétique, si ça peut vous aider, répondit Pilguez en sortant un petit carnet.

— J'ai d'abord pensé à Freddy Olson, un collègue de bureau. On se déteste. Même si je me suis rabiboché avec lui hier, par mesure de précaution.

— La rancœur est tenace. Vous savez pourquoi il vous en veut ?

— Jalousie professionnelle. Je lui ai soufflé un certain nombre de sujets ces derniers mois.

— Si on devait dessouder ses collègues chaque fois qu'ils vous marchent sur les pieds, il y aurait hécatombe à Wall Street. Mais enfin, rien n'est impossible. Ensuite ?

— J'ai reçu trois lettres de menaces de mort.

— Vous êtes un drôle de type, Stilman, vous me dites ça comme s'il s'agissait de dépliants publicitaires…

— Cela arrive de temps à autre.

Andrew fit un résumé des conclusions de l'enquête qu'il avait menée en Chine.

— Vous avez conservé ces lettres ?

— Je les ai remises à la sécurité.

— Récupérez-les, je veux les lire dès demain.

— Elles sont anonymes.

— Rien n'est totalement anonyme de nos jours. On pourrait trouver des empreintes.

— Les miennes certainement, et celles des agents de sécurité.

— La police scientifique sait isoler le bon grain du mauvais. Vous avez conservé les enveloppes ?

— Je pense, pourquoi ?

— Le cachet de la poste peut nous renseigner. Ce genre de lettres est souvent écrit sous l'emprise de la colère, et la colère rend imprudent. L'auteur a pu se contenter de poster ses menaces non loin de chez lui. Ce sera long, mais il faudra rechercher les parents ayant adopté des enfants auprès de cet orphelinat et vérifier leurs adresses.

— Je n'y aurais pas pensé.

— Vous n'êtes pas flic à ce que je sache. Un collègue de bureau, trois lettres de menaces, vous disiez que la liste était longue, qui d'autre ?

— En ce moment, je mène une enquête tout aussi délicate sur les agissements de certains militaires durant la dictature argentine.

— Vous visez quelqu'un en particulier ?

— Un ancien commandant de l'armée de l'air est au cœur de mon article. Il a été suspecté d'avoir participé aux vols de la mort. Les tribunaux l'ont blanchi, je me sers de son parcours comme fil conducteur de mon article.

— Ce type, vous l'avez rencontré ?

— Oui, mais je n'ai pas réussi à le faire parler, j'espère obtenir ses aveux lors de mon prochain séjour.

— Si je me fie à vos affirmations absurdes, vous avez déjà effectué ce voyage dans votre passé, c'est bien ça ?

— Oui, en effet.

— Je croyais que vous ne pouviez pas modifier le cours des événements ?

— Je me le disais encore hier soir, mais le fait que vous soyez là, que nous ayons cette discussion qui n'a jamais eu lieu auparavant, tendrait à me prouver le contraire.

Pilguez fit tourner les glaçons dans son verre.

— Soyons clairs, Stilman. Vous avez fait preuve d'un certain don d'anticipation, de là à croire sans réserve à votre histoire, il y a un pas que je n'ai pas encore franchi. Accordons-nous sur une version qui me posera moins de problèmes.

— Laquelle ?

— Vous prétendez que l'on va vous assassiner, et comme visiblement vous êtes doué d'un instinct qui force le respect, j'accepte de vous donner un petit coup de main. Une sorte d'assistance à personne présumée en danger.

— Si cela vous rend les choses plus faciles... Pour revenir à nos affaires, je ne pense pas que cet ancien commandant de l'armée de l'air argentin ait pu me suivre jusqu'ici.

— Il a pu lancer des hommes à vos trousses. Pourquoi l'avoir choisi lui en particulier comme fil conducteur de votre article ?

— Il est au cœur du dossier que m'a confié ma rédactrice en chef. « L'histoire des peuples ne touche les lecteurs que lorsqu'elle se rapporte à des

138

êtres de chair auxquels ils peuvent s'identifier. Sans cela, les récits les plus détaillés, même des pires horreurs, ne sont que successions d'événements et de dates. » Je la cite ! Elle avait ses raisons de croire que le parcours de cet homme serait un bon moyen de raconter comment des gens ordinaires peuvent, sous l'emprise de leurs gouvernements ou de la ferveur populiste, devenir de véritables salauds. Par les temps qui courent, c'est un sujet plutôt intéressant, vous ne trouvez pas ?

— Votre rédactrice en chef, elle est au-delà de tout soupçon ?

— Olivia ? Absolument, elle n'a aucune raison de m'en vouloir, nous nous entendons très bien.

— Très bien, jusqu'à quel point ?

— Qu'est-ce que vous insinuez ?

— Vous allez bientôt vous marier, non ? La jalousie n'est pas réservée à vos collègues de bureau masculins à ce que je sache.

— Vous faites fausse route, il n'y a pas la moindre ambiguïté entre nous.

— Mais elle, est-ce qu'elle a pu envisager les choses autrement ?

Andrew réfléchit à la question de l'inspecteur.

— Non, sincèrement je ne le crois pas.

— Puisque vous le dites, alors écartons votre Olivia...

— Stern, Olivia Stern.

— Avec ou sans « e » à la fin ?

— Sans.

— Merci, répondit l'inspecteur en notant le nom dans son carnet. Et votre future femme ?

— Quoi, ma future femme ?

— Monsieur le journaliste, au terme d'une longue carrière je peux vous assurer qu'une fois écartés les actes commis par des déséquilibrés, il ne reste que deux types de meurtres, les crapuleux et les passionnels. J'ai trois questions à vous poser : avez-vous des dettes ou avez-vous été témoin d'un crime ?

— Non, quelle est votre troisième question ?

— Avez-vous trompé votre femme ?

*

L'inspecteur commanda un second scotch, et Andrew lui fit alors le récit d'un événement qui avait peut-être un lien avec son assassinat…

Accaparé par son travail, Andrew n'avait pas eu l'occasion de conduire sa vieille Datsun depuis plusieurs mois. Elle devait crouler sous un linceul de poussière au troisième sous-sol du parking où elle était garée, à deux pas du Marriott. La batterie était probablement à plat et Andrew redoutait que les pneumatiques ne soient pas en meilleur état.

Il avait pris rendez-vous avec un dépanneur à l'heure du déjeuner pour la faire remorquer jusqu'aux ateliers de mécanique de Simon.

Comme chaque fois qu'il la lui ramenait, Andrew savait que Simon ne manquerait pas de lui passer un savon pour l'avoir autant négligée. Il lui rappellerait le temps et l'énergie déployés par ses mécanos pour restaurer cette voiture, qu'il avait eu tant de mal à dénicher pour lui faire plaisir, concluant qu'un tel objet de collection ne méritait pas d'appartenir à un cochon. Il la garderait deux fois plus de temps que nécessaire pour la remettre en état, comme un maître d'école confisque un jouet pour punir son élève, mais il lui rendrait sa Datsun aussi rutilante qu'au premier jour.

Andrew quitta le journal et traversa l'avenue. À l'entrée du parking, il salua le gardien qui, plongé dans la lecture de son journal, ne lui accorda aucune attention. Tandis qu'il descendait la rampe, Andrew perçut un bruit dans son dos qui semblait accordé au rythme de ses pas, probablement un écho.

Un seul néon éclairait faiblement le dernier sous-sol. Andrew avança dans l'allée centrale, vers la place 37, la plus petite de toutes, coincée entre deux piliers. Ouvrir la portière et se faufiler à l'intérieur de son véhicule exigeait de pratiquer une certaine gymnastique, mais il avait obtenu contre une ristourne cet emplacement où peu d'automobilistes auraient réussi à garer leur voiture.

Il passa la main sur le capot et constata que sa Datsun était encore plus sale que prévu. Une pression du pied sur les pneus avant le rassura, ils semblaient suffisamment gonflés pour que la voiture puisse être tractée sans dommage. La dépanneuse ne devrait plus tarder, Andrew chercha les clés dans sa poche. Il contourna le pilier et, en se penchant vers la serrure de la portière, il sentit une présence derrière lui. Andrew n'eut pas le temps de se retourner, un coup de batte de baseball le frappa à la hanche et le fit se plier en deux. Il eut le réflexe de pivoter pour faire face à son agresseur, un second coup, au niveau de l'estomac, lui coupa le souffle et le fit chuter.

Recroquevillé à terre, Andrew peinait à distinguer la silhouette de celui qui l'obligeait maintenant à se retourner dos au sol en pressant la batte de baseball sur son thorax.

Si c'était sa voiture qui l'intéressait, qu'il la prenne, de toute façon, elle ne démarrerait pas. Andrew agita ses clés, il reçut un coup de pied dans la main qui fit valdinguer le trousseau.

— Prenez mon pognon et laissez-moi, supplia Andrew en sortant son portefeuille de la poche de sa veste.

Dans un élan d'une précision terrifiante, la batte de baseball projeta le portefeuille à l'autre bout de la travée.

— Enfoiré ! hurla l'agresseur.

Andrew se dit que l'homme qui l'attaquait était un déséquilibré, ou alors il se trompait de cible et le prenait pour un autre, dans ce cas il valait mieux le lui faire savoir au plus vite.

Il réussit à s'adosser contre la portière de sa voiture.

La batte de baseball pulvérisa la vitre, un autre coup siffla à quelques centimètres au-dessus de la tête d'Andrew et arracha le rétroviseur.

— Mais arrêtez, cria Andrew, qu'est-ce que je vous ai fait, bordel ?

— Tu te poses la question maintenant ? Et moi qu'est-ce que je t'avais fait ?

C'était donc bien un déséquilibré, conclut Andrew pétrifié.

— Le moment est venu de te faire payer l'addition, dit l'homme en soulevant sa batte.

— Je vous en supplie, gémit Andrew, je ne comprends rien à ce que vous me dites, je ne vous connais pas, je vous assure que vous êtes en train de faire une erreur.

— Je sais parfaitement à qui j'ai affaire. Une pourriture qui ne pense qu'à sa petite carrière, un salopard qui n'a aucune considération pour son prochain, une raclure, hurla l'homme encore plus menaçant.

Andrew glissa discrètement la main dans la poche de son veston et trouva son téléphone portable. Du bout des doigts, il tenta d'identifier les touches qui lui permettraient de composer un appel d'urgence, mais il comprit qu'au troisième sous-sol, il n'y avait aucune chance que son portable capte un signal.

— Je vais te briser les mains et les épaules, je vais te mettre hors d'état de nuire.

Andrew sentit son cœur s'emballer, ce dingue allait finir par le tuer. Il fallait tenter quelque chose, mais l'adrénaline qui se répandait dans ses veines faisait battre son cœur à une cadence infernale. Il tremblait de tout son corps, et il aurait été sans doute incapable de tenir sur ses jambes.

— On fait moins le fier, hein ?

— Mettez-vous à ma place, répondit Andrew.

— C'est marrant que tu aies le culot de dire ça ! Justement, j'aurais bien aimé que tu te mettes à ma place. Si tu l'avais fait, nous n'en serions pas là,

143

soupira l'homme en appuyant la batte de baseball sur le front d'Andrew.

Andrew vit la batte se lever au-dessus de sa tête et frapper le toit de la Datsun qui s'enfonça sous le poids de l'impact.

— Ça t'a rapporté combien ? Deux mille, cinq mille, dix mille dollars ?

— Mais de quoi parlez-vous ?

— Fais l'innocent ! Tu vas me dire que ce n'était pas une question d'argent, que tu bosses pour la gloire ? C'est vrai que tu fais le plus beau métier du monde, n'est-ce pas ? ajouta l'homme sur un ton de dégoût.

On entendit le bruit d'un moteur, le craquement d'un embrayage et deux faisceaux de lumière surgirent dans l'obscurité.

L'agresseur eut un moment d'hésitation ; dans un élan de désespoir, Andrew trouva la force de se lever et se précipita sur lui pour l'agripper au cou. L'homme se dégagea sans difficulté, lui administra un uppercut à la mâchoire et s'enfuit en courant vers la rampe, frôlant la dépanneuse qui éclairait Andrew de ses phares.

Le dépanneur descendit de son véhicule et s'approcha.

— Qu'est-ce qui se passe ?

— Je viens de me faire dérouiller, répondit Andrew en se frottant la figure.

— Je suis arrivé à temps, dites donc !

— Dix minutes plus tôt, ça aurait été encore mieux, mais je vous remercie, je crois que vous venez de m'éviter le pire.

— J'aimerais pouvoir en dire autant de votre voiture, il vous l'a drôlement arrangée. Enfin, mieux vaut que ce soit elle plutôt que vous.

— Oui, même si j'en connais un qui ne sera pas de votre avis, soupira Andrew en regardant sa Datsun.

— Là, c'est sûr, je ne serai pas venu pour rien. Vous avez les clés ? demanda le dépanneur.

— Elles sont quelque part par terre, répondit Andrew en commençant à les chercher à tâtons.

— Vous êtes certain que vous ne voulez pas que je vous conduise aux urgences ? demanda le dépanneur.

— Je vous remercie, rien de brisé, à part mon amour-propre.

À la lumière des phares de la dépanneuse, Andrew repéra son trousseau de clés près d'un pilier et son portefeuille non loin d'un coupé Cadillac. Il remit les clés au dépanneur et lui annonça que, finalement, il ne l'accompagnerait pas jusqu'au garage. Il griffonna l'adresse des ateliers de Simon sur le récépissé de prise en charge et le lui tendit.

— Qu'est-ce que je dis au garagiste ?

— Que je vais bien et que je lui téléphonerai ce soir.

— Grimpez, je vous reconduis hors du parking, on ne sait jamais si ce déséquilibré rôdait encore dans les parages ; vous devriez aller chez les flics.

— Je serais incapable de leur décrire mon agresseur, la seule chose que je puisse dire, c'est qu'il mesurait une bonne tête de moins que moi, et je n'ai pas vraiment envie de m'en vanter.

Andrew quitta le dépanneur sur la 40e Rue et retourna à son bureau. La douleur à la hanche s'estompait, mais il avait l'impression qu'une chape de ciment enserrait sa mâchoire. Il n'avait aucune idée de l'identité de son agresseur, mais il doutait que ce dernier lui soit tombé dessus par erreur, et cette pensée l'inquiéta sérieusement.

*

— Quand a eu lieu cette agression ? demanda Pilguez.

— Pendant les fêtes de fin d'année, entre Noël et le jour de l'an, j'étais seul à New York.

— Il avait l'air d'être agile avec sa batte, non ? Un père de famille, ça joue souvent le dimanche au baseball avec son fils. Je ne serais pas étonné que l'auteur d'une des lettres anonymes que vous avez reçues ne se soit pas limité à sa plume pour vous témoigner son mécontentement. Et vous êtes incapable de m'en faire une description ?

— Il faisait très sombre dans ce parking, dit Andrew en baissant les yeux.

Pilguez lui posa la main sur l'épaule.

— Je vous ai dit combien d'années j'ai passées dans la police avant de prendre ma retraite ? Trente-cinq, et le pouce, ça fait un sacré bail, non ?

— Oui, j'imagine.

— À votre avis, en trente-cinq années de carrière j'ai interrogé combien de suspects ?

— C'est important que je le sache ?

— Pour être tout à fait franc, je serais bien incapable de les compter moi-même, mais ce que je peux vous dire en revanche c'est que, même à la retraite, je vois encore quand on me cache quelque chose. Quand quelqu'un vous baratine, il y a toujours un petit truc qui cloche.

— Quel genre de truc ?

— Le langage corporel ne ment pas. Un froncement de sourcils, les joues qui s'empourprent, tiens, un peu comme les vôtres en ce moment, les lèvres qui se crispent, ou le regard qui devient fuyant. Vos chaussures sont bien cirées ?

Andrew releva la tête.

— Ce n'est pas mon portefeuille que j'ai ramassé dans le parking, mais celui de mon agresseur. Il a dû le perdre quand il s'est enfui.

— Et pourquoi m'avez-vous caché ça ?

— J'ai honte de m'être fait dérouiller par un type qui fait une tête de moins que moi. Et puis en fouillant ses papiers, reprit Andrew, j'ai découvert qu'il était enseignant.

— Qu'est-ce que ça change ?

— Ce n'est pas vraiment le profil de la grosse brute. Cet homme ne m'a pas agressé gratuitement, l'un de mes articles a dû lui faire du tort.

— Vous les avez gardés, ses papiers d'identité ?

— Ils sont dans le tiroir de mon bureau.

— Eh bien, allons faire un petit tour à votre bureau, il n'y a que la rue à traverser.

12.

Pilguez était passé chercher Andrew à 6 h 30. S'ils voulaient coincer le dénommé Frank Capetta, professeur de théologie à l'université de New York, mieux valait l'attendre en bas de chez lui avant qu'il ne parte à son travail.

Le taxi les avait déposés au croisement de la 101e Rue et d'Amsterdam Avenue. Les immeubles d'habitation aux loyers contrôlés appartenaient à la municipalité. Du haut de ses vingt étages, le numéro 826 dominait un terrain de basket et un petit parc entouré de grillages où jouaient des enfants.

Pilguez et Andrew s'étaient postés sur un banc, en face du hall d'entrée du bâtiment.

Il portait une gabardine, serrait sa sacoche sous le bras et marchait le dos voûté, comme si le poids du monde pesait sur ses épaules. Andrew reconnut immédiatement Capetta, dont il avait maintes fois regardé la photo sur un permis de conduire, en se demandant ce qu'il avait bien pu faire à cet homme pour le faire sortir de ses gonds.

Pilguez lança un regard à Andrew et celui-ci lui confirma d'un signe de tête qu'il s'agissait bien de leur homme.

Ils se levèrent, accélérèrent le pas et le rattrapèrent avant qu'il n'atteigne l'arrêt de bus. Le professeur blêmit lorsque Andrew se posta en face de lui.

— Vous n'avez rien contre un petit café avant d'aller travailler ? demanda Pilguez d'un ton qui laissait peu de place à la discussion.

— Je vais être en retard à mon cours, répondit sèchement Capetta et je n'ai aucune envie de prendre un café avec cet individu, ajouta-t-il. Laissez-moi passer ou j'appelle au secours, le commissariat est à moins de cent mètres.

— Et vous leur direz quoi aux flics ? lança Pilguez. Qu'il y a quelques mois, vous avez tabassé ce monsieur avec une batte de baseball et défoncé sa voiture de collection, histoire de vous distraire pendant les fêtes ?

— Et lâche en plus ! souffla Capetta en regardant Andrew d'un air méprisant. Vous êtes venu avec votre gorille pour vous venger ?

— Merci du compliment, releva Pilguez. Au moins, vous ne niez pas les faits. Je ne suis pas son garde du corps, juste un ami. Vu la façon dont vous vous êtes comporté lors de votre dernière rencontre, vous n'allez pas lui reprocher d'être venu accompagné.

— Je ne suis pas là pour vous rendre la monnaie de votre pièce, monsieur Capetta, interrompit Andrew.

— Comment m'avez-vous retrouvé ?

Andrew tendit le portefeuille au professeur.

— Pourquoi avoir attendu tout ce temps ? demanda-t-il en récupérant ses papiers.

— Bon, on va le prendre ce petit café ? insista Pilguez, trépignant sur le trottoir.

Ils entrèrent au café Roma et prirent place à une table au fond de la salle.

— Qu'est-ce que vous voulez ? demanda Capetta.

— Un café allongé, répondit Pilguez.

— Comprendre pourquoi vous m'avez agressé, enchaîna Andrew.

Pilguez sortit son stylo et son bloc-notes de sa poche et les fit glisser sur la table devant Capetta.

— Pendant que je vais me servir, je vous serais reconnaissant de bien vouloir écrire le texte suivant : « Un rôti de veau, quatre livres de pommes de terre, de l'origan, deux oignons rouges, un pot de crème à cinquante pour cent, un sachet de moutarde en poudre, deux paquets de gruyère râpé, une botte d'asperges et, ah oui, un cheese-cake. »

— Pourquoi écrirais-je cela ? demanda Capetta.

— Parce que je vous le demande poliment, répondit Pilguez en se levant.

— Et si je n'en avais pas envie ?

— Je n'ai pas particulièrement envie non plus d'aller raconter au directeur du personnel de l'université de New York à quoi l'un de ses professeurs occupe ses vacances de Noël, si vous voyez ce que je veux dire ! Allez, au boulot ! Je reviens dans un instant, vous voulez quelque chose, un thé peut-être ?

Andrew et Capetta échangèrent un regard étonné.

Capetta s'exécuta et pendant qu'il recopiait les mots dictés par Pilguez, Andrew lui posa la question qui lui brûlait les lèvres.

— Que vous ai-je donc fait, monsieur Capetta ?

— Vous feignez l'ignorance ou vous êtes idiot ?

— Un peu des deux peut-être.

— Votre molosse a dit sachet ou pot de moutarde ? Je ne me souviens plus.

— Sachet, je crois.

— Vous avez détruit toute mon existence, soupira Capetta en reprenant sa dictée, cela vous suffit ou vous voulez les détails ?

Capetta releva la tête et regarda Andrew.

— Vous voulez les détails bien sûr ! J'avais deux enfants, monsieur Stilman, un petit garçon de sept ans et une fille de quatre ans et demi. Sam et Léa. La naissance de Sam entraîna des complications médicales pour ma femme. Les médecins nous avaient annoncé que nous n'aurions pas d'autre enfant. Nous souhaitions depuis toujours que Sam ait un frère ou une sœur. Paolina, mon épouse, est d'origine uruguayenne. Les enfants sont toute sa vie. Elle aussi est enseignante, en histoire, et ses élèves sont bien plus jeunes que les miens. Lorsque nous avons fini par admettre qu'il n'y avait plus d'espoir, nous avons décidé de recourir à l'adoption. Je ne vous apprends pas que ce genre d'entreprise est long et fastidieux. Certaines familles patientent des années avant de pouvoir accéder à ce rêve. Nous avions été informés que la Chine ne savait plus que faire de milliers d'enfants abandonnés. Leur loi sur le contrôle des naissances n'en autorise qu'un seul par famille. Les autorités chinoises sont très strictes. De nombreux parents n'ont pas les ressources nécessaires pour recourir à des moyens contraceptifs. Lorsqu'ils ont un deuxième enfant, incapables de payer l'amende qui leur serait infligée, ils sont parfois contraints de l'abandonner.

« Pour nombre de ces gosses, la vie se résume aux murs d'un orphelinat, à une éducation des plus sommaires, à une existence sans grand espoir. Je suis très croyant, et j'ai voulu croire que le drame qui nous touchait nous était imposé par le Seigneur, pour que nous ouvrions les yeux sur la misère des autres, pour que nous devenions les parents d'un enfant dont les siens n'avaient pas voulu. En passant par la filière chinoise, le plus légalement du monde je vous l'assure, nous avions des chances de parvenir à nos fins dans des délais plus raisonnables. Et c'est ce qui s'est produit. Nous nous sommes soumis aux enquêtes de l'administration américaine et nous avons reçu notre agrément d'adoption. Moyennant cinq mille dollars de frais de dossier que nous avons versés à l'orphelinat, ce qui je vous l'assure était une coquette somme pour nous, nous avons connu le plus grand des bonheurs, après la naissance de Sam, bien entendu. Nous sommes allés chercher Léa en Chine le 2 mai 2010. Elle avait tout juste deux ans, d'après les papiers que l'on nous a remis. Vous auriez dû voir le bonheur de Sam quand nous sommes rentrés avec sa petite sœur. Il en était dingue. Pendant un an, nous avons été la famille la plus heureuse du monde. Bien sûr, au début, l'adaptation de Léa fut difficile. Elle pleurait beaucoup, elle avait peur de tout, mais nous lui avons donné tant d'amour, tant de tendresse et de douceur, qu'au bout de quelques mois, elle nous a fait un cadeau magnifique en commençant à nous appeler papa et maman. Asseyez-vous, dit Capetta à Pilguez, c'est assez désagréable de vous sentir dans mon dos.

— Je ne voulais pas vous interrompre.

— Vous avez quand même réussi, répondit Capetta.

— Poursuivez, monsieur Capetta, insista Andrew.

— À la fin de l'automne dernier, je prenais mon autobus pour rentrer chez moi, comme chaque soir. Je m'étais installé sur la banquette du fond et, comme je le fais toujours, j'ai commencé la lecture de mon journal du matin.

« Ce soir-là, je n'ai pas besoin de vous rappeler la date, n'est-ce pas monsieur Stilman, mon attention fut attirée par un article sur un orphelinat chinois de la province du Hunan. Vos lignes étaient poignantes, monsieur Stilman, lorsque vous décriviez ces mères que l'on avait dépossédées de leur existence en leur volant ce qu'un être a de plus précieux au monde, son enfant. *"Elles attendent la mort comme on guette une amie."* Ce sont vos mots. Je n'ai pas la larme facile, mais j'ai pleuré en lisant vos lignes, monsieur Stilman, j'ai pleuré en refermant le journal et j'ai continué de pleurer en m'endormant le soir après avoir embrassé ma fille.

« J'ai tout de suite supposé qu'elle faisait partie de ces enfants volés. Tout concordait, les dates, le lieu, la somme versée à l'orphelinat. Je le savais de tout mon être, mais, pendant des semaines, j'ai préféré fermer les yeux. La foi, lorsqu'elle est sincère, vous oblige au respect de votre propre humanité. Nous sommes responsables devant Dieu de cette parcelle d'humanité qu'Il nous confie en nous offrant la vie. Il suffit d'une seconde d'abandon, de lâcheté, de cruauté, pour perdre à tout jamais notre dignité. Certains croyants redoutent les ténèbres de l'Enfer, moi qui enseigne la théologie, cela me fait toujours sourire. L'Enfer se trouve bien plus près de nous, il nous ouvre ses portes sur terre lorsque l'on perd sa raison d'être un homme. Ces pensées m'ont hanté jour et nuit. Comment se faire complice, même passif d'une telle abomination ? Comment continuer d'entendre Léa nous appeler papa et maman, quand je savais que quelque part, dans une autre maison, ses vrais parents criaient son prénom dans le désespoir de son absence. Nous voulions donner tout notre amour à une petite fille dont les parents n'avaient pas voulu, pas devenir les receleurs d'une enfant volée.

« Rongé par la culpabilité, j'ai fini par tout dire à ma femme. Paolina ne voulait rien entendre. Léa était sa fille, aussi fortement qu'elle était devenue la mienne, Léa était notre enfant. Ici, elle aurait une vie meilleure, une éducation, un avenir. Là-bas ses parents ne pourraient pas subvenir à ses besoins, au bon maintien de sa santé. Je me souviens d'une terrible dispute entre Paolina et moi. Je lui reprochais sa logique. À l'entendre, il aurait été juste de confisquer tous les enfants des pauvres ! Je lui ai dit que ses propos étaient indignes, qu'elle n'avait pas le droit de penser ainsi. Je l'ai profondément blessée et la discussion au sujet de Léa s'est refermée à jamais.

« Pendant que Paolina s'efforçait de mener une vie normale, j'entreprenais chaque jour des recherches. Mes quelques collègues chinois à la faculté admiraient ma démarche et me prêtèrent main-forte. De courrier en courrier, de relation en relation, les informations me parvenaient. Bientôt j'ai dû me rendre à l'évidence. Léa avait été arrachée à ses parents lorsqu'elle avait quinze mois. Vous connaissez les faits aussi bien que moi, en août 2009, une brigade de policiers corrompus avait fait irruption dans plusieurs petits villages de cette province et kidnappé des enfants en bas âge. Léa jouait devant sa maison quand ils sont arrivés. Les policiers l'ont enlevée sous les yeux de sa mère qu'ils ont rouée de coups alors qu'elle se battait pour protéger son enfant.

« Je dois beaucoup à un très cher collègue qui dirige le département des langues orientales à l'université, William Huang, il jouit de relations précieuses dans son pays où il se rend fréquemment. Je lui ai remis une photo de Léa. Il lui a suffi d'un voyage pour me rapporter la terrible nouvelle. La police des polices dépêchée par Pékin pour arrêter les ordures responsables de ce trafic avait retrouvé les parents légitimes de Léa. Ils habitent dans un petit hameau, à cent cinquante kilomètres de l'orphelinat.

« Au début du mois de décembre dernier, Sam est parti avec sa mère en Uruguay rendre visite à ses grands-parents pendant une petite semaine. Il était convenu que je resterais seul avec Léa. Ma décision était prise depuis le retour de mon confrère, depuis que la vérité ne souffrait plus aucun doute. J'avais alors commencé à organiser la plus terrible des choses que j'ai dû entreprendre dans ma vie.

« Le lendemain du départ de ma femme et de notre fils, Léa et moi avons pris l'avion. Compte tenu des origines de ma fille, et de mes intentions, j'avais obtenu nos visas sans difficulté. Un guide officiel nous attendait à l'aéroport de Beijing, il a pris l'avion avec nous jusqu'à Changsha et nous a ensuite conduits au hameau.

« Vous n'imaginez pas, monsieur Stilman, ce que j'ai vécu pendant les vingt-cinq heures qu'ont duré ce voyage. Cent fois j'ai voulu faire demi-tour. Quand Léa me souriait, émerveillée de voir des dessins animés défiler sur le petit écran au dos du fauteuil qui se trouvait devant elle, quand elle m'appelait papa et me demandait où nous allions. Alors que l'avion descendait, je lui ai confié la vérité, presque la vérité. Je lui ai dit que nous allions visiter le pays où elle était née, et j'ai vu dans son regard d'enfant se mélanger étonnement et joie.

« Et puis nous sommes arrivés dans son village. Nous étions bien loin de New York, les rues étaient en terre battue, l'électricité rare dans les maisons construites en pierre sèche. Léa s'étonnait de tout, m'agrippait la main et poussait des cris de joie. À quatre ans, le monde est merveilleux quand on le découvre, n'est-ce pas ?

« Nous avons frappé à la porte d'une petite ferme,

c'est un homme qui nous a ouvert. Lorsqu'il a découvert Léa, il est resté sans voix, nos regards se sont croisés, il a compris pourquoi nous étions là. Ses yeux se sont emplis de larmes, les miens aussi. Léa le regardait en se demandant qui pouvait être ce bonhomme qu'une petite fille faisait pleurer. Il s'est retourné et a crié le nom de sa femme. Lorsque j'ai vu apparaître son épouse, l'ultime espoir que je nourrissais s'est évanoui en un instant. La ressemblance était saisissante. Léa est le portrait craché de sa vraie mère. Avez-vous contemplé la nature lorsqu'elle renaît au printemps, monsieur Stilman ? On en viendrait à douter que l'hiver ait jamais existé. Le visage de cette femme fut la plus bouleversante vision de ma vie. Elle s'est agenouillée devant Léa, tremblante de tout son être, lui a tendu la main, et les forces les plus indestructibles de la vie ont repris leurs droits. Léa, sans aucune peur, sans la moindre hésitation, a fait un pas vers elle. Elle a posé sa main sur le visage de sa mère, a caressé sa joue comme si elle cherchait à reconnaître les traits de celle qui l'avait mise au monde, et puis elle a passé ses bras autour de son cou.

« Cette femme, si frêle, a soulevé ma petite fille de terre et l'a serrée contre elle. Elle pleurait et la couvrait de baisers. Son mari s'est approché et, à son tour, il les a toutes les deux serrées dans ses bras.

« Je suis resté sept jours avec eux, sept jours au cours desquels Léa a eu deux pères auprès d'elle. Durant cette si courte semaine, je lui ai appris petit à petit qu'elle était revenue dans sa maison, que sa vie se trouvait ici. Je lui ai promis que nous reviendrions la voir, qu'un jour elle retraverserait les océans pour nous rendre visite… c'était un pieux mensonge, mais je n'avais pas la force de faire autrement, je n'avais plus aucune force.

« Le guide qui nous servait d'interprète comprenait ce que j'éprouvais, nous parlions beaucoup tous les deux. Le sixième soir, alors que je pleurais dans l'obscurité, le père de Léa s'est approché de ma couche et m'a invité à le suivre. Nous sommes sortis, il faisait froid, il m'a passé une couverture sur les épaules, puis nous nous sommes assis sur le perron et il m'a tendu une cigarette. Je ne fume pas, mais, ce soir-là, j'ai accepté. J'espérais que la brûlure du tabac me ferait oublier la douleur qui m'étreignait. Le lendemain, nous sommes convenus avec le guide de repartir en début d'après-midi, pendant que Léa ferait sa sieste. Lui dire adieu m'était impossible.

« Après le déjeuner, je l'ai couchée, pour la dernière fois, je lui ai dit des mots d'amour, que je partais en voyage, qu'elle serait très heureuse et qu'un jour, nous nous reverrions. Elle s'est endormie dans mes bras, j'ai posé un baiser sur son front, respiré une dernière fois son odeur pour m'en imprégner jusqu'à la fin de mes jours. Et puis je suis parti.

John Capetta sortit un mouchoir de sa poche, s'essuya les yeux, le replia et inspira profondément avant de poursuivre son récit.

— En quittant New York, j'avais laissé une longue lettre à Paolina où je lui expliquais ma démarche, ce que j'avais dû faire seul puisque nous n'avions pas trouvé la force de l'accomplir ensemble. Je lui avais écrit qu'avec le temps nous surmonterions cette terrible épreuve. Je lui demandais pardon, la suppliais de penser à l'avenir qui nous attendait si je n'avais pas agi ainsi. Aurions-nous pu regarder grandir notre enfant, en redoutant le moment où elle apprendrait la vérité ? Un enfant adopté finit toujours par ressentir le besoin de faire la lumière sur ses origines. Ceux qui ne le peuvent pas en souffrent toute leur existence. On n'y peut rien, c'est dans la nature de l'homme. Mais que lui dire alors ? Que nous savions depuis toujours où se trouvaient ses vrais parents ? Que nous nous étions rendus complices involontaires de son enlèvement ? Que notre seule excuse était de l'avoir aimée ? Nous aurions mérité qu'elle nous renie et il aurait été trop tard pour qu'elle renoue un lien avec sa vraie famille.

« J'ai écrit à ma femme que nous n'avions pas adopté une enfant pour que, adulte, elle redevienne orpheline.

« Ma femme a aimé notre fille comme la sienne. L'amour ne naît pas d'une communauté de gènes. Elles ne se sont quittées qu'une fois, lorsque Paolina est partie avec Sam en Uruguay.

« Vous devez penser que je suis un monstre de les avoir séparées ainsi. Seulement voilà, monsieur Stilman, lorsque Léa est arrivée dans notre maison, elle ne cessait de répéter un mot que nous prenions pour un babillement de bébé. « *Niang* » toute la journée, elle criait, *niang, niang, niang*, en regardant la porte. Lorsque, plus tard, j'ai demandé à mon collègue si cela signifiait quelque chose, il m'a répondu d'un air désolé qu'en chinois, *niang* signifie maman. Léa a appelé sa mère pendant des semaines, sans que nous l'entendions.

« Nous avons vécu deux ans avec elle, quand elle en aura sept ou huit, peut-être moins, elle nous aura effacés de sa mémoire. Moi, si je devais vivre cent ans, je verrais encore son visage. Jusqu'au dernier instant, j'entendrai ses rires, ses cris d'enfant, je sentirai le parfum de ses joues rondes. On n'oublie jamais son enfant, quand bien même il n'était pas tout à fait le vôtre.

« Lorsque je suis rentré chez nous, j'ai trouvé l'appartement vide. Paolina n'avait laissé que notre lit, la table de la cuisine et une chaise. Il ne restait pas un seul jouet dans la chambre de Sam. Et sur la table de cuisine, à l'endroit où j'avais déposé cette lettre dans laquelle je la suppliais de me pardonner un jour, elle avait simplement marqué un mot à l'encre rouge « Jamais ».

« Je ne sais pas où ils sont, si elle a quitté les États-Unis, si elle a emmené mon fils en Uruguay, ou si elle a simplement changé de ville.

Les trois hommes restèrent un instant silencieux.

— Vous ne vous êtes pas rendu à la police ? demanda Pilguez.

— Pour leur dire quoi ? Que j'avais enlevé notre fille, que ma femme m'avait rendu la pareille en s'enfuyant avec notre fils ? Pour qu'on la traque ? Qu'on l'arrête, que les services sociaux placent

Sam dans une famille d'accueil le temps qu'un juge démêle notre histoire et décide de son destin ? Non, je ne l'ai pas fait, nous avons eu notre lot de souffrances. Vous voyez, monsieur Stilman, le désespoir se transforme parfois en colère. J'ai détruit votre voiture, vous, ma famille et ma vie.

— Je suis sincèrement désolé, monsieur Capetta.

— Vous l'êtes maintenant, parce que vous compatissez à ma douleur, mais, demain matin, vous vous direz que ce n'est pas votre faute, que vous avez fait votre métier, et que vous êtes fier de l'exercer. Vous avez rapporté la vérité, je vous l'accorde, mais je voudrais vous poser une question, monsieur Stilman.

— Toutes celles que vous voudrez.

— Dans vos colonnes, vous écriviez que cinq cents familles américaines, peut-être même mille, avaient été en toute innocence mêlées à ce trafic d'enfants. Avez-vous réfléchi un seul instant au drame dans lequel vous alliez les plonger avant de publier votre article ?

Andrew baissa les yeux.

— C'est bien ce que je pensais, soupira Capetta.

Puis il tendit à Pilguez les mots qu'il lui avait ordonné de griffonner.

— Voici votre dictée idiote.

Pilguez prit la feuille de papier, sortit de sa poche les copies des trois lettres qu'Andrew avait récupérées auprès de la sécurité du journal et les posa sur la table.

— Ça ne colle pas, dit-il, ce n'est pas la même écriture.

— De quoi parlez-vous ? demanda Capetta.

— M. Stilman a reçu des lettres de menaces de mort, je voulais m'assurer que vous n'étiez pas l'auteur de l'une d'entre elles.

— C'est pour cela que vous êtes venus ?

— Entre autres, oui.

— Dans ce parking, je voulais me venger, mais je n'en ai pas été capable.

Capetta prit les lettres et parcourut la première.

— Je ne pourrais jamais tuer quelqu'un, dit-il en reposant la feuille de papier.

Il blêmit, en saisissant la deuxième.

— Vous avez conservé l'enveloppe qui contenait cette lettre ? demanda-t-il d'une voix tremblante.

— Oui, pourquoi ? interrogea Andrew.

— Je pourrais la voir ?

— Répondez d'abord à la question qu'on vous a posée, intervint Pilguez.

— Je connais bien cette écriture, murmura Capetta. C'est celle de ma femme. Vous souvenez-vous si l'affranchissement provenait de l'étranger ? Un timbre de l'Uruguay ça se remarque je suppose ?

— Je le vérifierai dès demain, répondit Andrew.

— Je vous remercie, monsieur Stilman, c'est important pour moi.

Pilguez et Andrew se levèrent et saluèrent le professeur de théologie. Alors qu'ils se dirigeaient tous trois vers la sortie, Capetta interpella Andrew.

— Monsieur Stilman, tout à l'heure je vous ai dit être incapable de tuer quelqu'un.

— Vous avez changé d'avis ? demanda Pilguez.

— Non, mais après ce qui s'est passé, je n'en

dirais pas autant de Paolina. À votre place, je ne prendrais pas ses menaces à la légère.

*

Pilguez et Andrew s'étaient engouffrés dans le métro. À cette heure de la journée, c'était le moyen le plus rapide de rejoindre son bureau.

— Je dois reconnaître que vous êtes doué pour vous attirer la sympathie des gens, mon vieux.

— Pourquoi ne lui avez-vous pas dit que vous étiez flic ?

— Face à un policier il aurait invoqué son droit au silence et exigé la présence de son avocat. Croyez-moi, il valait mieux qu'il me prenne pour votre gorille, même si ce n'est pas très flatteur.

— Mais vous êtes à la retraite, non ?

— Oui, c'est exact. Que voulez-vous, je n'arrive pas à m'y faire.

— Cette dictée pour comparer les écritures, je n'y aurais pas songé.

— Qu'est-ce que vous croyez, Stilman, que le métier de flic s'improvise sur un coin de table ?

— Le texte en revanche était totalement débile.

— J'ai promis aux amis qui m'hébergent de cuisiner pour eux ce soir. Le texte débile, comme vous le dites, c'est la liste des courses que je dois faire. Je craignais d'oublier quelque chose. Pas si débile que ça, hein, monsieur le journaliste. Il était bouleversant ce Capetta. Ça vous arrive parfois de réfléchir aux conséquences de ce que vous publiez sur la vie des gens ?

— Vous n'avez jamais commis d'erreur au cours de votre longue carrière inspecteur ? Vous n'avez jamais brisé la vie d'un innocent pour aller au bout de vos certitudes, pour résoudre coûte que coûte une enquête ?

— Figurez-vous que si. Ouvrir ou fermer les yeux, dans le métier que j'exerçais, était un dilemme quotidien. Envoyer un petit délinquant derrière les barreaux, avec tout ce qui s'ensuit, ou passer l'éponge, rédiger un rapport à charge ou faire le contraire en fonction des circonstances. Chaque délit est un cas particulier. Chaque délinquant a son histoire. À certains, on rêverait de mettre une balle dans la tête, à d'autres on aurait envie d'offrir une seconde chance ; mais je n'étais qu'un flic, pas un juge.

— Et vous avez souvent fermé les yeux ?

— Vous êtes arrivé, monsieur Stilman, vous allez rater votre station.

Le métro ralentit et s'arrêta. Andrew serra la main de l'inspecteur et descendit sur le quai.

13.

À vingt-quatre ans, Isabel était mère d'une petite fille de deux ans. Son époux, Rafaël Santos, à peine plus âgé qu'elle, était journaliste. Le couple habitait un appartement modeste dans le quartier de la Barracas. Isabel et Rafaël s'étaient rencontrés à la faculté. Comme lui, elle étudiait le journalisme ; il lui disait toujours que sa plume était plus sûre et plus précise que la sienne, et qu'elle avait un talent particulier quand il s'agissait de faire le portrait de quelqu'un. Pourtant, à la naissance de leur fille, Isabel avait choisi de renoncer à sa carrière jusqu'à ce que María Luz aille à l'école. Le journalisme était une passion commune au couple, et Rafaël ne publiait jamais un article sans le faire lire à sa femme. Une fois leur fille endormie, Isabel s'installait à la table de la cuisine, crayon en main, pour annoter ses textes. Rafaël, Isabel et María Luz menaient une vie heureuse et l'avenir leur promettait le meilleur.

Le coup d'État qui avait fait basculer le pays

sous la coupe d'une dictature militaire ruina leurs projets.

Rafaël perdit son travail. Le quotidien centriste La Opinion qui l'employait, bien qu'ayant adopté une ligne éditoriale « prudente » à l'égard du nouveau pouvoir, avait été fermé. Cet événement causa au couple les pires difficultés financières, mais ce fut pour Isabel presque un soulagement. Les seuls journalistes qui publiaient avaient fait allégeance au pouvoir du général Videla. Isabel et Rafaël, péronistes de gauche, n'auraient jamais accepté d'écrire ne serait-ce qu'une ligne sous la bannière de titres comme le Cabildo ou même dans les autres quotidiens qui paraissaient encore.

Habile de ses mains, Rafaël s'était reconverti en travaillant chez un menuisier du quartier, Isabel et sa meilleure amie partageaient un jour sur deux la garde de leurs enfants et un emploi de surveillante au collège des sciences.

Les fins de mois n'étaient pas faciles, mais leurs deux salaires combinés leur permettaient de s'en sortir et de pourvoir aux besoins de leur petite fille.

Quand Rafaël rentrait de la menuiserie, après le dîner, ils s'installaient tous deux à la table de la cuisine. Isabel faisait des travaux de couture qui lui permettaient de gagner un peu plus d'argent, tandis qu'il écrivait pour témoigner des injustices, de la répression engagée par le régime, de la corruption du pouvoir, de la complicité de l'Église, et pour dénoncer la tristesse dans laquelle avait sombré le peuple argentin.

Tous les matins à 11 heures, Rafaël sortait de

l'atelier au prétexte d'aller fumer. Un cycliste s'arrêtait à sa hauteur et lui demandait une cigarette. Et, alors que Rafaël lui offrait du feu, il lui remettait discrètement le billet rédigé la veille. Le messager emportait le texte interdit jusqu'à un entrepôt désaffecté qui hébergeait une imprimerie clandestine. Rafaël contribuait ainsi à l'édition quotidienne d'un journal de résistance politique dont la diffusion s'opérait dans le plus grand des secrets.

Rafaël et Isabel rêvaient de quitter un jour l'Argentine, de s'installer dans un pays où ils seraient enfin libres.

Les soirs où le moral d'Isabel flanchait, Rafaël sortait du tiroir de sa commode un petit cahier à la couverture rouge. Il comptait leurs économies et décomptait les jours avant le départ. Une fois au lit, il lui récitait à voix basse des noms de villes comme on raconte un rêve, et c'est ainsi qu'ils s'endormaient, Rafaël le plus souvent en premier.

Au début de l'été, après le dîner, la petite María Luz dormait déjà, Rafaël avait renoncé à écrire son billet du soir et Isabel à ses travaux de couture pour rejoindre leur chambre plus tôt que d'habitude. Isabel s'était glissée nue sous les draps. Elle avait la peau fine et pâle. Depuis qu'il était menuisier, Rafaël redoutait que ses mains calleuses ne soient désagréables lorsqu'il la caressait, aussi s'y employait-il avec la plus grande douceur.

— J'aime tes mains de travailleur, lui murmurait Isabel en riant dans le creux de son oreille, dis-leur de me serrer plus fort encore.

Rafaël faisait l'amour à sa femme lorsque l'on tambourina à la porte de leur petit appartement.

— Ne bouge pas, ordonna l'apprenti menuisier en attrapant sa chemise au pied du lit.

Les tambourinements redoublèrent d'intensité et Rafaël redouta que ce raffut ne réveille leur fille.

Quand il ouvrit la porte, quatre hommes encagoulés le projetèrent au sol, le rouant de coups pour le forcer à rester ventre à terre.

Tandis que l'un des hommes le maintenait au sol en lui enfonçant un genou dans le dos, un deuxième attrapa Isabel par les cheveux alors qu'elle sortait affolée de la chambre. Il la repoussa contre le mur de la cuisine, lui passa un torchon roulé autour de la nuque et le serra jusqu'à ce qu'elle cesse de hurler. Les cris d'Isabel s'étouffèrent, le garrot se desserra juste assez pour la laisser respirer. Le troisième homme entreprit une fouille rapide des lieux et revint dans le salon quelques instants plus tard, portant María Luz dans ses bras, un couteau sur la gorge.

Sans dire un mot, les hommes firent signe à Rafaël et à Isabel de s'habiller et de les suivre.

On les traîna dehors et les fit monter à l'arrière d'une camionnette. María Luz fut installée à l'avant.

Le véhicule traversa la ville à vive allure. Bien qu'une cloison les séparât de la cabine et que le bruit du moteur envahît tout l'espace, Rafaël et Isabel entendaient leur fille les appeler sans relâche. Chaque fois que la petite María Luz hurlait « Maman », les sanglots d'Isabel devenaient *incontrôlables. Rafaël lui tenait la main et tentait de l'apaiser, mais comment apaiser une mère qui entend crier son enfant ? La camionnette s'immobilisa trente minutes plus tard. Les portières s'ouvrirent brusquement sur une cour carrée. On les fit descendre sans ménagement, Rafaël reçut un nouveau coup sur le crâne lorsqu'il voulut se retourner vers le fourgon où se trouvait sa fille et, lorsque Isabel essaya de revenir sur ses pas, l'un des hommes la rattrapa par les cheveux et la remit dans le droit chemin. Le droit chemin menait vers une porte du bâtiment qui encadrait cette cour pavée.*

Isabel hurla le prénom de sa fille avant de recevoir un coup de poing à la mâchoire qui lui fit dévaler l'escalier devant elle. Rafaël la suivit, projeté par un coup de pied aux reins.

Ils atterrirent au bas des marches, sur une terre battue qui empestait l'urine. Puis on enferma Isabel dans une cellule, et Rafaël dans une autre...

— Qu'est-ce que tu fais ? demanda Andrew en entrant dans le salon.

Valérie reposa sur la table basse les feuillets qu'elle était en train de lire.

— C'est parce qu'ils étaient journalistes que cette enquête t'obsède à ce point ?

— Bon sang, Valérie, c'est confidentiel ! Je ne vais quand même pas mettre mes notes sous clé sous mon propre toit ! Comprends-moi, c'est mon travail, je te demande juste de respecter cela, conclut Andrew d'un ton calme en regroupant les feuillets.

— Isabel avait le droit de lire ce que son mari écrivait... et même de lui faire des suggestions.

— Je suis désolé, ne m'en veux pas, j'ai horreur qu'on lise mes notes.

— « On » est ta future femme. « On » accepte la solitude lorsque tu pars des semaines entières pour ton travail, et quand tu es là « on » comprend que tu sois ailleurs, accaparé par ton métier, « on » respecte tout cela, par amour. Mais ne me demande pas de vivre avec toi, si je ne peux pas partager un peu de cette passion.

— Tu as aimé ce que tu as lu ? demanda Andrew.

— J'ai une peur bleue de savoir ce qui va arriver à cette famille, à María Luz, et, en même temps, j'ai envié la complicité de Rafaël et Isabel travaillant tous deux à la table de leur cuisine.

— Ce n'était qu'une ébauche, grommela Andrew.

— C'était plus que cela.

— Je ne pourrai jamais publier leur histoire si je ne retourne pas en Argentine. Ce n'est pas une fiction, tu comprends ? Ces gens ont vraiment existé, je ne peux pas me contenter d'un ou deux témoignages.

— Je sais bien que tu dois retourner là-bas. Cette passion qui t'anime, c'est une des raisons pour lesquelles je t'aime. Je te demande seulement de ne pas me tenir à l'écart.

Andrew s'assit à côté de Valérie, il prit sa main et l'embrassa.

— C'est toi qui as raison, je suis un imbécile

qui devient paranoïaque dès qu'il s'agit de son travail. J'ai l'obsession du secret, peur de déformer la vérité, d'être partial, influencé, manipulé. C'est uniquement pour cela que je voulais que tu découvres ce pour quoi je me bats quand cet article serait imprimé. Mais j'ai eu tort, dit-il en hochant la tête, désormais, je te ferai lire au fur et à mesure ce que j'écris.

— Et ? ajouta Valérie.

— Et quoi ?

— Et tu t'intéresseras un peu plus à mon métier ?

— Mais tout ce qui te concerne m'intéresse, tu veux que je lise tes comptes-rendus opératoires ?

— Non, répondit Valérie en riant, je voudrais que tu me rendes visite à mon cabinet, ne serait-ce qu'une fois, pour que je te montre à quoi ressemblent mes journées.

— Tu veux que je vienne voir les écuries de la police montée ?

— Entre autres, et mon bureau, la salle d'opération, le laboratoire d'analyses…

— Je crois que j'aurais préféré que tu t'occupes de caniches… La seule raison pour laquelle je ne suis jamais venu te rendre visite c'est que j'ai une peur bleue des chevaux.

Valérie regarda Andrew et lui sourit.

— Tu n'as rien à craindre d'eux. Les lignes que je viens de lire sont bien plus effrayantes que le plus fougueux de nos étalons.

— Fougueux à quel point ? demanda Andrew.

Il se leva.

— Où vas-tu ? demanda Valérie.

— Allons prendre l'air, j'ai envie que nous allions nous promener dans le Village et de te faire découvrir un endroit où nous dînerons en amoureux.

Alors qu'Andrew posait un manteau sur les épaules de Valérie, elle se retourna et lui demanda :

— Qu'est-ce qui est arrivé à Rafaël et Isabel, à María Luz ?

— Plus tard, répondit Andrew en refermant la porte de l'appartement, plus tard je te raconterai tout.

*

Andrew arriva au journal vers 8 h 30. Il passa à la sécurité et s'arrêta à la cafétéria prendre un café avant de monter à son bureau.

Assis à sa table de travail, il alluma son ordinateur, tapa son mot de passe et entreprit une série de recherches. Un peu plus tard, il attrapa un bloc-notes et un stylo.

Monsieur Capetta,
Votre épouse a posté sa lettre de Chicago, le timbre a été oblitéré dans un bureau de poste en face de Warren Park.

Je suis profondément désolé de tout ce qui vous est arrivé.
Salutations sincères,
Andrew Stilman

P.-S : Vérifiez par vous-même, mais sur les images de ce parc que j'ai pu consulter sur Inter-

*net, il m'a semblé apercevoir une aire de jeux
pour enfants...*

Andrew glissa son mot dans une enveloppe, recopia l'adresse du destinataire et la déposa dans le
panier qui recueillait le courrier en partance.

En retournant à son poste, il ne put s'empêcher
de songer aux derniers mots de Capetta au sujet
de sa femme.

« À votre place, je ne prendrais pas ses menaces
à la légère. »

Et Chicago ne se trouvait qu'à deux heures
d'avion de New York...

Son téléphone sonna, la réceptionniste l'informa
qu'un visiteur l'attendait à l'accueil au rez-de-
chaussée.

Andrew se dirigea vers l'ascenseur. Dans la
cabine, il fut parcouru d'un violent frisson et ressentit une douleur sourde au bas du dos.

*

— Vous n'avez pas très bonne mine, constata
l'inspecteur Pilguez.

— La fatigue sûrement, je ne sais pas ce que
j'ai, je suis frigorifié.

— C'est étrange, vous êtes en sueur.

Andrew se passa la main sur le front.

— Vous voulez vous asseoir un instant ? suggéra
Pilguez.

— Sortons, j'ai besoin de prendre l'air, dit
Andrew.

Mais, soudain, la douleur se fit telle qu'il ne put faire un pas de plus. Pilguez le retint dans sa chute alors que ses jambes se dérobaient.

Lorsque Andrew recouvra ses esprits, il était allongé sur une banquette dans le hall. Pilguez était à côté de lui.

— Vous reprenez des couleurs. Vous m'avez fait peur, je vous ai vu partir d'un coup. Vous faites souvent ce genre de malaise ?

— Non, enfin, avant, cela ne m'arrivait jamais.

— C'est le stress, mon vieux, soupira Pilguez. Je sais de quoi je vous parle, on perd tous ses moyens quand on a la trouille. Le cœur palpite, les oreilles bourdonnent, on s'enfonce dans de la ouate, les sons se font distants et paf, on se retrouve le cul par terre. Vous nous avez fait une petite crise d'angoisse.

— Peut-être bien.

— Avez-vous parlé de votre histoire à quelqu'un d'autre que moi ?

— À qui voulez-vous que je raconte ce qui m'arrive, qui me croirait ?

— Vous n'avez pas d'amis ?

— Bien sûr que si !

— De nombreux amis sur qui vous pouvez compter en toutes circonstances ? demanda Pilguez d'un air goguenard.

Andrew soupira.

— D'accord, je suis plutôt solitaire, mais Simon est comme un frère, et mieux vaut une amitié sincère que des camaraderies superficielles.

— L'un n'empêche pas l'autre. Vous devriez

parler à ce Simon et partager avec lui votre histoire. Il vous reste huit semaines pour trouver votre assassin.

— Merci de me le rappeler. J'y pense du matin au soir et du soir au matin. Et même si j'arrivais à l'oublier un instant, cette douleur aussi revient me rappeler l'échéance qui approche.

— Plus les jours passeront, plus vous aurez besoin de compter sur quelqu'un.

— C'est votre façon de me dire que vous me laissez tomber ?

— Ne faites pas cette tête-là, Stilman, c'est juste un conseil. Je n'ai aucune intention de vous lâcher, mais il faudra bien que je retourne chez moi. J'ai une vie, une femme qui m'attend et je ne suis qu'un policier à la retraite. Je continuerai à mener mon enquête à New York jusqu'à votre départ pour l'Argentine. Après, il y a le téléphone, et puis je me suis mis à l'internet récemment. Avec toutes ces années passées à taper des rapports sur des machines à écrire, je pianote plutôt bien. En attendant, je veux que vous alliez tout raconter à votre ami, et c'est un ordre.

— Pourquoi êtes-vous venu me voir ce matin, vous avez du neuf ?

— La liste des gens susceptibles de vous en vouloir s'est allongée hier soir, et cela n'arrange pas nos affaires. Je vais me mettre sur la piste de l'ex-Mme Capetta. De votre côté, intéressez-vous de plus près aux états d'âme de votre collègue Freddy Olson. J'aimerais aussi en savoir plus sur votre patronne.

— Je vous l'ai déjà dit, vous faites fausse route avec Olivia.

— Si ma vie était en jeu, je peux vous assurer que je n'ignorerais personne. D'ailleurs, je suis désolé de remettre ça sur le tapis, mais il y a quelqu'un d'autre sur ma liste.

— Qui donc ?

— Votre femme, que vous avez plaquée le lendemain de son mariage.

— Valérie serait incapable de faire du mal à une mouche.

— Normal, elle est vétérinaire. Mais elle aurait pu être tentée de faire du mal à un homme qui lui en a beaucoup causé. Vous n'imaginez pas combien humiliation et imagination s'accordent quand il s'agit de se venger. Et puis, elle côtoie des policiers à longueur de journée.

— Et alors ?

— S'il était venu à l'idée de mon épouse de me faire la peau, elle aurait été plus inventive qu'un scénariste de séries policières.

— Vous vous êtes piqué au jeu, inspecteur, ou vous me croyez vraiment, maintenant ?

— Ne jouons pas sur les mots, Stilman, vous serez toujours plus fort que moi dans ce domaine. Suivez-moi.

— Où allons-nous ?

— Sur les lieux d'un crime qui n'a pas encore eu lieu.

14.

— Vous l'avez loué ? demanda Andrew quand Pilguez lui fit signe de monter à bord d'un Ford 4×4 noir garé devant le journal.

— C'est un prêt.

— Avec une radio de police, siffla Andrew. Où avez-vous déniché cette voiture ?

— Mettez votre ceinture et refermez la boîte à gants. C'est tout de même un monde de se croire tout permis comme ça. Si j'avais été toubib, je me serais fait prêter une ambulance, ça vous va comme réponse ?

— Je n'étais encore jamais monté dans une voiture de flic.

Pilguez regarda Andrew et sourit.

— D'accord, j'ai compris, dit-il en se penchant vers la boîte à gants.

Il attrapa le gyrophare, le posa sur le tableau de bord et enclencha la sirène.

— Ça vous plaît, comme ça ?

— Beaucoup, répondit Andrew en s'accrochant à son fauteuil alors que Pilguez accélérait.

Dix minutes plus tard, l'inspecteur garait la Ford au croisement de Charles Street et du West End Highway.

Andrew le guida vers l'allée où il avait pour habitude de faire son jogging matinal. Ils s'arrêtèrent à la hauteur du Pier n° 4.

— C'est là que ça s'est passé, rien que de me trouver ici relance la douleur.

— C'est psychosomatique ! Respirez à fond, ça vous fera le plus grand bien. Quand vous repensez à ce rêve prémonitoire, vous arrivez à identifier l'arme du crime ? demanda Pilguez en parcourant l'horizon du regard.

— Ce n'était pas un rêve prémonitoire !

— D'accord, ça s'est produit et ça se produira encore si nous perdons notre temps à nous disputer.

— On m'a attaqué dans le dos. Quand j'ai compris ce qui m'arrivait, je baignais déjà dans mon sang.

— Il venait d'où, ce sang ?

— Je le crachais par la bouche et le nez.

— Essayez de vous souvenir, rien au niveau du ventre ?

— Non, pourquoi ?

— Parce qu'une balle tirée à bout portant fait plus de dégâts à son point de sortie qu'à son point d'impact. Si on vous avait tiré dessus, vos intestins se seraient retrouvés projetés sur le bitume, vous vous en seriez rendu compte.

— Et si l'on m'avait visé de beaucoup plus loin, avec un fusil à lunette par exemple ?

— C'est justement ce que je regardais. Aucune

180

toiture de l'autre côté du Highway n'offre un point de vue suffisamment plongeant pour que l'on puisse atteindre un coureur parmi d'autres à une telle distance. Et puis, vous m'avez bien dit que vous étiez mort un 10 juillet ?

— Le 9, pourquoi ?

— Levez la tête : bientôt la frondaison des arbres occultera totalement cette allée. Le coup a été porté à l'horizontale par quelqu'un qui vous suivait.

— Je n'ai ressenti aucune douleur au ventre.

— Alors c'est à l'arme blanche qu'on vous a tué, reste à savoir quel genre. Respirez, je vous trouve à nouveau très pâle.

— Cette conversation n'est pas très agréable.

— Où peut-on le trouver, ce Simon ?

— À cette heure-ci, à son bureau. Il tient un atelier de voitures anciennes sur Perry Street.

— Ça tombe bien, c'est à deux pas d'ici et j'adore les vieilles voitures.

*

Pilguez resta bouche bée en entrant dans le garage. Une Chrysler Newport, une De Soto, une Plymouth cabriolet beige, une Thunderbird de 1956, une Ford Crestline de 1954 et bien d'autres modèles étaient rangés dans un parfait alignement sur un sol immaculé. L'inspecteur se dirigea vers une Packard Mayfair.

— Incroyable, murmura-t-il, mon père avait la même, je n'en avais pas vu une depuis si longtemps.

— C'est que très peu ont été fabriquées, expliqua

Simon en s'approchant. D'ailleurs, je ne vais pas garder celle-ci très longtemps, c'est un modèle si rare, je ne lui donne pas jusqu'à vendredi avant de trouver son nouveau propriétaire.

— Arrête ton baratin, nous ne sommes pas venus t'acheter une voiture, dit Andrew en s'approchant. Monsieur est avec moi.

— Tu es là ! Tu aurais pu t'annoncer quand même.

— Pourquoi, il faut que je t'envoie un bristol avant de passer ? Je peux repartir, si tu veux.

— Mais non, c'est juste que…

— Il déteste que je le surprenne en train de faire son numéro de marchand de tapis, dit Andrew à Pilguez. Vous avouerez qu'il est parfait dans ce rôle, non ? Une voiture aussi rare, je ne lui donne pas jusqu'à vendredi avant de trouver un nouveau propriétaire… Qu'est-ce qu'il ne faut pas entendre ! Il l'a sur les bras depuis deux ans, on est partis en week-end avec l'été dernier, et, en plus, on est tombés en panne, c'est vous dire !

— Bon, ça va, je crois que monsieur a compris. Tu veux quelque chose, parce que j'ai du travail, moi.

— C'est sympathique votre amitié, siffla Pilguez.

— On peut aller dans ton bureau ? demanda Andrew.

— Tu fais une drôle de tête, tu as des problèmes ?

Andrew resta silencieux.

— Quel genre de problèmes ? insista Simon.

— Ce serait mieux d'aller discuter dans votre bureau, reprit Pilguez.

Simon fit signe à Andrew d'emprunter l'escalier qui menait à la mezzanine.

— Sans vouloir être indiscret, demanda-t-il à Pilguez en fermant la marche, vous êtes qui ?

— Un ami d'Andrew, mais ne soyez pas jaloux, il n'y aura aucune rivalité entre nous.

Simon installa ses invités face à lui, dans deux fauteuils club et Andrew lui raconta son histoire.

Simon l'écouta sans l'interrompre et lorsque, une heure plus tard, Andrew lui dit qu'il lui avait tout raconté, Simon le regarda longuement et décrocha son téléphone.

— J'appelle un copain médecin avec qui je vais skier chaque hiver, c'est un très bon généraliste. Tu dois avoir du diabète. J'ai entendu dire que si le taux de sucre devenait trop important, ça pouvait provoquer des turbulences sous le chapeau. Ne t'inquiète pas, quoi que ce soit, on va trouver...

— Ne vous fatiguez pas, dit Pilguez en posant sa main sur le téléphone, je lui ai proposé les services d'une amie neurologue, mais votre ami est certain de ce qu'il avance.

— Et vous cautionnez son histoire ? dit Simon en se tournant vers Pilguez, belle influence, bravo.

— Monsieur le garagiste, je ne sais pas si votre ami a l'esprit dérangé ou non, mais je sais reconnaître quelqu'un de sincère. En trente-cinq ans dans la police, il m'est arrivé d'être confronté à des affaires qui sortaient totalement de la normalité. Je n'ai pas démissionné pour autant.

— Vous êtes flic ?

— Je l'étais.

— Et moi, je ne suis pas garagiste, mais marchand d'art. Passons. Quel genre d'affaires ?

— Sur l'une de mes toutes dernières enquêtes, un type avait enlevé une femme dans le coma sur son lit d'hôpital.

— Ce n'est pas banal, siffla Simon.

— Celui que je suspectais était un architecte, un sacré bonhomme. J'ai très vite été certain de sa culpabilité, mais quelque chose ne collait pas, le mobile m'échappait. Débusquer un criminel sans cerner ses motivations, ce n'est que la moitié du travail accompli. Cet homme, tout ce qu'il y a de plus normal, n'avait aucune raison de commettre un tel acte.

— Qu'avez-vous fait ?

— Je l'ai filé et j'ai retrouvé la jeune femme en quelques jours. Il l'avait cachée dans une vieille maison abandonnée du côté de Carmel.

— Vous l'avez arrêté ? demanda Simon.

— Non, il avait enlevé cette femme pour la soustraire à son médecin et à sa famille. Tout ce petit monde avait décidé de la débrancher. Il prétendait qu'elle s'adressait à lui, qu'elle lui était apparue dans son appartement et l'avait appelé au secours. Absurde comme histoire, non ? Mais il était si sincère, et puis, finalement, il avait plutôt bien fait, la jeune femme est sortie de son coma peu de temps après que je l'ai ramenée à l'hôpital. Donc, j'ai égaré le dossier de l'enquête, si vous voyez ce que je veux dire, considérant que d'une certaine manière cet homme avait porté assistance à une personne en danger.

— Un peu comme vous le faites avec moi ? intervint Andrew.

— Je vous avais déjà raconté tout ça lors de ce dîner après notre petit accident de voiture, n'est-ce pas ? C'est pour cela que vous avez fait appel à mes services ? Vous vous êtes dit qu'un type assez fou pour croire à une histoire pareille accorderait du crédit à la vôtre.

— Et j'ai eu tort ? demanda Andrew en souriant, ce n'est pas le cas ?

— Juste un petit examen pour avoir l'esprit tranquille supplia Simon. Je ne t'en demande pas beaucoup contrairement à toi.

— Je ne t'ai encore rien demandé à ce que je sache ?

— Tu me demandes de croire que l'on va t'assassiner dans quelques semaines, et que tu en as la certitude parce que tu es déjà mort... à part ça, non, tu ne me demandes pas grand-chose. Bon, on va les faire ces examens, parce que, à vous écouter, je suspecte une urgence.

— Je dois vous avouer que j'ai eu un peu la même réaction que vous de prime abord, confia Pilguez, en même temps, je dois aussi avouer que votre ami a un don particulier.

— Lequel ? reprit Simon.

— Celui de vous annoncer certaines nouvelles avant qu'elles ne se produisent.

— Il ne manquait plus que ça ! C'est peut-être moi qui devrais me faire examiner, parce que, apparemment, je suis le seul ici à trouver cette histoire invraisemblable…

— Arrête, Simon, je n'aurais pas dû te déranger avec tout cela, c'est l'inspecteur qui a insisté. Allons-y, dit-il en se levant.

— On va où ? demanda Simon en lui barrant la route.

— Toi, tu restes là, puisque tu es débordé de travail, et nous, nous allons continuer notre enquête et trouver celui qui veut me tuer, avant qu'il ne soit trop tard.

— Une seconde ! Je n'aime pas ça du tout, mais alors pas du tout, marmonna Simon en arpentant son bureau. Et pourquoi je resterais là tout seul pendant que vous deux allez… ?

— Simon, bon sang ! Il ne s'agit pas d'une plaisanterie, c'est ma vie qui est en jeu.

— Mouais, soupira Simon en attrapant sa veste sur le dossier de sa chaise. Et je peux savoir où vous allez ?

— J'ai un petit voyage à faire du côté de Chicago, dit Pilguez en sortant de la pièce. Je reviendrai dès que possible. Ne vous dérangez pas, je retrouverai mon chemin.

Simon s'approcha de la vitre qui surplombait l'atelier et regarda l'inspecteur quitter son garage.

— Tu peux vraiment prédire ce qui va se passer au cours des prochaines semaines ?

— Seulement ce dont je me souviens, répondit Andrew.

— Je vais vendre une voiture ?

— La Pontiac, début juillet.

— Comment tu peux te rappeler un truc pareil ?

— Tu m'avais invité à dîner pour fêter ça... et me remonter le moral.

Andrew hésita et soupira en regardant son ami.

— Seulement la Pontiac ? Les temps sont durs, quand je pense que l'an dernier, j'en vendais deux par mois. Tu as d'autres bonnes nouvelles à m'annoncer ?

— Tu vas vivre plus vieux que moi, c'est déjà pas mal non ?

— Andrew, si tu me fais marcher, dis-le-moi maintenant, et je te remets l'Oscar du meilleur acteur, je suis à deux doigts de te croire.

Andrew ne répondit pas.

— Et puis qu'importe ! La seule chose qui compte est que ce soit vrai pour toi. Je t'ai rarement vu aussi paumé. On commence par où ?

— Tu crois que Valérie serait capable de me tuer ?

— Si tu l'as vraiment quittée le soir de votre mariage, je peux comprendre qu'elle nourrisse quelques griefs à ton égard. Ou c'est peut-être son père qui a voulu venger sa fille.

— Je ne l'avais pas inscrit sur ma liste celui-là. Et un de plus !

— Tu sais, j'ai peut-être une idée simple pour t'éviter le pire. La prochaine fois que tu te marieras, essaye de te tenir à carreau pendant quelques mois, ça t'enlèvera deux suspects d'un coup.

— Tout ça est de ta faute.

— Comment ça de ma faute ?

— Si tu ne m'avais pas traîné au Novecento, je n'aurais jamais…

— Dis donc, tu ne manques pas d'air, dans l'histoire que tu racontais tout à l'heure, c'est toi qui me suppliais d'y retourner.

— Je ne peux pas la croire capable de tuer, même sous l'emprise de la colère.

— Tu dis avoir été assassiné à l'arme blanche, elle a pu te poignarder avec un instrument chirurgical, ce n'est pas ce qui manque dans son métier et puis le geste était précis, non ? Il faut une certaine dextérité pour agir de cette façon.

— Arrête, Simon !

— Je n'arrête rien du tout, c'est toi qui es venu me chercher ! Et tu peux dire à ton inspecteur à la retraite qu'à compter de cette minute, nous sommes rivaux, c'est moi qui vais trouver ton assassin ! D'ailleurs, cet inspecteur, qu'est-ce qu'il va faire à Chicago ?

— Je t'expliquerai en chemin.

Simon ouvrit son tiroir et prit son trousseau de clés. Il entraîna Andrew jusqu'à l'atelier et désigna la Packard.

— Je dois aller la montrer à un client, j'ai rendez-vous en bas de chez lui du côté de la 66e, je te dépose en chemin ? Quoique je me demande pourquoi je vais à ce rendez-vous puisque tu me dis que je ne vendrai rien avant juillet…

— Parce que tu ne me crois pas encore complètement.

Andrew profita du trajet pour répondre aux questions de Simon qui les enchaînait l'une après l'autre.

Ils se séparèrent devant l'immeuble du *New York Times*.

Lorsqu'il arriva à sa table de travail, Andrew trouva un message sur son ordinateur. Olivia Stern lui demandait de passer la voir au plus vite. Derrière la cloison, Freddy Olson chuchotait au téléphone. Lorsque Freddy parlait à voix basse, c'est qu'il était sur une affaire dont il voulait garder la primeur. Andrew recula son fauteuil et colla son oreille à la paroi.

— Quand a eu lieu ce meurtre ? demandait Olson à son interlocuteur. Et c'est la troisième agression de ce genre ? Je vois, je vois, poursuivit-il. En même temps, un coup de couteau dans le dos, ce n'est pas si original que ça à New York, de là à conclure qu'il y a un serial killer, vous allez peut-être vite en besogne. Je vais regarder cela de plus près. Je vous remercie, je vous rappelle si j'ai du nouveau. Merci encore.

Olson raccrocha et se leva, probablement pour se rendre aux toilettes. Andrew le suspectait depuis longtemps de ne pas seulement aller y soulager sa vessie, ou il aurait fallu que celle-ci soit sérieusement défaillante. Compte tenu de l'état d'agitation permanent de son collègue, Andrew le soupçonnait d'aller sniffer de la coke.

Dès que Freddy eut disparu, Andrew se précipita pour s'installer à la table d'Olson et parcourir ses notes.

Un homme avait été poignardé la veille dans Central Park, près de l'étang des tortues. Son agresseur l'avait frappé à trois reprises avant de prendre la fuite et de le laisser pour mort. La victime avait néanmoins survécu à ses blessures et se trouvait aux urgences du Lenox Hospital. L'information était relatée dans un article du *New York Post*, tabloïd friand de ce genre de faits divers. Au bas de la page, Olson avait griffonné deux dates et deux adresses, 13 janvier, 141e Rue et 15 mars, 111e Rue.

— Je peux savoir ce que tu fais là ?

La voix fit sursauter Andrew.

— Je travaille comme tu peux le voir, ce qui n'est pas le cas de tout le monde, semble-t-il.

— Et tu travailles à mon bureau ?

— Je me disais bien que je ne retrouvais pas mes affaires ! s'exclama Andrew. Je me suis trompé de box, ajouta-t-il en se levant.

— Tu me prends pour un con ?

— Ça m'arrive assez souvent. Tu m'excuses, la patronne demande à me voir. Essuie-toi le nez, tu as un peu de blanc au-dessus de la lèvre. Tu as mangé une gaufre ?

Freddy se frotta les narines.

— Ça veut dire quoi, ce petit sous-entendu ?

— Je n'ai rien sous-entendu... Tu fais dans les chiens écrasés maintenant ?

— Qu'est-ce que tu racontes ?

— Sur ton bloc-notes, ces dates et ces adresses, ce sont des clébards qui sont passés sous un bus ? Tu sais que ma compagne est vétérinaire, si tu as besoin d'un coup de main pour tes enquêtes...

— Un lecteur a fait le rapprochement entre trois

190

meurtres commis à l'arme blanche à New York, il est persuadé que c'est un serial killer.

— Et tu partages son avis ?

— Trois coups de couteau en cinq mois dans une ville de deux millions d'habitants, la statistique est plutôt faible, mais Olivia m'a chargé d'enquêter.

— Nous voilà rassurés. Bon, ce n'est pas que je m'ennuie en ta compagnie, mais je suis attendu.

Andrew fit demi-tour et se rendit devant le bureau d'Olivia Stern. Elle lui fit signe d'entrer.

— Où en êtes-vous de vos recherches ? demanda-t-elle en continuant de pianoter sur son clavier d'ordinateur.

— Mes contacts sur place m'ont envoyé de nouvelles infos, mentit Andrew. J'ai plusieurs rendez-vous qui m'attendent et une piste intéressante qui pourrait m'obliger à m'éloigner un peu de Buenos Aires.

— Quelle piste ?

Andrew faisait fonctionner sa mémoire. Depuis le début de son saut dans le passé, il n'avait consacré que peu de temps à son enquête, trop préoccupé par son propre sort. Pour rassasier la curiosité de sa rédactrice en chef, il usait de ses souvenirs, souvenirs d'un voyage qu'il n'était pas censé avoir encore fait.

— Ortiz se serait installé dans un petit village au pied des montagnes, non loin de Córdoba.

— Se serait ?

— J'en aurai le cœur net une fois sur place. Je pars dans moins de deux semaines.

— Je vous l'ai déjà dit, je veux des preuves

concrètes, des documents, une photo récente. Je ne peux pas me contenter de quelques témoignages ou, alors, ils doivent émaner de personnalités inattaquables.

— Quand vous me dites ce genre de choses, j'ai vraiment l'impression que vous me prenez pour un amateur, c'en est presque vexant.

— Vous êtes trop susceptible, Andrew, et parano…

— Croyez-moi, j'ai mes raisons, répondit-il en se levant.

— J'ai engagé des frais importants pour votre article, ne me laissez pas tomber, nous n'avons pas le droit à l'erreur, ni moi ni vous.

— C'est fou comme cet avertissement me devient familier ces derniers temps. Au fait, vous avez demandé à Olson d'enquêter sur une affaire de tueur en série ?

— Non, pourquoi ?

— Pour rien, répondit Andrew en sortant du bureau d'Olivia Stern.

Andrew retourna s'asseoir devant son ordinateur. Il afficha la carte de Manhattan à l'écran et localisa les adresses relevées sur les notes d'Olson. Les deux premiers meurtres avaient été commis en bordure d'un parc, le 13 janvier sur la 141e Rue puis le 15 mars sur la 111e Rue, le dernier en date à la hauteur de la 79e. S'il s'agissait du même assassin, ce dernier semblait perpétrer ses actes en allant du nord vers le sud de l'île. Andrew songea aussitôt que l'attaque dont il avait été victime prolongeait l'axe de cette descente aux enfers. Il fit quelques recherches sur l'homme qui avait été récemment poignardé, attrapa sa veste et quitta précipitamment son bureau.

En arrivant sur la coursive, il jeta un œil vers la rue à travers la baie vitrée, quand un détail attira son attention. Il prit son téléphone et composa un numéro.

— Je peux savoir ce que tu fais planqué derrière une plante verte à la sortie de mon journal ?

— Comment le sais-tu ? demanda Simon.

— Parce que je te vois, andouille.

— Tu m'as reconnu ?

— Et qu'est-ce que c'est que cet imperméable et ce chapeau ?

— Ma tenue pour passer incognito.

— C'est efficace ! À quoi tu joues ?

— Je ne joue pas, je surveille les allées et venues de ton collègue Olson. Dès qu'il sort, je le prends en filature.

— Tu es devenu dingue !

— Et que veux-tu que je fasse d'autre ? Maintenant que je sais que je ne vendrai pas une bagnole avant deux mois, je ne vais pas perdre mon temps au garage pendant que quelqu'un cherche à t'assassiner ! Et parle moins fort, tu vas me faire repérer.

— Tu n'as pas besoin de moi pour ça. Attends-moi là, je te rejoins, et sors de derrière cette plante verte !

Andrew retrouva Simon sur le trottoir et l'entraîna par le bras loin de l'entrée du *New York Times*.

— On dirait Philip Marlowe, tu es ridicule.

— Cet imperméable m'a coûté les yeux de la tête, c'est un vrai Burberry.

— Il fait un soleil de plomb, Simon.

— Tu t'es pris pour Jésus réincarné et tu vas me faire la leçon parce que je joue au détective privé ?

Andrew héla un taxi, pria Simon d'y monter et demanda au chauffeur de les conduire à l'angle de Park Avenue et de la 77e Rue.

Dix minutes plus tard, le taxi se rangea devant l'entrée des urgences du Lenox Hospital.

Simon entra le premier et se dirigea vers l'accueil.

— Bonjour, dit-il à l'infirmière, nous venons pour mon ami…

Andrew l'attrapa à nouveau par le bras et l'entraîna brusquement à l'écart.

— Qu'est-ce que j'ai encore fait ? Tu ne viens pas consulter un psychiatre ?

— Simon, soit tu te conduis normalement, soit tu repars sur-le-champ, c'est clair ?

— Je croyais que pour une fois tu avais pris une bonne décision. Si ce n'est pas pour toi, que fait-on dans cet hôpital ?

— Un type a été poignardé dans le dos. Je veux l'interroger. Tu vas m'aider à entrer dans sa chambre le plus discrètement possible.

Le visage de Simon trahissait la joie qu'il éprouvait de participer à une telle entreprise.

— Qu'est-ce que je dois faire ?

— Retourne voir cette infirmière à l'accueil et

prétend être le frère d'un certain Jerry McKenzie auquel tu viens rendre visite.

— C'est comme si c'était fait.

— Et enlève-moi cet imperméable !

— Pas tant que tu ne m'auras pas dit que tu me fais marcher ! répondit Simon en s'éloignant.

Cinq minutes plus tard, Simon rejoignit Andrew qui l'attendait sur une banquette de la salle d'attente.

— Alors ?

— Chambre 720, mais les visites ne commencent qu'à partir de 13 heures et on ne peut pas entrer, il y a un policier devant la porte.

— Alors c'est fichu, fulmina Andrew.

— Sauf si on a un badge, ajouta Simon en collant un adhésif sur son imperméable, comme celui-là !

— Comment tu as obtenu ça ?

— Je lui ai présenté mes papiers, je lui ai dit que ce pauvre Jerry était mon frère, nous n'avons pas le même père, mais la même mère d'où la différence de noms, que j'arrivais de Seattle, et que j'étais sa seule famille.

— Et elle t'a cru ?

— Il semble que j'inspire confiance, et puis avec l'imperméable, Seattle c'était imparable, il pleut trois cent soixante-cinq jours par an. Je lui ai aussi demandé son numéro de téléphone pour l'inviter à dîner puisque j'étais seul en ville.

— Elle te l'a donné ?

— Non, mais elle s'est sentie flattée et, à défaut, elle m'a offert un second badge... pour mon chauffeur, ajouta Simon en collant un sticker sur le veston d'Andrew. On y va, James ?

Alors que la cabine d'ascenseur se hissait vers le septième étage, Simon posa sa main sur l'épaule d'Andrew.

— Vas-y, dis-le, ça ne va pas te faire mal, tu verras.

— Dire quoi ?

— Merci, Simon.

*

Andrew et Simon eurent droit à une fouille en règle avant que le policier de faction ne les laisse entrer.

Andrew s'approcha de l'homme qui somnolait. Il ouvrit les yeux.

— Vous n'êtes pas médecins, n'est-ce pas ? Qu'est-ce que vous fichez là ?

— Je suis journaliste, je ne vous veux aucun mal.

— Allez raconter ça à un politicien…, grimaça l'homme en se redressant dans son lit. Je n'ai rien à vous dire.

— Je ne suis pas là dans le cadre de mon métier, dit Andrew en s'approchant du lit.

— Foutez-moi le camp ou j'appelle !

— J'ai été poignardé moi aussi, comme vous, et deux autres personnes ont subi le même sort dans des circonstances similaires. Je me demande s'il ne s'agit pas du même agresseur. Je veux juste savoir si vous vous souvenez de quelque chose. Son visage ? L'arme avec laquelle il vous a frappé ?

— On m'a attaqué dans le dos, vous êtes stupide ou quoi !

— Et vous n'avez rien vu venir ?

— J'ai entendu des pas derrière moi. Nous étions plusieurs à sortir du parc, j'ai juste senti une présence se rapprocher. J'ai eu de la chance, un centimètre plus haut et ce salaud touchait l'artère. Je me serais vidé de mon sang avant d'arriver ici. D'ailleurs les médecins m'ont dit que si l'hôpital n'avait pas été aussi près, je ne m'en serais pas sorti.

— Je n'ai pas eu cette chance-là, soupira Andrew.

— Vous m'avez l'air plutôt en forme.

Andrew rougit et regarda Simon qui levait les yeux au ciel.

— Vous avez perdu connaissance tout de suite ?

— Presque, répondit McKenzie, j'ai cru apercevoir mon assassin me dépasser et filer en courant, mais ma vision était trouble, je serais incapable de vous le décrire. J'allais rendre visite à une cliente, on m'a dérobé pour dix mille dollars de marchandise. C'est ma troisième agression en cinq ans, cette fois je demande un permis de port d'armes et pas limité au vingt mètres carrés de ma bijouterie. Et vous, un journaliste, qu'est-ce qu'on vous a piqué ?

Et pendant qu'Andrew et Simon se trouvaient au Lenox Hospital, Freddy Olson fouillait les tiroirs de son collègue, à la recherche du mot de passe qui lui permettrait d'accéder au contenu de son ordinateur.

*

— Qu'est-ce qu'on fait maintenant ? demanda Simon sur le trottoir en sortant de l'hôpital.

— Je vais voir Valérie.

— Je peux t'accompagner ?

Andrew resta silencieux.

— Je comprends. Je te téléphonerai plus tard.

— Simon, promets-moi de ne pas retourner au journal.

— Je fais ce que je veux.

Simon traversa la rue en courant et sauta dans un taxi.

*

Andrew déclina son identité à l'accueil. Après avoir passé un appel, le sergent de faction lui indiqua le chemin à prendre.

L'endroit où travaillait Valérie ne ressemblait en rien à l'idée qu'Andrew s'en était faite.

Il pénétra dans une enceinte carrée. Au fond de la cour s'étirait un bâtiment longiligne dont la modernité l'étonna. Les écuries en occupaient le rez-de-chaussée. Une porte au centre ouvrait sur un long couloir qui menait vers les offices vétérinaires.

Valérie était au bloc opératoire. L'un de ses auxiliaires pria Andrew de l'attendre dans la salle de repos. Lorsque Andrew y entra, un officier de police se leva d'un bond.

— Vous avez des nouvelles, l'intervention s'est bien déroulée ?

Andrew allait de surprise en surprise. Cet homme, à la carrure imposante et face auquel il aurait avoué tout et n'importe quoi pour ne pas le mettre en colère, semblait totalement désemparé.

— Non, aucune, dit Andrew en s'asseyant. Mais ne vous inquiétez pas, Valérie est la meilleure vétérinaire de New York. Votre chien ne pouvait pas tomber en de meilleures mains.

— C'est bien plus qu'un chien, vous savez, soupira l'homme, c'est mon collègue et mon meilleur ami.

— Quelle race ? demanda Andrew.

— Un retriever.

— Alors mon meilleur ami doit lui ressembler un peu.

— Vous avez un retriever, vous aussi ?

— Non, le mien est plutôt du genre bâtard, mais très intelligent.

Valérie entra dans la pièce et s'étonna d'y trouver Andrew. Elle se dirigea vers le policier pour lui annoncer qu'il pouvait aller voir son chien en salle de réveil, l'opération s'était bien déroulée. D'ici quelques semaines, et après un peu de rééducation, il serait bon pour le service. Le policier s'éclipsa aussitôt.

— C'est une agréable surprise.

— Qu'est-ce qu'il avait ? demanda Andrew.

— Une balle dans l'abdomen.

— Il va recevoir une décoration ?

— Ne te moque pas, ce chien s'est interposé entre un agresseur et sa victime, je ne connais pas beaucoup d'hommes qui en auraient fait autant.

— Je ne me moquais pas, dit Andrew songeur. Tu me fais visiter ?

La pièce était sobre et lumineuse. Des murs rehaussés à la chaux, deux grandes fenêtres qui ouvraient sur la cour, une table en verre posée sur deux tréteaux de facture ancienne servait de bureau à Valérie, un écran d'ordinateur, deux pots à crayons, une chaise Windsor qu'elle avait dû dénicher dans une brocante. Des dossiers empilés sur une console derrière elle. Andrew regarda les photos posées sur un petit meuble en métal.

— Celle-ci c'est Colette et moi, durant nos années de fac.

— Elle est aussi vétérinaire ?

— Non, anesthésiste.

— Tiens, tes parents, dit Andrew en se penchant sur un autre cadre photo. Ton père n'a pas changé, enfin pas tant que ça après toutes ces années.

— Ni physiquement ni moralement, hélas. Toujours aussi borné et convaincu de savoir tout mieux que tout le monde.

— Il ne m'aimait pas beaucoup quand nous étions adolescents.

— Il détestait tous mes copains.

— Tu en avais tant que ça ?

— Quelques-uns…

Valérie pointa du doigt un autre cadre.

— Regarde celle-ci, dit Valérie en souriant.

— Mince, c'est moi ?

— À l'époque où on t'appelait Ben.

— Où as-tu trouvé cette photo ?

— Je l'ai toujours eue. Elle faisait partie des quelques affaires que j'ai emportées en quittant Poughkeepsie.

— Tu avais gardé une photo de moi ?

— Tu faisais partie de ma vie d'adolescente, Ben Stilman.

— Je suis très touché, je n'aurais pas imaginé un instant que tu aies eu envie de m'emmener avec toi, même si ce n'était qu'en photo.

— Si je t'avais proposé de me suivre, tu ne l'aurais pas fait, n'est-ce pas ?

— Je n'en sais rien.

— Tu rêvais d'être journaliste. Tu avais créé tout seul le journal de l'école et tu recopiais méthodiquement tout ce qui se passait sur un petit carnet. Je me souviens que tu avais voulu interviewer mon père sur son métier, et qu'il t'avait envoyé balader.

— J'avais oublié tout ça.

— Je vais te faire une confidence, dit Valérie en s'approchant. Lorsque tu t'appelais encore Ben, tu étais bien plus amoureux de moi que je ne l'étais de toi. Mais, lorsque je te regarde dormir la nuit, j'ai l'impression que c'est le contraire. Parfois, je me dis que ça ne marchera pas, que je ne suis pas la femme que tu espérais, que ce mariage n'aura pas lieu et que tu finiras par me quitter. Et tu ne peux pas savoir comme ces pensées me rendent malheureuse.

Andrew fit un pas vers Valérie et la prit dans ses bras.

— Tu te trompes, tu es la femme à laquelle je n'ai jamais cessé de rêver, bien plus qu'à l'idée de devenir journaliste. Si tu crois que je t'ai attendue tout ce temps-là pour te quitter...

— Tu avais gardé une photo de moi, Andrew ?

— Non, j'étais bien trop en colère que tu aies fui Poughkeepsie sans laisser d'adresse. Mais ton visage était gravé ici, ajouta Andrew en désignant son front, et il ne m'a jamais quitté. Tu n'imagines pas à quel point je t'aime.

Valérie le fit entrer au bloc opératoire. Andrew regarda avec dégoût les compresses ensanglantées sur le linoléum. Il s'approcha d'un chariot et observa les instruments chirurgicaux. Il y en avait de plusieurs tailles.

— C'est terriblement coupant ces trucs-là, non ?

— Comme un scalpel, répondit Valérie.

Andrew se pencha vers le plus long et le saisit du bout des doigts. Il en jaugea le poids, en le prenant par le manche.

— Fais attention à ne pas te blesser, dit Valérie en le lui ôtant délicatement des mains.

Andrew remarqua la dextérité avec laquelle elle maniait cet objet. Elle le fit tournoyer entre son index et son majeur et le reposa sur le chariot.

— Suis-moi, ces instruments ne sont pas encore désinfectés.

Valérie entraîna Andrew vers la vasque accrochée au mur carrelé. Elle ouvrit le robinet d'un mouvement du coude, appuya sur la pédale à savon et nettoya les mains d'Andrew entre les siennes.

— C'est très sensuel la chirurgie, chuchota Andrew.

— Tout dépend de celui qui vous assiste, répondit Valérie.

Elle entoura Andrew de ses bras et l'embrassa.

Attablé à la cafétéria parmi tous ces policiers, Andrew eut une pensée pour l'inspecteur Pilguez, dont il attendait des nouvelles.

— Tu es préoccupé ? demanda Valérie.

— Non, c'est l'ambiance environnante, je ne suis pas habitué à manger au milieu d'autant d'uniformes.

— On s'y fait, et puis, si tu as la conscience tranquille, tu es plus en sécurité ici que n'importe où à New York.

— Tant qu'on ne va pas voir tes chevaux…

— Je comptais te faire visiter les écuries dès que tu aurais fini ton café.

— Impossible, je dois retourner au boulot.

— Mais quel trouillard !

— Ce sera pour une prochaine fois, si tu veux bien.

Valérie observa Andrew.

— Pourquoi es-tu venu jusqu'ici, Andrew ?

— Pour prendre un café avec toi, visiter ton lieu de travail, tu me l'avais demandé, et j'en avais envie.

— Tu as traversé la ville uniquement pour me faire plaisir ?

— Et aussi pour que tu m'embrasses au-dessus d'un chariot recouvert d'instruments chirurgicaux… c'est mon côté romantique.

Valérie raccompagna Andrew à son taxi ; avant de refermer la portière, il se retourna vers elle.

— Au fait, il faisait quoi ton père, déjà ?

— Il était dessinateur industriel à la manufacture.

— Et la manufacture manufacturait quoi ?

— Du matériel de couture, des arrondisseurs, des ciseaux de tailleur, des aiguilles en tout genre et des crochets à tricot, tu disais qu'il faisait un métier de femme et tu te moquais de lui. Pourquoi me demandes-tu ça ?

— Pour rien.

Il embrassa Valérie, lui promit de ne pas rentrer tard et referma la portière du taxi.

15

... Deux hommes avaient sorti Rafaël de sa cellule. Tandis que l'un le traînait par les cheveux, l'autre lui matraquait les mollets avec un nerf de bœuf pour l'empêcher de se tenir debout. Sa douleur au crâne était telle qu'il crut que son cuir chevelu allait s'arracher ; à chaque mètre parcouru, Rafaël tentait de se redresser, mais ses genoux pliaient sous la force des coups. Le petit jeu de ses tortionnaires cessa momentanément devant une porte en fer.

Elle s'ouvrait sur une grande pièce carrée, sans fenêtre.

Les murs étaient tachetés de longues traînées rougeâtres, le sol en terre battue empestait le sang séché et les excréments, odeur âcre insupportable. Deux ampoules pendaient du plafond.

La lumière était aveuglante, à moins que ce ne fût le contraste avec la pénombre de la cellule où il avait passé deux jours sans que personne lui apporte à boire ou à manger.

On lui fit ôter sa chemise, son pantalon et son

slip et on l'obligea à s'asseoir sur une chaise en fer, cimentée dans le sol. Deux lanières étaient rivées aux accoudoirs, deux autres aux pieds. Lorsqu'on sangla Rafaël, le cuir taillada sa chair.

Entra un capitaine. Il portait un uniforme impeccablement repassé. Le militaire s'assit sur le coin d'une table, caressa le bois de sa main pour en ôter la poussière et posa sa casquette. Puis il se leva, silencieux, s'approcha de Rafaël et lui lança son poing dans la mâchoire. Rafaël sentit le sang couler dans sa bouche. Il ne s'en plaignit pas, sa langue était collée au palais par la sécheresse.

— Antonio... (un coup de poing lui fracassa le nez), Alfonso... (un autre le menton), Roberto... (un troisième lui fendit l'arcade sourcilière)... Sánchez. Tu te souviendras de mon nom ou tu veux que je le répète ?

Rafaël avait perdu connaissance.On lui jeta un seau d'eau pestilentielle au visage.

— Répète mon nom, vermine ! ordonna le capitaine.

— Antonio, Alfonso, Roberto, fils de putain, murmura Rafaël.

Le capitaine leva le bras, mais retint sa main ; il sourit en faisant signe à ses deux acolytes de préparer ce déviationniste mal élevé à la gégène.

On lui apposa des plaques de cuivre sur le torse et les cuisses pour que le courant circule proprement, on lui lia des fils électriques dénudés aux chevilles, aux poignets et aux testicules.

La première décharge propulsa son corps vers l'avant, et il comprit pourquoi la chaise avait été *fixée au sol. Des milliers d'aiguillons circulaient dans ses veines, sous sa peau.*

— Antonio Alfonso Roberto Sánchez ! répétait le capitaine d'une voix impassible.

Chaque fois que Rafaël perdait connaissance, un nouveau seau d'eau putride le ramenait à la torture qu'on lui infligeait.

— Ant... Alfonso... Rob... ánchez, murmura-t-il à la sixième décharge.

— Ça prétend être un intellectuel et ça ne sait même pas prononcer correctement un nom, ricana le capitaine.

Il souleva le menton de Rafaël avec le bout de sa badine et lui entailla la joue d'un coup sec.

Rafaël ne pensait qu'à Isabel, à María Luz, et à ne pas déshonorer les siens en suppliant grâce.

— Où se trouve votre saleté d'imprimerie ? demanda le capitaine.

À l'évocation de ce lieu, Rafaël, le visage tuméfié, le corps meurtri, s'évada en pensée vers cette pièce aux murs bleus décrépis. Il sentit l'odeur du papier, de l'encre et de l'alcool méthylique que ses amis utilisaient pour faire fonctionner la machine à ronéotyper. Ce souvenir olfactif lui fit récupérer un peu de lucidité.

Une nouvelle décharge le secoua, il se mit à convulser et libéra ses sphincters. Son urine ensanglantée ruisselait le long de ses jambes. Ses yeux, sa langue, ses parties génitales n'étaient plus que braises. Il perdit connaissance.

Le médecin qui assistait le capitaine vint écouter son cœur, examina ses pupilles et annonça que c'était assez pour aujourd'hui si on voulait le garder en vie. Et le capitaine Antonio Alfonso Roberto Sánchez tenait à garder son prisonnier bien vivant. S'il avait voulu le tuer, il lui aurait suffi de lui loger une balle dans la tête, mais plus que de sa mort, c'était de sa souffrance qu'il voulait se repaître, pour lui faire payer sa trahison.

Alors que les hommes le traînaient vers sa cellule, Rafaël reprit connaissance et souffrit la pire des tortures en entendant, depuis le bout du couloir, le capitaine Sánchez crier : « Amenez-moi sa femme. »

Isabel et Rafaël passèrent deux mois au centre de l'ESMA. On leur avait scotché les paupières pour les empêcher de dormir et, lorsqu'ils sombraient dans l'inconscience, on venait les réveiller à coups de pied, à coups de matraque.

Deux mois durant, Isabel et Rafaël, qui ne se croisaient jamais dans le couloir menant à la salle de tortures, s'éloignèrent peu à peu d'un monde où ils avaient connu l'humanité. Durant ces jours et ces nuits qui s'enchaînèrent sans qu'ils en perçoivent la frontière, ils sombrèrent dans un abîme de ténèbres que le plus fervent des croyants n'aurait pu imaginer.

Pourtant, lorsque le capitaine Sánchez les faisait conduire dans la salle où il les torturait, il invoquait leurs trahisons, celle commise à l'égard de leur patrie, celle commise devant Dieu. Et invoquant Dieu, Sánchez frappait toujours plus fort.

Le capitaine avait fait crever les yeux d'Isabel, mais une lumière refusait de s'éteindre en elle, le regard de María Luz. Par moments, elle aurait voulu que les traits du visage de sa fille s'effacent pour s'abandonner à la mort. Seule la mort pourrait la délivrer, seule la mort lui rendrait son humanité.

Un soir où le capitaine Sánchez s'ennuyait, il fit trancher les parties génitales de Rafaël. L'un de ses hommes les coupa avec une paire de ciseaux. Le médecin s'occupa des sutures, il n'était pas question de le laisser se vider de son sang.

Au début du second mois de leur captivité, on leur ôta les sparadraps pour leur arracher les paupières. Chaque fois que le capitaine rappelait ses victimes, celles-ci perdaient encore un peu plus de leur apparence humaine. Isabel était méconnaissable. Son visage et ses seins étaient brûlés en maints endroits par les mégots de cigarettes que le capitaine écrasait sur sa peau. (Et il fumait deux paquets par jour.) Ses intestins, brûlés eux aussi par les effets de la gégène, supportaient difficilement la bouillie qu'on la forçait à ingurgiter en la gavant à la cuillère. Ses narines ne percevaient plus depuis longtemps l'odeur de ses propres excréments dans laquelle elle baignait. Rendue à l'état animal, Isabel emportait dans les ténèbres le visage de María Luz dont elle murmurait inlassablement le prénom.

Un matin, le capitaine ne trouva plus aucun plaisir à sa besogne. Ni Rafaël ni Isabel ne lui délivreraient l'adresse de l'imprimerie. Il s'en moquait, depuis le début il s'en moquait éperdument. Un capitaine de son rang avait d'autres missions que traquer une vulgaire machine à polycopier. Et regardant ses victimes avec un air de dégoût, il se réjouit d'être arrivé à ses fins. Il avait accompli son devoir, brisé deux êtres immoraux qui avaient renié leur patrie, refusé de se soumettre au seul ordre capable de rendre à la nation argentine la grandeur qu'elle méritait. Le capitaine Sánchez était un patriote dévoué, Dieu reconnaîtrait les siens.

À la tombée du jour, le médecin entra dans la cellule d'Isabel. Comble de l'ironie, pour lui administrer une piqûre de penthotal, il désinfecta le creux de son bras avec un coton imbibé d'alcool. La drogue l'endormit profondément, mais ne la tua pas. C'était le but. Puis ce fut au tour de Rafaël de subir le même traitement dans la cellule qui se trouvait à l'autre extrémité du couloir.

La nuit venue, on les transporta à bord d'une camionnette jusqu'à un petit aérodrome clandestin situé dans la très grande banlieue de Buenos Aires. Un bimoteur de l'armée de l'air attendait dans un hangar. Isabel et Rafaël furent allongés dans la carlingue avec une vingtaine d'autres prisonniers, sous la garde de quatre soldats qui escortaient ces âmes inanimées. L'appareil chargé de sa cargaison décolla tous feux éteints. Son commandant avait reçu pour instruction de faire route vers le fleuve et de virer cap au sud-est, à très basse altitude. La ligne de vol ne devait jamais se rapprocher des côtes uruguayennes. À l'embouchure de l'océan, il ferait demi-tour et reviendrait à son point de départ. Une mission de routine.

Et le commandant Ortiz suivit ces instructions à la lettre. L'appareil grimpa dans le ciel de l'Ar-

gentine, survola le río de La Plata et atteignit son objectif une heure plus tard.

Alors, les soldats ouvrirent la porte arrière et il ne leur fallut que quelques minutes pour jeter dix hommes et dix femmes inanimés, mais vivants, à la mer. Le vacarme des moteurs ne leur permettait pas d'entendre le bruit sourd des corps lorsqu'ils frappaient les flots avant de couler. Des bancs de requins avaient pris l'habitude de rôder en ces eaux troubles en attendant leur pitance qui tombait chaque soir du ciel à la même heure.

Isabel et Rafaël ont passé les derniers instants de leur vie côte à côte sans ne s'être jamais revus. Lorsque l'avion regagna l'aérodrome, ils avaient rejoint pour toujours les rangs des trente mille disparus que compta la dictature argentine...

Valérie reposa les feuillets et se rendit à la fenêtre, elle ressentait le besoin immédiat de respirer l'air frais, il lui était impossible de parler.

Andrew se colla contre son dos et l'enlaça.

— C'est toi qui as insisté, je t'avais dit de ne pas lire.

— Et María Luz ? demanda Valérie.

— Ils ne tuaient pas les enfants. Ils les donnaient à des familles proches du pouvoir, ou à des amis de proches du pouvoir. Le régime leur construisait une nouvelle identité au nom des parents qui les adoptaient. María Luz avait deux ans quand Rafaël et Isabel ont été kidnappés, mais des centaines de femmes étaient enceintes au moment de leur arrestation.

— Parce que ces salauds torturaient aussi les femmes enceintes ?

— Oui, en veillant à les maintenir en vie jusqu'à l'accouchement, puis ils confisquaient les nouveau-nés. L'armée se targuait de sauver les âmes innocentes de la perversion, en les remettant à des parents aptes à leur prodiguer une éducation digne des valeurs de la dictature. Ils prétendaient faire acte de charité chrétienne et les autorités de l'Église, qui savaient ce qui se passait, les cautionnaient sans réserve. Les derniers mois de leur grossesse, les futures mères étaient cantonnées dans des maternités de fortune établies dans les camps de détention. Aussitôt né, leur bébé leur était confisqué... tu connais le sort qui était ensuite réservé à ces femmes. La plupart de ces enfants, aujourd'hui adultes, ignorent que leurs véritables parents ont été torturés avant d'être jetés vivants dans l'océan. C'est très probablement le cas de María Luz.

Valérie se retourna vers Andrew. Il ne l'avait jamais vue aussi bouleversée et en colère à la fois, et ce qu'il perçut dans ses yeux lui fit presque peur.

— Dis-moi qu'aujourd'hui ceux qui ne sont pas morts sont en taule et qu'ils y resteront jusqu'à la fin de leur vie.

— J'aimerais bien pouvoir te le dire. Les coupables de ces atrocités ont bénéficié d'une loi d'amnistie, votée au nom de la réconciliation nationale et, lorsqu'elle a été abrogée, la plupart de ces criminels avaient su se faire oublier ou changer d'identité.

Ils ne manquaient ni d'expérience en la matière, ni d'appuis politiques pour leur faciliter la tâche.

— Tu vas repartir là-bas et finir ton enquête. Tu vas retrouver ce Ortiz et tous ces salopards. Jure-le-moi !

— C'est mon intention depuis que je mène cette enquête. Tu comprends pourquoi j'y travaille avec tant d'acharnement ? Tu m'en veux moins de t'avoir un peu délaissée ? demanda Andrew.

— Je voudrais leur arracher les tripes.

— Je comprends, moi aussi, mais calme-toi maintenant.

— Face à de telles ordures, tu n'imagines pas ce dont je pourrais être capable. J'aurais moins de remords à éliminer ces monstres qui ont torturé des femmes enceintes que d'abattre un cheptel de chiens enragés.

— Pour finir tes jours en prison... c'est intelligent.

— Fais-moi confiance, je saurais comment m'y prendre sans laisser de trace, reprit Valérie qui ne décolérait pas.

Andrew l'observa, et la serra un peu plus fort dans ses bras.

— Je n'imaginais pas que ces pages te mettraient dans un tel état. Je n'aurais peut-être pas dû te les faire lire.

— Je n'ai jamais rien lu d'aussi révoltant, j'aimerais venir avec toi pour traquer ces monstres.

— Je ne suis pas sûr que ce soit une bonne idée.

— Et pourquoi ? s'emporta Valérie.

— Parce que ces monstres, comme tu dis, sont

pour la plupart encore en vie, et les années qui ont passé ne les ont pas forcément rendus inoffensifs.

— Et tu as peur des chevaux…

*

Le lendemain matin en sortant de chez lui, Andrew fut surpris de trouver Simon en bas de son immeuble.

— Tu as le temps de prendre un café ? lui demanda-t-il.

— Bonjour quand même…

— Suis-moi, dit son ami, l'air plus préoccupé que jamais.

Ils remontèrent Charles Street, Simon ne disait pas un mot.

— Qu'est-ce qu'il y a ? s'inquiéta Andrew en entrant dans le Starbucks.

— Va nous chercher deux cafés, je garde cette table, répondit Simon en s'installant dans un fauteuil près de la vitrine.

— À vos ordres !

Andrew attendit son tour dans la file, ne quittant pas du regard Simon dont l'attitude l'intriguait.

— Un mocaccino pour moi et un cappuccino pour Son Altesse, dit-il en le rejoignant quelques instants plus tard.

— J'ai de mauvaises nouvelles, annonça Simon.

— Je t'écoute.

— C'est au sujet de ce Freddy Olson.

— Tu l'as pris en filature et tu t'es rendu compte

que ce type n'allait nulle part... Je le savais depuis longtemps.

— Très drôle. J'ai passé ma soirée d'hier devant mon ordinateur à consulter le site de ton journal pour faire des recherches sur tes articles.

— Tu aurais dû m'appeler si tu t'ennuyais tant, mon Simon.

— Tu vas moins faire le mariole dans deux minutes. Ce n'est pas ta prose qui m'intéressait, mais les commentaires des lecteurs. Je voulais vérifier si un tordu écrivait des saloperies à ton sujet.

— J'imagine qu'il doit y en avoir quelques-uns...

— Je ne te parle pas de ceux qui pensent que tu es un mauvais journaliste.

— Il y a des lecteurs qui postent ce genre de commentaires sur le site du journal ?

— Un certain nombre, oui, mais...

— Tu me l'apprends, interrompit Andrew.

— Tu me laisses finir ?

— Ce n'était pas ça tes mauvaises nouvelles ?

— J'ai remarqué une série de messages, dont l'hostilité n'avait plus rien à voir avec le jugement porté sur tes qualités professionnelles. Des mots d'une violence assez sidérante.

— Comme quoi ?

— Comme personne n'aurait envie d'en lire à son sujet. Parmi les commentaires les plus agressifs, ceux d'un certain Spookie-Kid ont attiré mon attention, en raison de leur nombre. Je ne sais pas ce que tu as fait à ce type, mais il ne t'aime pas beaucoup. J'ai élargi le champ de mes investigations pour voir si celui qui se cache derrière ce

215

pseudonyme intervenait aussi sur des forums, ou s'il avait un blog.

— Et ?

— Il t'a vraiment dans le collimateur. Chaque fois que tu publies un article, il t'assassine, et même quand tu ne publies pas. Si tu avais lu tout ce que j'ai pu trouver sur le Net signé de ce pseudo, tu en serais le premier étonné, enfin le second, après moi.

— Si je comprends bien, un recalé de la plume qui doit probablement se pâmer devant des posters de Marilyn Manson déteste mon travail, c'était ça ta mauvaise nouvelle ?

— Pourquoi Marilyn Manson ?

— Je ne sais pas, ça m'est venu comme ça, continue !

— Sérieusement, ça t'est venu comme ça ?

— Spookie Kids est le nom du premier groupe de Manson.

— Comment tu sais ça ?

— Parce que je suis un mauvais journaliste, continue !

— J'ai dans mes relations un petit génie de l'informatique, si tu vois ce que je veux dire…

— Pas du tout.

— Un de ces pirates du web, qui, pour s'amuser le dimanche essaient de pénétrer les serveurs du Pentagone ou de la CIA. Moi à vingt ans c'était plutôt les filles, mais bon, que veux-tu, les temps changent…

— Très élégant ! Comment tu peux connaître un hacker ?

— Il y a des années, quand j'ai lancé le garage,

je louais mes voitures le week-end à des gosses de riches pour arrondir mes fins de mois. L'un d'entre eux m'a ramené une Corvette en oubliant quelque chose sous l'accoudoir central.

— Un flingue ?

— De l'herbe, mais en quantité suffisante pour faire paître un troupeau de vaches. La fumette, ça n'a jamais été mon truc. Si j'avais déposé ses affaires au commissariat, il aurait eu le temps de guérir de son acné avant de pouvoir se remettre un jour devant son ordinateur. Mais n'étant pas une balance, je lui ai rendu ce qui lui appartenait. Il m'a trouvé « superhonnête » et m'a juré que si un jour j'avais besoin de quoi que ce soit, je pourrais compter sur lui. Alors hier soir, sur le coup des 11 heures, je me suis dit que j'avais justement besoin d'un service qui entrait dans ses cordes. Ne me demande pas comment il a fait, je n'y connais rien en informatique, mais il m'a appelé ce matin après avoir localisé l'adresse IP de Spookie. Une sorte d'immatriculation de son ordinateur qui apparaît quand il se connecte.

— Ton flibustier des claviers a identifié ce Spookie qui crache son venin sur moi ?

— Pas son identité, mais l'endroit d'où il publie sa prose. Et tu seras surpris d'apprendre que Spookie poste ses messages depuis le réseau du *New York Times*.

Andrew regarda Simon, médusé.

— Tu peux répéter ça ?

— Tu m'as très bien entendu. Je t'ai imprimé quelques exemples, on n'est pas dans le registre de la menace de mort à proprement parler, mais à un tel niveau de haine qu'on s'en approche dangereusement. Qui, à ton journal, pourrait écrire de telles saloperies sur toi ? Pour ne citer que la dernière en date, poursuivit Simon en tendant une feuille à Andrew, « Si un bus écrasait cette forfaiture d'Andrew Stilman, ses pneus seraient tachés de merde et la presse de notre pays sauvée du désastre ».

— J'ai peut-être une idée sur la question, répondit Andrew abasourdi par les propos qu'il venait de lire. Je vais m'occuper d'Olson, si tu veux bien.

— Tu ne vas rien faire du tout, mon vieux. D'abord, je n'ai aucune preuve formelle contre lui, il n'est pas le seul à bosser au *New York Times*. Et puis, si tu t'en mêles, il deviendra méfiant. Tu me laisses faire et tu ne bouges pas d'une oreille avant mon feu vert. Nous sommes d'accord ?

— Nous sommes d'accord, acquiesça Andrew.

— Continue de te comporter comme si de rien n'était au journal. Va savoir de quoi est capable un type qui te voue une telle haine, et l'important est de l'identifier à coup sûr. En ce qui me concerne, Freddy Olson ou pas, ce Spookie-Kid prend la tête du peloton de ceux qui te souhaiteraient mort et il ne se prive pas de le faire savoir.

Andrew salua son ami et se leva. Alors qu'il s'éloignait de la table, Simon sourit et lui demanda :

— Je continue ma filature ou tu me trouves toujours aussi ridicule ?

*

Andrew consacra le reste de sa journée à son dossier argentin, passant appel sur appel pour préparer son voyage. Et, tandis qu'à la tombée du jour, il y travaillait encore, la silhouette d'une petite fille lui apparut en songe. Elle se tenait immobile, seule au bout d'une longue allée de cyprès qui grimpait une colline. Andrew posa ses pieds sur son bureau, et se laissa aller en arrière dans son fauteuil.

La petite fille l'entraîna jusqu'à un village perché dans la montagne. Chaque fois qu'il croyait la rattraper, elle accélérait le pas et s'éloignait. Ses éclats de rire le guidaient dans cette course folle. Le vent du soir se leva avec la nuit. Andrew frissonna, il avait froid, si froid qu'il se mit à grelotter. Une grange abandonnée se trouvait devant lui, il y entra, la petite fille l'attendait assise dans l'encadrement d'une fenêtre sous la toiture, ses jambes se balançaient dans le vide. Andrew s'approcha au pied du mur, sans pouvoir pour autant discerner les traits de l'enfant. Il ne voyait que son sourire, un sourire étrange, presque adulte. La petite fille lui soufflait des paroles que le vent portait jusqu'à lui.

— Cherche-moi, trouve-moi, Andrew, n'abandonne pas, je compte sur toi, nous n'avons pas le droit à l'erreur, j'ai besoin de toi.

Elle se laissa tomber dans le vide. Andrew se précipita pour la retenir dans sa chute, mais elle disparut avant d'avoir touché le sol.

Seul dans cette grange, Andrew s'agenouilla, tremblant. Son dos le faisait souffrir, un élancement violent le fit s'évanouir. Lorsqu'il reprit connaissance, il se vit attaché à une chaise métallique.

Il lui était impossible de respirer, ses poumons le brûlaient, il étouffait. Une décharge électrique lui parcourut le corps, tous ses muscles se contractèrent et il se sentit projeté en avant par une force immense. Il entendit une voix crier dans le lointain « encore », une onde de choc d'une force insurmontable le propulsa, artères battantes et cœur en flammes. Une odeur de chair brûlée pénétrait ses narines, les liens qui entravaient ses membres lui faisaient mal, sa tête roula sur le côté et il supplia pour que cesse la torture. Les battements de son cœur s'assagirent. L'air qui lui avait manqué entra dans ses poumons, il inspira comme au sortir d'une longue apnée.

Une main posée sur son épaule le secoua sans ménagement.

— Stilman ! Stilman !

Andrew rouvrit les yeux, découvrant le visage d'Olson presque collé au sien.

— Tu dors au bureau si tu veux, mais au moins rêve en silence, il y en a qui travaillent, ici !

Andrew se redressa d'un bond.

— Merde, qu'est-ce que tu fiches là, Freddy ?

— Ça fait dix minutes que je t'entends gémir, tu m'empêches de me concentrer. J'ai cru que tu faisais un malaise et je suis venu voir, mais si c'est pour me faire rembarrer comme ça, j'aurais mieux fait de m'abstenir.

La sueur perlait sur son front et pourtant Andrew était frigorifié.

— Tu devrais rentrer chez toi et te reposer, tu dois couver quelque chose. Ça me fait de la peine de te voir dans cet état, soupira Freddy. Je pars bientôt, tu veux que je te dépose en taxi ?

Des cauchemars, il en avait fait quelques-uns dans sa vie, mais aucun qui lui parût aussi tangible. Il observa Freddy et se redressa sur sa chaise.

— Merci, ça va aller. J'ai dû manger quelque chose à midi qui n'est pas passé.

— Il est vingt heures…

Andrew se demanda depuis quand il avait perdu prise avec la réalité. Cherchant à se remémorer l'heure qu'il était lorsqu'il avait jeté un œil à la pendule de son écran, il s'interrogea sur ce qu'il y avait encore de réel dans son existence.

Il regagna son appartement, épuisé, appela Valérie en route pour la prévenir qu'il se coucherait sans l'attendre, mais Sam l'informa qu'elle venait d'entrer au bloc opératoire, elle n'en ressortirait que probablement tard.

16.

Sa nuit ne fut qu'une longue succession de cauchemars où lui apparaissait la petite fille au visage flou. Chaque fois qu'il s'éveillait, grelottant et ruisselant de sueur à la fois, il la cherchait.

Dans un cauchemar plus terrifiant que les autres, elle s'arrêta pour lui faire face et, d'un geste de la main, lui ordonna de se taire.

Une voiture noire s'arrêta entre eux deux, quatre hommes en descendirent sans leur prêter attention. Ils s'engouffrèrent dans un petit immeuble. Depuis la rue déserte où Andrew se trouvait, il entendit des hurlements, des cris de femme, les pleurs d'une enfant.

La petite fille se tenait sur le trottoir opposé, bras ballants, chantant une comptine l'air insouciant. Andrew voulut la protéger, mais alors qu'il avança vers elle, il croisa son regard, un regard souriant et menaçant à la fois.

— María Luz ? chuchota-t-il.

— Non, lui répondit-elle d'une voix adulte. María Luz n'existe plus.

Et aussitôt, surgissant du même corps, une voix d'enfant lui souffla :

— Retrouve-moi, sans toi je serai perdue pour toujours. Tu fais fausse route Andrew, tu ne cherches pas où il faut, tu te trompes et ils te trompent tous, ça te coûtera cher si tu t'égares. Viens à mon secours, j'ai besoin de toi comme tu as besoin de moi. Nous sommes liés désormais. Vite, Andrew, vite, tu n'as pas le droit à l'erreur.

Pour la troisième fois, Andrew se réveilla en criant. Valérie n'était pas rentrée. Il alluma la lampe de chevet et chercha à retrouver son calme, mais il sanglotait sans pouvoir s'arrêter.

Dans ce dernier cauchemar, le regard de María Luz lui était apparu, fugace. Il était convaincu d'avoir déjà vu ces yeux noirs le fixer, perdus dans un passé qui n'était pas le sien.

Andrew quitta son lit et se rendit dans le salon. Il s'installa à son ordinateur, préférant passer le reste de sa nuit à travailler, mais ses pensées l'empêchaient de se concentrer et il n'arriva pas à écrire la moindre ligne. Il regarda sa montre, hésita, se dirigea vers le téléphone et appela Simon.

— Je te dérange ?

— Bien sûr que non, je relisais *Tandis que j'agonise* en attendant que tu me réveilles à 2 heures du matin.

— Tu ne crois pas si bien dire.

— J'ai compris, je m'habille, je serai chez toi dans quinze minutes.

Simon arriva plus vite que prévu, il avait enfilé son Burberry sur son pyjama et chaussé une paire de baskets.

— Je sais, dit-il en entrant dans l'appartement d'Andrew, tu vas encore faire un commentaire désagréable sur ma tenue, mais je viens de croiser deux voisins qui promenaient leur chien en peignoir... les voisins en peignoir, pas les chiens, bien sûr...

— Je suis désolé de t'avoir dérangé en pleine nuit.

— Non, tu ne l'es pas du tout, sinon tu ne m'aurais pas appelé. Tu sors ta table de ping-pong ou tu me dis pourquoi je suis là ?

— J'ai peur, Simon, je n'ai jamais eu aussi peur de ma vie. Mes nuits sont terrifiantes, et je me lève chaque matin avec un nœud à l'estomac, en constatant qu'il me reste une journée de moins à vivre.

— Sans vouloir dédramatiser outrageusement ta situation, nous sommes huit milliards d'êtres humains dans le même cas.

— Sauf que moi, il me reste cinquante-trois jours !

— Andrew, cette histoire abracadabrante vire à l'obsession. Je suis ton ami et je ne veux courir aucun risque, mais tu as autant de chances de te faire assassiner le 9 juillet que moi de passer sous un bus en sortant d'ici. Quoique, avec ce pyjama à carreaux rouges, le chauffeur aurait vraiment du mal à ne pas m'avoir vu dans ses phares. Je l'avais acheté à Londres, c'est du pilou, beaucoup trop chaud pour la saison, mais c'est celui qui me va le mieux. Tu n'as pas de pyjama ?

— Si, mais je n'en porte jamais, je trouve que ça fait vieux.

— J'ai l'air vieux ? demanda Simon en écartant les bras. Enfile une robe de chambre et allons faire un tour. Tu m'as tiré du lit pour que je te change les idées, non ?

Lorsqu'ils passèrent devant le commissariat de Charles Street, Simon salua le policier de garde et lui demanda s'il n'avait pas vu un teckel à poil ras. Le policier était désolé, il n'avait vu aucun chien. Et Simon, après l'avoir remercié, avait poursuivi sa marche en criant « Freddy » à tout-va.

— J'aimerais mieux éviter de me promener le long de la rivière, dit Andrew en arrivant au croisement du West End Highway.

— Tu as des nouvelles de ton inspecteur ?

— Aucune, pour l'instant.

— Si c'est ton collègue qui veut ta peau, nous aurons vite fait de le neutraliser, si ce n'est pas lui et que nous n'avons rien de concret d'ici début juillet, je t'emmènerai en voyage loin de New York avant le 9.

— J'aimerais que ce soit aussi simple. Et, à supposer que nous partions, je ne peux pas renoncer à mon travail ni passer ma vie à me cacher.

— Quand pars-tu en Argentine ?

— D'ici quelques jours, et je ne te cache pas que l'idée de m'éloigner un peu n'est pas pour me déplaire.

— Valérie serait ravie de l'entendre. Tu feras quand même attention là-bas. On est arrivés, tu te sens capable de rentrer seul dans cette tenue ?

— Je ne suis pas seul, puisque je promène Freddy, répondit Andrew en saluant Simon.

Et il s'en alla, se conduisant comme s'il tenait un chien en laisse.

*

Andrew fut réveillé d'une courte nuit par la sonnerie du téléphone. Il décrocha, hagard, et reconnut la voix de l'inspecteur qui l'attendait au café au coin de sa rue.

Lorsque Andrew entra dans le Starbucks, Pilguez était assis à la place occupée la veille par Simon.

— Vous avez de mauvaises nouvelles à m'annoncer ? dit-il en s'installant à la table.

— J'ai retrouvé Mme Capetta, répondit l'inspecteur.

— Comment avez-vous fait ?

— Je ne crois pas que cela change grand-chose à ce qui nous préoccupe et je n'ai qu'une petite heure à vous consacrer si je ne veux pas rater mon avion.

— Vous repartez ?

— Je ne peux pas rester indéfiniment à New York, et puis vous allez bientôt partir vous aussi. San Francisco est moins exotique que Buenos Aires, mais c'est ma ville. Mon épouse m'attend, mes radotages lui manquent.

— Qu'avez-vous appris à Chicago ?

— C'est une très belle femme, cette Mme Capetta, des yeux ébène, un regard à vous faire chavirer. M. Capetta n'a pas dû se donner beaucoup de mal pour la retrouver, elle n'a même pas changé d'identité. Elle vit là-bas, seule avec son fils, à deux rues de l'endroit d'où cette charmante lettre vous a été postée.

— Vous lui avez parlé ?

— Non, enfin oui, mais pas de notre affaire.

— Je ne comprends pas.

— J'ai joué au gentil papy qui prenait l'air sur un banc et je lui ai raconté que mon petit-fils avait le même âge que son gamin.

— Vous êtes grand-père ?

— Non, Natalia et moi nous sommes rencontrés trop tard pour avoir des enfants. Mais nous avons un petit neveu de cœur. Le fils de cette amie neurochirurgienne dont je vous avais parlé et de son mari architecte. Nous sommes devenus très proches. Il a cinq ans, et nous en sommes un peu gâteux avec ma femme. Maintenant, arrêtez de me faire vous raconter ma vie, ou je vais vraiment manquer mon vol.

— Pourquoi cette mise en scène, si vous ne l'avez pas interrogée ?

— Parce qu'il y a façon et façon d'interroger quelqu'un. Vous vouliez que je lui dise quoi ? Chère madame, pendant que votre gosse joue dans le bac à sable, auriez-vous l'obligeance de me dire si vous avez l'intention de poignarder un journaliste du *New York Times* le mois prochain ? J'ai préféré gagner sa confiance en passant deux après-midi dans ce parc à discuter de choses et d'autres. Serait-elle capable de commettre un meurtre ? Pour être très franc, je n'en sais rien. C'est, sans aucun doute, une femme de caractère, il y a quelque chose qui vous glace le sang dans son regard et je l'ai trouvée redoutablement intelligente. Mais j'ai du mal à croire qu'elle prendrait le risque d'être séparée de son petit garçon. Même lorsqu'on est convaincu de commettre un crime parfait, on ne peut jamais écarter la possibilité de se faire prendre. Ce qui m'a le plus troublé, c'est l'aplomb avec lequel elle m'a menti quand je lui ai demandé si elle était mariée. Elle m'a répondu sans la moindre hésitation que son mari et sa fille étaient morts au cours d'un voyage à l'étranger. Si je n'avais pas rencontré M. Capetta, je l'aurais crue sans hésitation. De retour à San Francisco, je me servirai de mes contacts new-yorkais pour poursuivre mes investigations sur les personnes figurant sur ma liste. Y compris sur votre femme et votre rédactrice en chef, même si cela vous agace. Je vous appellerai dès que j'en saurai plus et, si nécessaire, je referai un saut à votre retour de Buenos Aires, mais, cette fois-ci, je vous facturerai le billet.

Pilguez tendit un morceau de papier à Andrew et se leva.

— Voilà l'adresse de Mme Capetta, à vous de décider ou non de la communiquer à son mari. Faites attention à vous, Stilman, votre histoire est une des plus folles que j'aie entendues de toute ma carrière, et je sens qu'un mauvais coup se prépare, je suis inquiet.

*

En arrivant au journal, Andrew s'installa devant son ordinateur. Une diode rouge sur son poste de téléphone indiquait la présence d'un message dans sa boîte vocale. Marisa, la barmaid du bar de son hôtel à Buenos Aires avait des informations à lui communiquer et demandait à ce qu'il la rappelle dans les meilleurs délais. Andrew crut se souvenir de cette conversation, dates et événements commençaient à se confondre. Pas facile d'avoir l'esprit aux faits du jour lorsqu'on revit les mêmes choses deux fois. À la recherche de ses notes, il se pencha vers son tiroir. Lorsqu'il avait refermé le cadenas, il s'était amusé de ce que les trois chiffres affichaient le début de sa date de naissance. Ce n'était pourtant plus le cas, quelqu'un avait essayé d'accéder à ses affaires. Andrew passa la tête par-dessus la cloison, le bureau d'Olson était inoccupé. Il feuilleta son carnet jusqu'à la page où il avait retranscrit cette conversation avec Marisa et soupira en constatant que rien n'était noté. Il composa aussitôt le numéro qu'elle lui avait laissé.

Une amie de sa tante était certaine d'avoir reconnu un ancien pilote de l'armée de l'air, l'homme répondait au signalement de celui qui portait le nom d'Ortiz durant la dictature. Il était devenu propriétaire d'une tannerie, une jolie petite affaire dont les cuirs fournissaient nombre de fabricants de sacs, chaussures, selles et ceintures dans tout le pays.

C'est alors qu'il venait livrer l'un de ses clients dans la banlieue de Buenos Aires que l'amie de la tante de Marisa l'avait reconnu. Cette femme, elle aussi, était une des Mères de la place de Mai et elle avait placardé dans son salon une affiche où figuraient les photos de tous les militaires jugés pour des crimes commis durant la dictature, puis amnistiés. Ces photos, elle vivait avec du matin au soir, depuis que son fils et son neveu avaient disparu en juin 1977. Ils avaient tous deux dix-sept ans. Cette mère, qui n'avait jamais accepté de signer les documents entérinant le décès de son fils, et qui se refusait à le faire tant qu'elle ne verrait pas sa dépouille, savait pourtant que cela n'arriverait jamais, pas plus pour elle que pour les parents des trente mille « desaparecidos ». Et des années durant, elle avait arpenté la place de Mai en compagnie d'autres femmes qui, comme elle, bravaient le pouvoir en arborant un panneau avec le portrait de leur enfant. Quand elle avait croisé le chemin de cet homme alors qu'il entrait dans la sellerie, rue du 12-Octobre, son sang s'était glacé. Elle avait serré son cabas, s'y accrochant de toutes ses forces pour ne pas trahir l'émotion qui la gagnait, puis elle s'était assise sur un muret, en attendant qu'il ressorte. Elle l'avait suivi dans la rue du 12-Octobre. Qui se serait méfié d'une vieille dame accrochée à son cabas ? Quand il était remonté à bord de sa voiture, elle en avait mémorisé le modèle et le numéro d'immatriculation. D'appel en appel, le réseau des Mères de la place de Mai avait fini par livrer l'adresse de celui qui, elle en était convaincue, était jadis Ortiz et se faisait désormais appeler Ortega. Il vivait non loin de sa tannerie, à Dumesnil, une bourgade située dans la grande banlieue de Córdoba. Le véhicule repéré à Buenos Aires rue du 12-Octobre était une voiture de location qu'il avait rendue à l'aéroport avant de prendre son vol.

Andrew proposa à Marisa de lui envoyer de l'argent, pour qu'elle se rende à Córdoba en avion, achète un appareil photo numérique et piste le dénommé Ortega. Andrew devait être absolument certain qu'Ortega et Ortiz soient le même homme.

Une telle mission demanderait à Marisa de s'absenter au moins trois jours, et son patron le lui refuserait. Andrew la supplia de trouver quelqu'un de confiance qui puisse s'y rendre à sa place, il la dédommagerait, dût-il payer de sa poche. Marisa ne promit qu'une seule chose, le rappeler si elle trouvait une solution.

*

Olson arriva au journal vers midi, il passa devant Andrew sans le saluer et s'installa dans son box.

Le téléphone d'Andrew sonna. Simon lui demandait de le rejoindre le plus discrètement possible à l'angle de la Huitième Avenue et de la 40e Rue.

— Qu'y a-t-il de si urgent ? demanda Andrew en retrouvant Simon.

— Ne restons pas là, on ne sait jamais, répondit Simon en l'entraînant vers un barbier.

— Tu m'as fait quitter mon bureau pour m'emmener chez le coiffeur ?

— Tu fais ce que tu veux, mais moi j'ai besoin

d'une bonne coupe et aussi de te parler dans un endroit tranquille.

Ils entrèrent dans l'échoppe et s'installèrent côte à côte sur deux fauteuils en moleskine rouge face à un grand miroir.

Les deux barbiers russes, qui devaient être frères tant ils se ressemblaient, s'affairèrent aussitôt.

Et Simon, pendant qu'il se faisait shampouiner, raconta avoir pris Olson en filature à la sortie de son domicile.

— Comment as-tu eu son adresse, je ne la connais même pas ?

— Mon mauvais génie informatique ! J'ai le numéro de Sécurité sociale de ton collègue, le numéro de son portable, de sa carte de club de gym, de ses cartes de crédit et de tous les programmes de fidélité auxquels il a souscrit.

— Tu es conscient qu'accéder à ce genre de données relève d'une violation des droits les plus élémentaires et que c'est un délit pénal ?

— On se dénonce tout de suite ou je te raconte ce que j'ai appris ce matin ?

Le barbier barbouilla le visage d'Andrew de mousse, l'empêchant de répondre à la question de Simon.

— Premièrement, sache que ton collègue est camé jusqu'à l'os. Il a échangé un paquet de dollars contre un petit sachet en plastique dans Chinatown ce matin, avant même d'aller prendre son petit déjeuner. J'ai pris deux, trois photos de la transaction, on ne sait jamais.

— Tu es malade, Simon !

— Attends la suite, tu changeras peut-être d'avis. Il s'est rendu au commissariat central vers 10 heures. Ce qui était assez gonflé de sa part avec ce qu'il avait dans ses poches ; son aplomb force le respect, ou alors il est totalement inconscient. Je ne sais pas ce qu'il est allé faire là-bas, mais il y est resté une bonne demi-heure. Ensuite, il est entré dans une armurerie. Je l'ai vu discuter avec le vendeur qui lui présentait des couteaux de chasse, pas exactement des couteaux d'ailleurs. Je me tenais en retrait, mais j'ai cru voir des outils d'un drôle de genre. Je ne gesticulerais pas comme ça à ta place, tu vas finir par te faire trancher la gorge d'un coup de rasoir.

Le barbier confirma à Andrew la justesse du conseil de Simon.

— Je ne peux pas te dire s'il a acheté quelque chose, j'ai préféré m'en aller avant qu'il ne me remarque. Il est ressorti un peu après, l'air plus réjoui que jamais. Remarque, il était peut-être passé par les toilettes pour se repoudrer le nez. Ton bonhomme est ensuite allé s'offrir un croissant qu'il a mangé en remontant la Huitième Avenue à pied. Puis il est entré chez un horloger bijoutier, a discuté avec le propriétaire un long moment avant de poursuivre sa balade. Dès qu'il est arrivé au journal, je t'ai appelé, voilà. Je ne veux pas faire preuve d'un optimisme excessif, mais l'étau se resserre tout de même autour d'Olson.

Le barbier demanda à Andrew s'il souhaitait qu'il lui raccourcisse les pattes.

234

Simon répondit à sa place et demanda qu'on lui enlève un bon centimètre de chaque côté.

— Je devrais peut-être te proposer de m'accompagner à Buenos Aires, dit Andrew en souriant.

— Ne plaisante pas avec ça, j'ai un faible pour les Argentines et je serais capable d'aller faire ma valise sur-le-champ !

— Nous n'en sommes pas là, rectifia Andrew. En attendant, il est peut-être grand temps que j'aille cuisiner Olson.

— Donne-moi encore quelques jours. À ce rythme-là, à la fin de la semaine j'en saurai plus sur lui que sa propre mère.

— Je n'ai pas beaucoup de temps devant moi, Simon.

— Fais comme tu veux, je ne suis que ton humble serviteur. Et réfléchis à Buenos Aires, nous deux là-bas, ça pourrait être épatant.

— Et ton garage ?

— Ma concession automobile ! Je croyais que je ne vendrais rien avant début juillet ?

— Tu ne vendras rien non plus en juillet si tu n'es jamais à ton boulot.

— Tout à l'heure, j'évoquais la mère d'Olson, pas la mienne ! Je te laisse payer, ajouta Simon en se regardant dans le miroir. Ça me va bien les cheveux courts, tu ne trouves pas ?

— On va déjeuner ? demanda Andrew.

— Passons d'abord voir cet armurier. Tu voulais cuisiner quelqu'un, tu vas pouvoir sortir ta belle carte de presse pour savoir ce qu'Olson allait faire là-bas.

— Par moments, je me demande quel âge tu as…

— Tu paries que l'armurier tombe dans le panneau ?

— On parie quoi ?

— Le déjeuner dont tu parlais.

Andrew entra le premier dans l'armurerie, Simon le suivit et se plaça à quelques mètres derrière lui. Tandis qu'Andrew parlait, l'armurier l'observait du coin de l'œil, non sans manifester une certaine inquiétude.

— En fin de matinée, dit Andrew, un journaliste du *New York Times* est venu vous rendre visite, pourriez-vous nous dire ce qu'il vous a acheté ?

— Et en quoi cela vous concerne ? demanda le commerçant.

Au moment où Andrew fouillait ses poches à la recherche de sa carte professionnelle, Simon s'approcha du comptoir, l'air menaçant.

— Cela nous concerne parce que ce type est un escroc qui utilise une fausse carte de presse, on est sur ses traces. Vous comprenez la nécessité de l'empêcher de faire une connerie, surtout avec une arme qui proviendrait de chez vous, n'est-ce pas ?

L'armurier jaugea Simon, hésita un court instant et soupira.

— Il s'intéressait à des instruments très particuliers que seuls les vrais chasseurs recherchent et, à New York, ils ne sont pas nombreux.

— Quel genre d'instruments ? demanda Andrew.

— Des couteaux à dépecer, des poinçons, des crochets, des élévateurs.

236

— Des élévateurs ? interrogea Andrew.

— Je vais vous montrer, répondit l'armurier en se rendant vers son arrière-boutique.

Il revint tenant à la main un manche en bois prolongé par une longue aiguille plate.

— À l'origine, c'était un instrument chirurgical, dont les trappeurs ont détourné l'usage. Ils s'en servaient pour décoller les peaux en prélevant le moins de chair possible. Votre homme voulait savoir si les acheteurs de ce genre de produit étaient répertoriés, comme ceux qui achètent une arme à feu ou un couteau de combat. Je lui ai dit la vérité, il ne faut pas de permis pour un élévateur, on trouve des choses bien plus dangereuses chez le premier quincaillier venu. Il m'a demandé si j'en avais vendu récemment, ce n'était pas le cas, mais je lui ai promis de poser la question à mon employé, c'est son jour de repos.

— Et lui, il vous en a acheté ?

— Un dans toutes les tailles, soit six en tout. Maintenant, si vous le permettez, je vais retourner à mon travail, j'ai de la comptabilité à faire.

Andrew remercia l'armurier, Simon se contenta de le saluer d'un petit mouvement de tête.

— Qui a perdu son pari ? demanda Simon en descendant la rue.

— Cet armurier t'a pris pour un déséquilibré mental et je ne lui jette pas la pierre. Il a répondu à nos questions pour se débarrasser de nous le plus vite possible.

— Tu es d'une mauvaise foi !

— D'accord, je t'invite.

17.

Le jour suivant, Andrew trouva un nouveau message de Marisa en arrivant au bureau. Il la rappela sans attendre.

— J'ai peut-être une solution, annonça-t-elle. Mon petit ami est d'accord pour suivre la piste d'Ortega. Il est au chômage, gagner un peu d'argent ne lui ferait pas de mal.

— Combien ? demanda Andrew.

— Cinq cents dollars pour la semaine, plus les frais bien sûr.

— C'est une somme, soupira Andrew, je ne suis pas certain que la direction du journal accepte.

— Cinq journées à dix heures par jour, cela fait à peine dix dollars de l'heure, c'est tout juste ce que vous payez une femme de ménage pour nettoyer vos banques à New York. Ce n'est pas parce que nous ne sommes pas américains qu'il faut nous traiter avec moins d'égards.

— Je n'ai jamais pensé cela, Marisa. La presse se porte mal, les budgets sont serrés et cette enquête a déjà coûté beaucoup trop cher aux yeux de mes employeurs.

— Antonio pourrait partir dès demain, s'il se rend à Córdoba en voiture, cela économisera le prix du billet d'avion. Quant au logement, il se débrouillera, il a de la famille au bord du lac San Roque, c'est dans la région. Vous n'aurez à payer que son salaire, l'essence et la nourriture. À vous de voir. Maintenant, s'il trouve un travail ce ne sera plus possible…

Andrew réfléchit au petit chantage que lui faisait Marisa, il sourit et décida de lui donner son feu vert. Il nota sur une feuille les coordonnées qu'elle lui communiqua et promit de faire un virement le jour même.

— Dès que je reçois l'argent, Antonio prendra la route. Nous vous appellerons chaque soir pour vous tenir au courant.

— Vous l'accompagnez ?

— En voiture, ça ne coûtera pas plus cher, répondit Marisa, et, à deux, nous attirerons moins l'attention, nous aurons l'air d'un couple en vacances, c'est très beau le lac San Roque.

— Je croyais que votre employeur refuserait de vous accorder quelques jours de congé ?

— Vous ne savez pas ce dont mon sourire est capable, monsieur Stilman.

— Je n'ai pas l'intention de vous offrir une petite semaine de vacances aux frais de la princesse.

— Qui oserait parler de vacances quand il s'agit de traquer un ancien criminel de guerre ?

— La prochaine fois que je demanderai une augmentation, je ferai peut-être appel à vous, Marisa. J'attends impatiemment de vos nouvelles.

— À très bientôt, monsieur Stilman, répondit-elle avant de raccrocher.

Andrew retroussa ses manches, se préparant à affronter Olivia Stern au sujet de ces dépenses supplémentaires. Il se ravisa en chemin. Cet arrangement avec Marisa n'avait pas eu lieu dans sa précédente existence, les résultats restaient incertains. Il choisit d'avancer le coût de cette expédition sur ses propres deniers. S'il obtenait des informations intéressantes, il lui serait plus facile de demander une rallonge, dans le cas contraire, il éviterait de passer pour un employé dispendieux.

Il quitta son bureau pour se rendre à un guichet de la Western Union d'où il effectua un transfert de sept cents dollars. Cinq cents pour le salaire d'Antonio et deux cents d'avance pour les frais. Puis, il appela Valérie pour lui dire qu'il rentrerait tôt.

En milieu d'après-midi, il sentit un nouveau malaise le guetter, il était en sueur, grelottait, des picotements parcouraient ses membres et une douleur sourde avait ressurgi dans le bas de son dos, plus forte qu'à la précédente crise. Un sifflement strident meurtrissait ses tympans.

Andrew partit aux toilettes pour se passer de l'eau sur le visage, il trouva Olson penché sur le lavabo, le nez dans un rail de poudre.

Olson sursauta.

— J'étais sûr d'avoir fermé le verrou.

— C'est raté mon vieux, si ça peut te rassurer, je ne suis pas plus surpris que ça.

— Putain, Stilman, si tu dis quoi que ce soit, je suis grillé. Je ne peux pas perdre mon travail, je t'en supplie, ne fais pas le con.

Faire le con était bien la dernière chose dont Andrew avait envie alors qu'il sentait ses jambes se dérober sous lui.

— Je ne me sens pas très bien, gémit-il en prenant appui sur la vasque.

Freddie Olson l'aida à s'asseoir sur le sol.

— Ça ne va pas ?

— Comme tu vois, je suis au mieux de ma forme. Ferme ce loquet, ça ferait plutôt mauvais genre si quelqu'un entrait maintenant.

Freddie se précipita sur la porte et la verrouilla.

— Qu'est-ce qui t'arrive, Stilman ? Ce n'est pas la première fois que tu fais ce genre de malaise, tu devrais peut-être consulter un médecin.

— Tu as le nez plus enfariné que si tu étais boulanger, c'est toi qui devrais aller te faire soigner. T'es un camé, Freddy. Tu finiras par te griller les neurones avec cette saloperie. Ça dure depuis combien de temps ?

— Qu'est-ce que tu en as à foutre de ma santé ? Dis-moi la vérité, Stilman, tu as l'intention de me balancer ? Je te supplie de ne pas le faire. C'est vrai, on a eu des mots, toi et moi, mais tu sais mieux que personne que je ne suis pas une menace pour ta carrière. Qu'est-ce que tu gagnerais à ce que je sois viré ?

Andrew eut l'impression que son malaise passait ; il récupérait la sensation de ses membres, sa vision redevenait plus claire et une douce tiédeur l'envahit.

Une phrase de Pilguez lui revint soudain en mémoire : « Débusquer un criminel sans comprendre ses motivations, ce n'est que la moitié du travail accompli. » Il s'efforça de se concentrer du mieux qu'il le pouvait. Avait-il par le passé surpris Olson le nez dans la cocaïne ? Ce dernier s'était-il senti menacé par lui ? Il était possible que quelqu'un d'autre ait vendu la mèche, et Olson, convaincu que la balance ne pouvait être que lui, avait décidé de se venger. Andrew réfléchissait à la façon de démasquer Freddy, de découvrir ce qui l'avait incité à acheter une collection d'écarteurs auprès d'un armurier et pour quel usage.

— Tu m'aides à me relever ? demanda-t-il à Olson.

Ce dernier le regarda, l'air menaçant. Il glissa sa main dans sa poche, Andrew crut discerner la pointe d'un tournevis ou d'un poinçon.

— Jure-moi d'abord que tu vas la fermer.

— Ne fais pas le con, Olson. Tu l'as dit toi-même, qu'est-ce que j'y gagnerais à part avoir mauvaise conscience ? Ce que tu fais de ta vie ne regarde que toi.

Olson tendit la main à Andrew.

— Je t'ai mal jugé, Stilman, tu es peut-être un type bien en fait.

— C'est bon, Freddy, épargne-moi ton numéro de fayot, je ne dirai rien, tu as ma parole.

Andrew se passa le visage sous l'eau. Le distributeur de serviettes était toujours bloqué. Il ressortit des sanitaires, Olson lui emboîta le pas et ils tombèrent nez à nez avec leur rédactrice en chef qui attendait dans le couloir.

— Vous conspiriez ou quelque chose m'échappe en ce qui vous concerne ? questionna Olivia Stern en les regardant tour à tour.

— Qu'est-ce que vous allez imaginer ? répliqua Andrew.

— Vous êtes enfermés depuis un quart d'heure dans des toilettes de neuf mètres carrés, que voulez-vous que j'imagine ?

— Andrew nous a fait un petit malaise. Je suis allé voir si tout allait bien, et je l'ai trouvé allongé sur le carrelage. Je suis resté avec lui le temps qu'il reprenne ses esprits. Mais tout est rentré dans l'ordre maintenant, n'est-ce pas Stilman ?

— Vous avez encore fait un malaise ? s'inquiéta Olivia.

— Rien de grave, soyez tranquille, ces fichues douleurs dans le dos sont parfois si fortes qu'elles me terrassent littéralement.

— Allez consulter un médecin, Andrew, c'est la deuxième fois que cela se produit au journal et j'imagine qu'il y a dû en avoir d'autres. C'est un ordre, je ne veux pas avoir à vous faire rapatrier d'Argentine pour une stupide histoire de lumbago négligé, c'est bien compris ?

— Oui, chef, répondit Andrew d'un ton volontairement impertinent.

Arrivé à son poste de travail, Andrew se retourna vers Olson.

— Tu ne manques pas d'air de me mettre ça sur le dos.

— Qu'est-ce que tu voulais que je lui dise, qu'on était en train de se bécoter dans les toilettes ? répondit Freddy.

— Suis-moi avant que je t'en colle une, j'ai à te parler, et pas ici.

Andrew entraîna Freddy à la cafétéria.

— Qu'est-ce que tu fichais chez un armurier ?

— J'allais acheter des côtelettes… Qu'est-ce que ça peut bien te faire, tu me surveilles maintenant ?

Andrew chercha comment répondre à son collègue sans lui mettre la puce à l'oreille.

— Tu sniffes de la coke à longueur de journée et tu vas chez un armurier… Si tu as des dettes, j'aimerais mieux le savoir avant que tes dealers viennent faire un carnage au journal.

— Sois tranquille, Stilman, ma visite chez cet armurier n'a rien à voir avec ça. J'y suis allé dans le cadre de mon travail.

— Il va falloir que tu m'en dises un peu plus !

Olson hésita un instant et se résigna à se confier à Andrew.

— D'accord, je t'ai dit que j'enquêtais sur les trois meurtres qui ont été commis à l'arme blanche.

Moi aussi j'ai mes réseaux. Je suis allé voir un copain flic qui s'était procuré les rapports du médecin légiste. Les trois victimes n'ont pas été frappées par la lame d'un couteau, plutôt par un objet pointu comme une aiguille qui laisse dans son sillage des traces d'incisions irrégulières.

— Un pic à glace ?

— Non, justement, en se retirant, l'arme a provoqué chaque fois des dégâts trop importants pour une simple aiguille, aussi longue soit-elle. Le légiste envisageait une sorte d'hameçon. Le problème, c'est qu'avec un hameçon, pour que les blessures internes remontent vers l'estomac, il aurait fallu que les coups aient été portés de côté. Quand j'étais gosse, j'accompagnais mon père à la chasse. Il travaillait à l'ancienne, comme les trappeurs. Je ne vais pas te raconter mon enfance, mais j'ai pensé à un truc que mon paternel utilisait pour dépecer les cerfs. Je me suis demandé si ce genre d'instrument se vendait encore, et je suis allé vérifier ça auprès d'un armurier. Ta curiosité est satisfaite Stilman ?

— Tu crois vraiment qu'un tueur en série sévit dans les rues de Manhattan ?

— Dur comme fer.

— Et le journal t'a mis sur ce coup foireux ?

— Olivia veut que nous soyons les premiers à publier ce scoop.

— Si on était les seconds, ce ne serait plus vraiment un scoop, non ? Pourquoi tous ces bobards, Olson. Olivia ne t'a confié aucune enquête sur un quelconque tueur en série.

Freddy lança un regard noir à Stilman et envoya valdinguer sa tasse de café.

— Tu me fais chier Andrew avec tes grands airs. T'es flic ou journaliste ? Je sais que tu veux ma peau, mais je peux t'assurer que je ne me laisserai pas faire, je vais me défendre, par tous les moyens.

— Tu devrais peut-être aller te détendre les narines Olson. Pour quelqu'un qui ne veut pas attirer l'attention, c'est pas très malin d'envoyer valser ta tasse au milieu de la cafétéria ; tout le monde te regarde.

— Je les emmerde tous, je me protège, c'est tout.

— Mais de quoi tu parles ?

— Tu vis dans quel monde, Stilman ? Tu ne vois pas ce qui se prépare au journal ? Ils vont virer la moitié du personnel, tu es le seul à l'ignorer ou quoi ? Bien sûr, toi tu ne te sens pas menacé. Quand on est le petit protégé de la rédactrice en chef, on n'a rien à craindre pour son job, mais moi, je n'ai pas ses faveurs, alors je me bats comme je peux.

— Là, Freddy, tu m'as perdu en chemin.

— Fais-toi plus bête que tu ne l'es. Ton papier sur l'orphelinat chinois a fait un tabac, on te confie aussitôt une enquête en Argentine. Ils t'ont à la bonne là-haut. Mais moi, je n'ai rien publié de remarquable depuis des mois. Je suis obligé d'assurer les permanences de nuit en priant le ciel pour qu'il se passe quelque chose d'extraordinaire. Tu crois que ça m'amuse de dormir sous mon bureau, de passer mes week-ends ici pour essayer de sauver mon job ? Si je perds mon travail, je perds tout, je n'ai que ce boulot dans ma vie. Ça t'arrive de faire des cauchemars la nuit ? Bien sûr que non, pourquoi en ferais-tu ? Moi, je me réveille en sueur, dans un bureau miteux au fin fond d'une province. Je me retrouve à travailler pour la feuille de chou du coin et, sur le mur de mon bureau crasseux, je rêve au temps de ma splendeur en regardant la une jaunie d'une édition du *New York Times*. Et puis le téléphone sonne, on m'annonce que je dois me précipiter à l'épicerie, parce qu'un chien s'est fait écraser. Je fais ce putain de cauchemar toutes les nuits. Alors oui, Stilman, Olivia ne m'a confié aucune enquête, elle ne me confie plus rien depuis que tu es devenu son protégé. Je travaille en solo. Si j'ai une chance d'être le seul à avoir identifié un tueur en série, une chance infime d'être sur un scoop, j'irai rendre visite à tous les armuriers de New York, du New Jersey et du Connecticut pour ne pas la laisser passer, que ça te plaise ou non.

Andrew observa son collègue, ses mains tremblaient, sa respiration était saccadée.

— Je suis désolé. Si je peux te donner un coup de main dans ton enquête, je le ferai avec plaisir.

— Bien sûr, du haut de sa grandeur, M. Stilman compatit. Va te faire foutre !

Olson se leva et quitta la cafétéria sans se retourner.

*

248

La conversation avec Olson occupa l'esprit d'Andrew le restant de sa journée. Être au courant de la situation dans laquelle se trouvait son collègue, le faisait se sentir moins seul. Le soir, en dînant avec Valérie, il lui fit part du désespoir de Freddy.

— Tu devrais l'aider, dit Valérie, travailler à ses côtés, au lieu de lui tourner le dos.

— C'est la géographie des bureaux qui veut ça.

— Ne fais pas l'idiot, tu m'as très bien comprise.

— Ma vie est déjà suffisamment perturbée par mon enquête, si je dois me mettre à suivre un tueur imaginaire, je ne vais plus m'en sortir.

— Je ne te parlais pas de ça, mais de sa descente aux enfers avec la cocaïne.

— Ce taré est allé s'acheter des élévateurs pour jouer au médecin légiste. Il pense que c'est l'arme qu'utilise son serial killer.

— C'est assez radical, je dois l'avouer.

— Qu'est-ce que tu en sais ?

— C'est un instrument chirurgical, je peux t'en rapporter un demain soir du bloc opératoire si tu veux, répondit Valérie, un sourire en coin.

Cette petite remarque laissa Andrew pensif, et il y songeait encore au moment de s'endormir.

*

Andrew s'éveilla alors que le jour se levait. Courir le long de la rivière Hudson lui manquait. Il avait de bonnes raisons de ne plus s'y rendre depuis sa réincarnation, mais, à bien y réfléchir, il se dit que le 9 juillet était encore loin. Valérie dormait profondément. Il quitta le lit sans un bruit, enfila sa tenue de jogging et sortit de l'appartement. Le West Village était d'un calme absolu. Andrew descendit Charles Street à petites foulées. Il accéléra le pas au bas de la rue et réussit pour la première fois de sa vie à traverser les huit voies du West End Highway avant que le second feu de circulation ne passe au vert.

Ravi de son exploit, il s'engagea dans l'allée de River Park, tout à sa joie de reprendre son entraînement matinal.

Il interrompit sa course un instant pour regarder s'éteindre les lumières d'Hoboken. Il adorait ce spectacle qui lui rappelait son enfance. Quand il vivait à Poughkeepsie, son père venait le chercher tôt dans sa chambre le samedi matin. Ils petit-déjeunaient tous deux dans la cuisine, puis, son père l'installait au volant avant de pousser la Datsun dans l'allée pour ne pas réveiller sa mère. Dieu que ses parents lui manquaient, pensa-t-il. Une fois dans la rue, Andrew, qui avait appris la manœuvre, enclenchait la seconde, relâchait la pédale d'embrayage guettant les toussotements du moteur et donnait un petit coup d'accélérateur. Son père, pour lui apprendre à conduire, lui faisait traverser le Hudson Bridge, puis ils bifurquaient sur Oaks Road et se garaient le long de la rivière. Depuis leur point d'observation, ils guettaient le moment où les lumières de Poughkeepsie s'éteindraient. Et chaque fois, le père d'Andrew applaudissait ce moment comme on salue la fin d'un feu d'artifice.

Et tandis que les lumières de Jersey City s'éteignaient elles aussi, Andrew délaissa ses souvenirs pour reprendre sa course.

Soudain, il se retourna et reconnut au loin une silhouette familière. Il plissa les yeux, Freddy Olson, la main droite dissimulée dans la poche centrale de son sweat-shirt se rapprochait de lui. Andrew sentit aussitôt le danger qui le guettait. Il aurait pu songer à affronter Freddy, ou à le raisonner, mais il savait que ce dernier réussirait à le frapper mortellement avant qu'il n'ait pu tenter la moindre esquive. Andrew se mit à courir à toute vitesse. Pris de panique, il se retourna à nouveau pour évaluer la distance qui le séparait d'Olson, il gagnait de plus en plus de terrain et Andrew avait beau user de toutes ses forces, il n'arrivait pas à le semer. Olson avait dû se mettre une bonne dose dans le nez ; comment lutter contre quelqu'un qui se dope du matin au soir ? Andrew aperçut devant lui un petit groupe de joggeurs. S'il arrivait à les rejoindre il serait sauvé. Freddy renoncerait à l'agresser. Une cinquantaine de mètres le séparaient d'eux, les rattraper appartenait encore au domaine du possible, aussi essoufflé fût-il. Il supplia le bon Dieu de lui donner les ressources nécessaires. Nous n'étions pas le 9 juillet, il avait une mission à accomplir en Argentine, tant de choses à dire à Valérie, il ne voulait pas mourir aujourd'hui, pas encore, pas à nouveau. Les joggeurs n'étaient plus qu'à une vingtaine de mètres, mais il sentit la présence de Freddy approcher.

« Encore un effort, je t'en supplie, se dit-il à lui-même, fonce, fonce bon sang. »

Il voulut appeler à l'aide, mais l'air lui manquait pour crier au secours.

Et, soudain, il sentit une terrible morsure lui déchirer le bas du dos. Andrew hurla de douleur. Parmi les joggeurs qui le précédaient, une femme entendit son cri, elle se retourna et le regarda. Le cœur d'Andrew cessa de battre lorsqu'il découvrit le visage de Valérie qui souriait, paisible, en le regardant mourir. Il s'effondra sur l'asphalte et la lumière s'éteignit.

*

Lorsque Andrew rouvrit les yeux, il était allongé sur un long chariot, grelottant, et la fraîcheur de la matière plastique sur laquelle il reposait n'améliorait pas son confort. Une voix s'adressa à lui au travers d'un haut-parleur : on lui faisait passer un scanner, cela ne durerait pas longtemps. Il devait éviter de bouger.

Comment aurait-il pu bouger alors que des sangles entravaient ses poignets et ses chevilles. Andrew essaya de contrôler les battements de son cœur qui résonnaient dans cette pièce blanche. Il n'eut pas le loisir de la parcourir des yeux, le chariot commença d'avancer vers l'intérieur d'un grand cylindre, il avait l'impression d'être enfermé vivant dans une sorte de sarcophage des temps modernes.

Un bruit sourd se fit entendre, suivi d'une série de martèlements effrayants. La voix dans le haut-parleur se voulait apaisante : tout se passait pour le mieux, il n'avait rien à craindre, l'examen était indolore et serait bientôt terminé.

Les bruits cessèrent, le chariot se remit en mouvement et Andrew retrouva progressivement la lumière. Un brancardier vint aussitôt le chercher et le transborda sur un lit à roulettes. Il connaissait ce visage, il l'avait déjà vu quelque part. Andrew se concentra et fut presque certain d'avoir reconnu Sam, l'assistant de Valérie au cabinet vétérinaire. Il devait divaguer sous l'emprise des drogues qu'on lui avait administrées.

Il souhaita tout de même lui poser la question, mais l'homme lui adressa un sourire et l'abandonna dans la chambre où il l'avait accompagné.

« Dans quel hôpital suis-je ? » se demanda-t-il. Après tout, peu lui importait, il avait survécu à son agression, en avait identifié l'auteur. Une fois remis de ses blessures il pourrait retrouver une vie normale. Ce salopard de Freddy Olson passerait les dix prochaines années derrière des barreaux, ce devait être le tarif minimal pour une tentative de meurtre avec préméditation.

Andrew ne décolérait pas de s'être laissé berner aussi naïvement par son histoire. Olson avait dû présumer qu'il se doutait de quelque chose et décidé d'avancer la date de son crime. Andrew songea qu'il aurait à repousser celle de son voyage en Argentine, mais il avait désormais la preuve que le cours des choses pouvait être modifié puisqu'il avait réussi à sauver sa peau.

On frappa à la porte, l'inspecteur Pilguez entra accompagné d'une femme ravissante vêtue d'une blouse blanche.

— Je suis désolé, Stilman, j'ai échoué, ce type a réussi son coup. J'avais misé sur le mauvais cheval, je vieillis et mon instinct n'est plus ce qu'il était.

Andrew voulut rassurer l'inspecteur, mais il n'avait pas suffisamment récupéré pour réussir à parler.

— Quand j'ai appris ce qui vous était arrivé, j'ai sauté dans le premier avion et j'ai emmené avec moi cette amie neurochirurgienne dont je vous avais tant parlé. Je vous présente le docteur Kline.

— Lauren, dit la doctoresse en lui tendant la main.

Andrew se rappelait son nom, Pilguez l'avait cité lors d'un dîner, il s'en amusa, car chaque fois qu'il avait hésité à se faire examiner, il avait cherché en vain à s'en souvenir.

La doctoresse prit son pouls, examina ses pupilles et sortit un stylo de sa poche, un drôle de stylo dont la plume avait été remplacée par une minuscule ampoule.

— Suivez des yeux cette lumière, monsieur Stilman, dit la doctoresse en promenant son stylo de gauche à droite et de droite à gauche.

Elle le rangea dans la poche de sa blouse et recula de quelques pas.

— Olson, articula péniblement Andrew.

— Je sais, soupira Pilguez, nous l'avons interpellé au journal. Il a voulu nier les faits, mais le témoignage de votre ami Simon au sujet de l'armurerie l'a confondu. Il a fini par avouer. Hélas, je ne m'étais pas trompé sur toute la ligne, votre femme était sa complice. Je suis désolé, pour le coup j'aurais préféré avoir tort.

— Valérie, mais pourquoi ? balbutia Andrew.

— Ne vous avais-je pas dit qu'il n'y a que deux grandes familles de crimes… Dans quatre-vingt-dix pour cent des cas, l'assassin est un proche. Votre collègue lui avait révélé que vous en aimiez une autre et que vous vous apprêtiez à annuler le mariage. Elle n'a pas supporté l'humiliation. Nous l'avons arrêtée à son cabinet. Vu le nombre de policiers qui l'entouraient, elle n'a opposé aucune résistance.

Andrew se sentit submergé par le chagrin, une tristesse qui lui ôta soudain l'envie de vivre.

La doctoresse s'approcha de lui.

— Les résultats de votre scanner sont normaux, votre cerveau n'est atteint d'aucune lésion ou tumeur. C'est une bonne nouvelle.

— Mais j'ai si froid et si mal au dos, bredouilla Andrew.

— Je sais, votre température corporelle est si basse que mes collègues et moi-même sommes arrivés à la même conclusion. Vous êtes mort, monsieur Stilman, bel et bien mort. Cette sensation de froid ne devrait pas perdurer, juste le temps que votre conscience s'éteigne.

— Je suis désolé, Stilman, vraiment désolé d'avoir

échoué, répéta l'inspecteur Pilguez. Je vais emmener mon amie déjeuner et nous reviendrons vous accompagner jusqu'à la morgue. Nous n'allons pas vous laisser seul dans un moment pareil. En tout cas, même si c'était bref, j'ai été enchanté de faire votre connaissance.

La doctoresse le salua poliment, Pilguez lui tapota amicalement l'épaule, ils éteignirent la lumière et sortirent tous deux de la pièce.

Seul dans l'obscurité, Andrew se mit à hurler à la mort.

*

Il se sentit secoué de tous côtés, son corps ballottait comme sur une mer orageuse. Un rai de lumière vive frappa ses paupières, il ouvrit grands les yeux et aperçut le visage de Valérie, penché sur lui.

— Andrew, réveille-toi mon amour, tu es en train de faire un cauchemar. Réveille-toi, Andrew !

Il inspira une grande bouffée d'air et se redressa brusquement, en sueur, sur son lit, dans la chambre de son appartement du West Village. Valérie était presque aussi apeurée que lui. Elle le prit dans ses bras et le serra contre elle.

— Tu fais des cauchemars chaque nuit, il faut que tu voies quelqu'un, ça ne peut plus durer.

Andrew reprit ses esprits. Valérie lui tendit un verre d'eau.

— Tiens, bois, ça te fera du bien, tu es en nage.

Il jeta un œil au réveil posé sur sa table de nuit.

Le cadran affichait 6 heures du matin et la date était celle du samedi 26 mai.

Il lui restait six semaines pour identifier son assassin, à moins que ses nuits cauchemardesques n'aient raison de lui avant cette échéance.

18.

Valérie faisait tout son possible pour apaiser Andrew, son état d'épuisement l'inquiétait. À midi elle l'emmena se promener à Brooklyn. Ils visitèrent les antiquaires du quartier de Williamsburg. Andrew tomba en admiration devant une petite locomotive à vapeur, la miniature datait des années cinquante et son prix dépassait largement la somme qu'Andrew pouvait dépenser. Valérie l'envoya explorer le fond de la boutique et, dès qu'il eut le dos tourné, elle acheta l'objet convoité et le glissa dans son sac.

Simon consacra sa journée de samedi à suivre Olson. Il était allé attendre en bas de chez lui dès les premières lueurs du jour. Au volant d'une Oldsmobile 88 qui attirait les regards des passants chaque fois qu'il s'arrêtait à un feu rouge, Simon finit par se demander s'il n'aurait pas mieux fait de choisir une autre voiture, mais c'était la plus discrète de sa collection.

Olson passa son heure du déjeuner dans un salon

de massage douteux de Chinatown. Il en ressortit vers 14 heures, les cheveux gominés. À l'escale suivante, Simon se gara devant un restaurant mexicain où Freddy dévorait des tacos en se léchant les doigts afin de ne rien perdre de la sauce qui dégoulinait à souhait.

Simon s'était acheté un appareil photographique et un téléobjectif digne d'un paparazzi, accessoires qu'il jugeait indispensables à la réussite de la mission dont il s'était investi.

Au milieu de l'après-midi, Olson alla se promener dans Central Park et Simon le vit tenter d'engager la conversation avec une femme qui lisait sur un banc.

— Avec ta chemise repeinte au Tabasco, si tu arrives à tes fins, mon gaillard, je me fais moine.

Simon soupira en voyant la femme refermer son livre et prendre ses distances avec Olson.

Tandis que Simon épiait Freddy, le hacker qu'il avait recruté transférait le contenu de son ordinateur dont il avait forcé l'accès en moins de quatre minutes. En décryptant les fichiers dupliqués, il serait capable de savoir si Olson se cachait derrière le pseudonyme de Spookie Kid.

L'informaticien de Simon n'était pas le seul à pianoter sur un clavier. De l'autre côté du pays, un inspecteur de police à la retraite échangeait des courriels avec un ancien collègue du 6e Precinct, auquel il avait appris le métier et qui dirigeait aujourd'hui la section criminelle de la police de Chicago.

Pilguez lui avait demandé une petite faveur, dont

l'aspect légal pourrait se révéler des plus litigieux sans l'ordonnance d'un juge, mais, entre collègues et pour servir une bonne cause, la paperasserie pouvait aller au diable.

Les nouvelles qu'il venait de recevoir le contrarièrent au plus haut point, et il hésita longuement avant d'appeler Andrew.

— Vous avez une mauvaise voix, lui dit-il.

— Mauvaise nuit, répondit Andrew.

— Moi aussi je suis insomniaque, et ça ne s'améliore pas en vieillissant. Mais je ne vous téléphonais pas pour vous parler de mes petits tracas domestiques. Je voulais vous apprendre que Mme Capetta s'est offert ce matin un billet d'avion pour New York. Et ce qui me fâche le plus c'est que la réservation de son départ est établie au 14 juin tandis que celle du retour reste indéterminée. Vous allez me dire que plus on s'y prend tôt et moins c'est cher, pourtant la coïncidence de dates est assez troublante.

— Comment avez-vous appris cela ?

— Si un policier vous demandait de lui dévoiler vos sources, vous les lui donneriez ?

— En aucun cas, répondit Andrew.

— Alors contentez-vous de ce que je veux bien vous apprendre, le reste ne regarde que moi. J'ai pris quelques dispositions concernant Mme Capetta. Dès qu'elle mettra un pied à New York, elle sera prise en filature du matin au soir. Particulièrement le matin pour les raisons que nous connaissons vous et moi.

— Elle a peut-être décidé de revoir son mari.

— Ce serait la meilleure nouvelle depuis des semaines, mais j'ai un sale défaut, je ne crois jamais aux bonnes nouvelles. Et vous, de votre côté, vous avez progressé ?

— Je n'arrive plus à y voir clair. Olson m'inquiète, il n'est pas le seul, je me surprends à me méfier de tout le monde.

— Vous devriez changer d'air, quitter New York et aller vous ressourcer. Vous êtes en première ligne dans cette enquête. Vous avez besoin de toute votre tête, or le temps ne joue pas en votre faveur. Je sais bien que vous ne suivrez pas mon conseil, et je le regrette.

Pilguez salua Andrew et lui promit de le rappeler dès qu'il aurait du nouveau.

— Qui était-ce ? demanda Valérie en finissant sa glace à la terrasse du café où ils étaient installés.

— Rien d'important, c'était pour le boulot.

— C'est bien la première fois que je t'entends me dire que ton travail n'est pas important, tu dois être encore plus fatigué que je le pensais.

— Ça te dirait que nous allions passer la soirée au bord de la mer ?

— Bien sûr que oui.

— Alors filons à Grand Central Station, je connais un petit hôtel charmant qui donne sur la plage à Westport. L'air marin nous fera le plus grand bien.

— Il faut que nous repassions à la maison prendre quelques affaires.

— Pas la peine, nous achèterons des brosses à

dents sur place, pour une nuit nous n'avons besoin de rien d'autre.

— Qu'est-ce qui se passe, on dirait que tu fuis quelque chose, ou quelqu'un.

— J'ai juste envie de quitter la ville, une escapade amoureuse avec toi, loin de tout.

— Et je peux savoir comment tu connais ce petit hôtel charmant qui donne sur la plage ?

— J'avais rédigé la nécro du propriétaire…

— J'apprécie ta galanterie, répondit Valérie d'une voix tendre.

— Tu n'es pas jalouse de mon passé tout de même ?

— De ton passé, et de ton futur. Quand nous étions au collège, j'étais beaucoup plus jalouse des filles qui te tournaient autour que tu ne peux l'imaginer, répondit Valérie.

— Quelles filles ?

Valérie sourit sans répondre et héla un taxi.

Ils arrivèrent à Westport en début de soirée. À travers les fenêtres de leur chambre, on pouvait voir le cap où les courants luttaient sans relâche.

Après le dîner, ils allèrent marcher sur la lagune, là où la terre ne porte plus de trace de civilisation. Valérie étendit sur le sable une serviette empruntée à l'hôtel, Andrew posa sa tête sur ses genoux et, ensemble, ils regardèrent l'océan en colère.

— Je veux vieillir à tes côtés, Andrew, vieillir pour avoir le temps de te connaître.

— Tu me connais mieux que personne.

— Depuis que j'ai quitté Poughkeepsie, je n'ai appris que la solitude, auprès de toi je renonce peu à peu à cette école et cela me rend heureuse.

Blottis dans la fraîcheur de la nuit, ils écoutèrent le ressac, sans un mot.

Andrew repensa à leur adolescence. Les souvenirs sont parfois comme ces photographies blanchies par le temps, dont les détails ressurgissent à la faveur d'un certain éclairage. Il ressentit que la complicité qui les liait était plus forte que tout.

Dans trois jours, il serait à Buenos Aires, à des milliers de kilomètres d'elle, de ces instants paisibles qu'il espérait revivre lorsque l'été jetterait ses derniers feux.

*

Un sommeil serein et un déjeuner au soleil avaient permis à Andrew de retrouver des forces. Son dos ne le faisait plus souffrir.

En arrivant à New York, le dimanche soir, il appela Simon et lui demanda de le retrouver au Starbucks le lendemain matin vers 9 heures.

*

Simon arriva en retard, Andrew l'attendait en lisant le journal.

— Ne me fais aucune remarque, j'ai passé le samedi le plus pourri de mon existence.

— Je n'ai rien dit.

— Parce que je viens de te l'interdire.

— En quoi ton samedi était-il si terrible ?

— J'ai passé la journée dans la peau de Freddy Olson, un déguisement bien plus sordide que tu l'imagines.

— À ce point-là ?

— Pire. Prostituées, tacos et sniffette, et encore ce programme n'a occupé que la moitié de sa journée. Après son déjeuner, il s'est offert une petite visite à la morgue, ne me demande pas ce qu'il y faisait, si je l'avais suivi à l'intérieur, je me serais fait repérer et puis le contenu de ce genre de frigos, très peu pour moi. Ensuite il est allé acheter des fleurs et s'est rendu au Lenox Hospital.

— Et après l'hôpital ?

— Il est allé se promener dans Central Park, puis dans ton quartier et il a traîné en bas de chez toi. Après être passé quatre fois devant la porte de ton immeuble, il est entré, a cherché ta boîte à lettres, et a soudainement fait demi-tour.

— Olson est venu chez moi ?

— Quand tu répètes mot à mot ce que je viens de te dire, ça me donne l'impression d'avoir une conversation vraiment intéressante…

— Ce type est complètement dingue !

— Il est surtout au bout du rouleau. Je l'ai suivi jusqu'à ce qu'il rentre chez lui. La solitude de cet homme est un abîme d'une profondeur vertigineuse, c'est un paumé.

— Il n'y a pas que lui qui se sente perdu. On est bientôt en juin. Remarque, je ne devrais pas m'en plaindre, qui peut comme moi se vanter d'avoir vécu deux fois le même mois de mai.

— Pas moi en tout cas, répondit Simon, et vu le chiffre d'affaires mirobolant de ce mois-ci, ça n'a rien de grave, vivement juin... en attendant juillet.

— Mai était le mois qui avait changé mon existence, soupira Andrew, j'étais heureux et je n'avais pas encore fichu en l'air ce qui m'était arrivé de plus beau.

— Tu dois te pardonner, Andrew, personne d'autre ne le fera pour toi. Il y a tant de gens qui rêveraient de pouvoir tout recommencer, de se retrouver juste avant l'instant où ils ont dérapé. Tu prétends que c'est ce qui t'arrive, alors profites-en au lieu de te lamenter sur ton sort.

— Quand on sait que la mort vous attend au tournant, le rêve devient vite un cauchemar. Tu prendras soin de Valérie quand je ne serai plus là ?

— Tu prendras soin d'elle toi-même ! On va tous y passer, la vie est une maladie mortelle dans cent pour cent des cas. Moi, j'ignore la date fatidique, et je n'ai pas le loisir d'en retarder l'échéance. Ce n'est pas plus rassurant quand tu y penses. Tu veux que je t'accompagne à l'aéroport demain ?

— Non, c'est inutile.

— Tu vas me manquer, tu sais.

— Toi aussi.

— Allez, file retrouver Valérie, j'ai un rendez-vous.

— Avec qui ?

— Tu vas être en retard, Andrew.

— Réponds-moi d'abord.

— Avec la réceptionniste de l'hôpital Lenox. Je suis repassé dimanche soir voir si elle allait bien après la visite de Freddy, c'est mon côté perfectionniste, je n'y peux rien.

Andrew se leva, salua Simon et se retourna juste avant de sortir du café.

— J'ai un service à te demander, Simon.

— Je croyais que c'était déjà fait, mais je t'écoute.

— J'aurais besoin que tu ailles à Chicago. Voici l'adresse d'une femme que j'aimerais que tu surveilles pendant quelques jours.

— J'en déduis que je ne te retrouverai pas à Buenos Aires.

— Tu y pensais vraiment ?

— Ma valise est bouclée, juste au cas où.

— Je t'appellerai et je te promets de te faire venir si c'est possible.

— Ne te fatigue pas, je partirai à Chicago au plus vite ; fais attention à toi là-bas. Elle est jolie cette Mme Capetta ?

Andrew serra son ami dans ses bras.

— Bon, c'est mignon comme tout, mais je crois que j'ai un ticket avec la serveuse, alors si on pouvait s'épargner une fricassée de museaux devant elle, je t'en serais très reconnaissant.

— Une fricassée de museaux ?

— C'est une expression québécoise.

— Et depuis quand tu parles le québécois ?

— Kathy Steinbeck était de Montréal. Ce que tu peux m'énerver parfois, c'est dingue !

*

Andrew profita de sa dernière journée à New York pour mettre un peu d'ordre dans ses affaires. Il passa la matinée au bureau, Freddy était absent. Il appela la réceptionniste et lui demanda de le prévenir dès qu'Olson arriverait au journal. Il prétendit avoir rendez-vous avec lui devant l'accueil.

Aussitôt le combiné raccroché, Andrew alla inspecter le bureau de son collègue. Il fouilla ses tiroirs, n'y trouva que des cahiers truffés d'annotations, d'idées, d'articles sans intérêt, de sujets que le journal ne publierait jamais. Comment Olson pouvait-il s'égarer à ce point ? Andrew allait renoncer, quand un Post-it resté collé à la corbeille à papier attira son attention. Il y était inscrit le mot de passe de son propre ordinateur. Comment Olson se l'était-il procuré, et qu'avait-il été faire sur son ordinateur ?

« La même chose que toi », lui répondit sa conscience, « jouer les fouille-merde ».

— Rien à voir, murmura Andrew, Olson est pour moi une menace potentielle.

« Et tu l'es aussi pour lui, professionnellement parlant en tout cas », pensa-t-il enfin.

Une idée folle lui traversa l'esprit, il utilisa son propre mot de passe pour accéder aux données contenues dans l'ordinateur d'Olson et la manœuvre fonctionna. Andrew en déduisit que Freddy avait autant de personnalité qu'un poisson rouge. Ou alors son machiavélisme forçait le respect. Qui penserait à utiliser le même code que celui de l'individu qu'il espionne ?

Le disque dur comportait de nombreux dossiers, dont un nommé « SK ». En l'ouvrant, Andrew découvrit la prose abondante de Spookie Kid. Olson était un vrai malade mental, se dit-il en découvrant le torrent d'insultes proférées à son encontre. Aussi désagréable fût-il pour lui de parcourir pareille litanie, il préféra encore qu'elle émane d'un collègue jaloux plutôt que d'un lecteur. Andrew inséra une clé USB dans l'ordinateur et recopia les fichiers pour les étudier à son aise. Il faisait défiler les lignes sur l'écran lorsqu'il entendit son téléphone sonner de l'autre côté de la cloison. Les portes de l'ascenseur s'ouvrirent sur le palier, Andrew eut juste le temps de transférer un dossier intitulé « Châtiments » et se leva précipitamment alors que Freddy avançait dans le couloir.

En regagnant son poste de travail, Andrew se rendit compte qu'il avait laissé son mouchard sur l'ordinateur d'Olson et pria pour que celui-ci ne s'en rende pas compte.

— Tu étais où ? lui demanda-t-il alors qu'il passait à sa hauteur.

— Pourquoi ? J'ai des comptes à te rendre ?

— Simple curiosité, répondit Andrew qui cherchait à détourner l'attention de son collègue.

— Tu pars quand à Buenos Aires, Stilman ?

— Demain.

— Si tu pouvais y rester, ça me ferait des vacances.

Olson reçut un appel et quitta son bureau.

Andrew en profita pour aller récupérer sa clé USB.

Puis il emporta ses cahiers de notes, jeta un dernier regard à ses affaires et se décida à rentrer chez lui. Valérie l'attendait, c'était leur dernière soirée avant son départ à Buenos Aires et il préférait ne pas arriver en retard.

*

Il l'emmena dîner au Shanghai Café dans le quartier de Little Italy. La salle de restaurant offrait bien plus d'intimité que celle de Joe's. Valérie avait le cafard et ne chercha pas à le lui cacher. Andrew, bien qu'heureux de poursuivre son enquête, se sentait coupable. Ils auraient dû profiter pleinement de leur soirée, mais l'imminence de leur séparation rendait la chose impossible.

Valérie choisit d'aller dormir chez elle. Elle préférait ne pas être là lorsque Andrew refermerait au petit matin la valise qu'elle lui avait préparée.

Il la raccompagna jusqu'à son appartement du East Village et ils restèrent enlacés un long moment au bas de son immeuble.

— Je te déteste de me laisser seule ici, mais si tu avais renoncé à ce voyage je te détesterais encore plus.

— Qu'est-ce que j'aurais pu faire pour que tu m'aimes un peu ?

— La veille de ton départ, pas grand-chose. Reviens vite, c'est tout ce que je te demande, tu me manques déjà.

— C'est seulement pour dix jours.

— Et douze nuits. Fais attention à toi, et retrouve ce type. Je suis fière de devenir ta femme, Andrew Stilman. Maintenant, file avant que je renonce à te laisser partir.

19.

L'avion à bord duquel Andrew avait pris place se posa en début de soirée à l'aéroport international Ezeiza. À sa grande surprise, Marisa était venue le chercher. Il lui avait envoyé plusieurs mails, mais elle ne lui avait donné aucun signe de vie depuis leur dernière conversation téléphonique. Lors de son précédent voyage, ils s'étaient retrouvés à l'hôtel, le lendemain de son arrivée.

Andrew remarqua que plus le temps passait, plus il avait l'impression que les événements s'éloignaient de l'ordre dans lequel ils s'étaient déroulés précédemment.

Il reconnut la vieille Coccinelle dont les bas de caisses étaient si corrodés qu'il s'était demandé à chaque soubresaut si son fauteuil ne finirait pas par traverser le plancher.

— J'ai cru que vous étiez partie pour de bon en vacances avec l'argent que je vous ai envoyé, vous m'aviez promis de me donner des nouvelles.

— Les choses ont été plus compliquées que prévu, Antonio est à l'hôpital.

— Qu'est-ce qui lui est arrivé ? demanda Andrew.

— Nous avons eu un accident de voiture sur le chemin du retour.

— Grave ?

— Assez pour que mon petit ami se retrouve avec un bras dans le plâtre, six côtes fêlées et un traumatisme crânien. Il s'en est fallu de peu pour que nous y restions tous les deux.

— Il était en tort ?

— Si l'on considère qu'il n'a pas freiné au carrefour alors que le feu était rouge, oui, mais comme les freins ne répondaient plus, je suppose que sa responsabilité n'est pas engagée…

— Et sa voiture était aussi bien entretenue que la vôtre ? demanda Andrew qui n'arrivait pas à décoincer la ceinture de sécurité de son enrouleur.

— Antonio est maniaque avec son automobile, par moments je me demande s'il ne l'aime pas plus que moi. Il n'aurait jamais pris la route sans avoir tout vérifié. On a sciemment saboté nos freins.

— Vous suspectez quelqu'un ?

— Nous avons localisé Ortiz, nous l'avons espionné et pris en photo. On a posé quelques questions sur lui, probablement trop, ses amis ne sont pas des enfants de chœur.

— Ça n'arrange pas mes affaires, il doit être sur ses gardes maintenant.

— Antonio est dans un sale état et vous ne pensez qu'à votre enquête. Votre sollicitude me touche au plus haut point, monsieur Stilman.

— Je manque de tact, mais je suis désolé pour

votre fiancé, il s'en sortira, rassurez-vous. Oui, je m'inquiétais pour mon article. Je ne suis pas venu ici non plus pour chanter dans une chorale. Quand a eu lieu l'accident ?

— Il y a trois jours.

— Pourquoi ne m'avez-vous pas prévenu ?

— Parce que Antonio n'a repris connaissance qu'hier soir et vous étiez la dernière de mes pré-occupations.

— Vous avez gardé les photos ?

— Le boîtier a été très endommagé, la voiture a fait plusieurs tonneaux. Nous utilisions un vieil appareil pour ne pas attirer l'attention avec un modèle trop cher. La pellicule est probablement voilée, je ne sais pas ce que nous pourrons en tirer. Je l'ai déposée chez un ami photographe, nous irons la chercher ensemble demain.

— Vous irez seule, demain, je prendrai la route de Córdoba.

— Vous ne ferez sûrement pas une chose aussi stupide, monsieur Stilman. Avec tout le respect que je vous dois, si Antonio et moi qui sommes d'ici avons fini par nous faire repérer, je ne vous donne pas une demi-journée avant que les hommes d'Ortiz ne vous tombent dessus. Et puis vous n'avez pas besoin de faire tous ces kilomètres. Il vient chaque semaine à Buenos Aires visiter son plus gros client.

— Et quand aura lieu son prochain séjour ?

— Mardi prochain, s'il est fidèle à ses habitudes. C'est ce que nous avons appris là-bas en interro-geant le voisinage, et c'est probablement ce qui nous a valu l'accident.

— Je suis désolé, Marisa, je ne pensais pas vous faire courir des risques, si j'avais su..., dit-il en toute sincérité.

Andrew ne se souvenait pas de cet accident, plus rien ne se produisait comme avant. Au cours de son dernier voyage, c'était lui qui avait photographié Ortega et l'appareil lui avait été volé dans une ruelle de la banlieue de Buenos Aires, alors que trois hommes s'en étaient pris à lui.

— Vous pensez vraiment qu'un homme qui a mis tant d'énergie à changer d'identité pour éviter la prison se laissera démasquer sans réagir ? Dans quel monde vivez-vous ? reprit Marisa.

— Vous seriez surprise si je vous le décrivais, répondit Andrew.

Marisa se rangea devant l'hôtel Quintana dans le quartier bourgeois de la Recoleta.

— Allons plutôt voir votre ami, je déposerai mes affaires plus tard.

— Antonio a besoin de repos et les heures de visites sont terminées. Je vous remercie de cette attention, nous irons demain. Il est en soins intensifs à l'hôpital General de Agudos, c'est tout près d'ici. Je passerai vous chercher vers 9 heures.

— Vous ne travaillez pas au bar ce soir ?

— Non, pas ce soir.

Andrew salua Marisa, récupéra sa valise sur la banquette arrière et se dirigea vers l'entrée de l'hôtel.

Une fourgonnette blanche s'engouffra sous le porche. Assis à l'avant, un homme visa Andrew dans la mire de son objectif et le photographia en rafales. Les portières arrière s'entrouvrirent, laissant descendre un deuxième comparse qui alla s'installer tranquillement dans le hall. La camionnette redémarra et poursuivit sa filature. Son conducteur n'avait pas quitté Marisa depuis qu'Antonio et elle étaient partis de Córdoba.

Andrew sourit quand la réceptionniste lui tendit les clés de la chambre 712. C'était celle qu'il avait occupée dans sa précédente vie.

— Vous pourriez demander à la maintenance de changer les piles de la télécommande de la télévision ? demanda-t-il.

— Nos services d'entretien les vérifient chaque jour, répondit l'employée.

— Eh bien, faites-moi confiance, celui qui s'en est occupé n'a pas bien fait son boulot.

— Comment pourriez-vous le savoir alors que vous n'êtes pas encore monté dans votre chambre ?

— Je suis extralucide ! dit Andrew en écarquillant grands les yeux.

La chambre 712 était conforme au souvenir qu'il en avait gardé. La fenêtre était bloquée, la porte de la penderie grinçait sur ses gonds, un filet d'eau fuyait de la douche et le réfrigérateur du minibar ronronnait comme un chat tuberculeux.

— Services d'entretien mon œil, râla Andrew en jetant son bagage sur le lit.

Il n'avait rien mangé depuis New York, la nourriture à bord de l'avion avait l'air trop infect pour s'y risquer, et il avait une faim de loup. Il se remémora avoir dîné, lors de son précédent séjour, dans une *parrilla* située juste en face du cimetière de la Recoleta. Il s'amusa en refermant la porte de sa chambre, à l'idée de déguster la même grillade pour la seconde fois.

Lorsque Andrew sortit de son hôtel, l'homme qui avait pris place dans le hall abandonna son fauteuil et lui emboîta le pas. Il alla s'asseoir sur un petit banc, juste en face du restaurant.

Tandis qu'Andrew se régalait, un employé du service de maintenance de l'hôtel Quintana acceptait un généreux pourboire pour aller inspecter les affaires du client de la 712. Il exécuta sa mission avec la plus grande minutie, ouvrit le petit coffre-fort de la chambre avec son passe de service, photographia toutes les pages du carnet d'adresses d'Andrew, celles de son passeport, ainsi que de son agenda.

Une fois tout remis en place, il vérifia le fonctionnement de la télécommande de la télévision, en changea les piles et repartit. Il retrouva son généreux commanditaire devant l'entrée de service de l'hôtel et lui rendit l'appareil numérique que ce dernier lui avait confié.

*

Repu, Andrew dormit comme un loir, sans qu'aucun cauchemar vienne troubler son sommeil et il se réveilla ragaillardi aux premières heures du matin.

*

Après avoir avalé un petit déjeuner dans la salle de restaurant de son hôtel, il alla attendre Marisa sous le porche.

— Nous n'allons pas voir Antonio, dit-elle dès qu'Andrew monta à bord de sa Coccinelle.

— Son état s'est aggravé dans la nuit ?

— Non, il va plutôt mieux ce matin, mais ma tante a reçu un appel très désagréable au milieu de la nuit.

— Comment ça ?

— Un homme qui s'est gardé de se présenter lui a dit qu'elle ferait bien de surveiller les fréquentations de sa nièce, si elle voulait lui éviter de sérieux ennuis.

— Les amis d'Ortiz ne perdent pas de temps, dites donc.

— Ce qui m'inquiète vraiment, c'est qu'ils sachent déjà que vous êtes en ville et que nous nous connaissons.

— Et ces mauvaises fréquentations, ce ne peut être que moi ?

— Vous n'êtes pas sérieux, j'espère ?

— Vous êtes ravissante, il doit y avoir pas mal de garçons qui vous tournent autour.

— Épargnez-vous ce genre de réflexion, je suis très amoureuse de mon fiancé.

— Il n'y avait aucun sous-entendu déplacé dans ce compliment, assura Andrew. Vous savez sur quelle rue donne l'entrée de service de l'hôpital ?

— Ça ne servirait à rien de jouer au plus malin, les hommes d'Ortiz peuvent avoir placé un complice à l'intérieur du bâtiment. Je ne veux faire

courir aucun risque à Antonio, il en a déjà suffisamment pris comme ça.

— Quelle est la suite du programme ?

— Je vous conduis chez ma tante, elle en sait
plus que moi et que beaucoup de gens dans cette
ville. C'est une des premières Mères de la place
de Mai. Et soyons clairs sur un point, vous ne
m'avez pas payée pour que je vous serve de guide
touristique !

— Je n'appellerais pas vraiment cela du tourisme,
mais je prends bonne note de votre remarque... et
de votre excellente humeur.

*

Louisa vivait dans une petite maison du quartier
de Monte Chingolo. Pour accéder jusque chez elle,
il fallait traverser une cour ombragée par la florai-
son d'un grand jacaranda mauve, et dont les murs
étaient couverts de passiflores.

Louisa aurait fait une très belle grand-mère, mais
la dictature l'avait privée d'avoir un jour des petits-
enfants.

Marisa accompagna Andrew jusqu'au salon.

— Alors c'est vous le journaliste américain qui
enquête sur notre passé, dit Louisa en se levant
de son fauteuil où elle faisait ses mots croisés. Je
vous imaginais plus beau que ça.

Marisa sourit tandis que sa tante fit signe à
Andrew de prendre place à la table. Elle se rendit
dans la cuisine et revint avec une assiette de gâteaux
secs.

— Pourquoi vous intéressez-vous à Ortiz ? demanda-t-elle en lui servant un verre de limonade.

— Ma rédactrice en chef trouve son parcours intéressant.

— Votre patronne a de drôles de centres d'intérêt.

— Comme comprendre ce qui peut conduire un homme ordinaire à devenir un tortionnaire, répondit Andrew.

— Elle aurait dû venir à votre place. Je lui aurais désigné des centaines de militaires qui sont devenus des monstres. Ortiz n'était pas un type ordinaire, mais il n'était pas le pire d'entre eux. C'était un officier pilote des gardes-côtes, un second couteau. Nous n'avons jamais eu de preuves formelles qu'il ait participé à la torture. Ne croyez pas que je cherche à l'excuser, il a commis des actes terribles et il devrait, comme beaucoup d'autres, croupir au fond d'une cellule pour ses crimes. Mais comme beaucoup d'autres aussi, il s'en est tiré, tout du moins jusqu'à aujourd'hui. Si vous nous aidez à prouver qu'Ortiz est devenu ce commerçant qui répond au nom d'Ortega, nous pourrons le faire traduire en justice. Tout du moins nous essayerons.

— Que savez-vous de lui ?

— D'Ortega, pour l'instant pas grand-chose. Quant à Ortiz, il vous suffira de vous rendre aux archives de l'ESMA pour obtenir son pedigree.

— Comment a-t-il fait pour échapper à la justice ?

— De quelle justice parlez-vous, monsieur le journaliste ? Celle qui a amnistié ces chacals ? Celle

281

qui leur a laissé le temps de se fabriquer de nouvelles identités ? Après le retour de la démocratie en 1983, nous, les familles de victimes, avons cru que ces criminels seraient condamnés. C'était sans compter sur la veulerie du président Alfonsin et la puissance de l'armée. Le régime militaire a eu le temps d'effacer ses traces, de nettoyer les uniformes maculés de sang, de cacher le matériel de torture en attendant des temps meilleurs, et rien ne garantit que ces temps-là ne reviendront pas un jour. La démocratie est fragile. Si vous vous croyez à l'abri du pire parce que vous êtes américain, vous vous trompez autant que nous nous sommes trompés. En 1987, Barreiro et Rico, deux hauts gradés, fomentèrent un soulèvement militaire et réussirent à museler notre appareil judiciaire. Deux lois honteuses furent votées, celle du devoir d'obéissance qui établissait une hiérarchie des responsabilités en fonction du rang militaire et celle encore plus ignominieuse du « Point final » qui prescrivait tous les crimes non encore jugés. Votre Ortiz, comme des centaines de ses comparses, s'est vu offrir un sauf-conduit qui le mettait à l'abri de toute poursuite. Ce fut le cas pour un grand nombre de tortionnaires, et ceux qui parmi eux se trouvaient en prison furent libérés. Il aura fallu attendre quinze ans pour que ces lois soient abrogées. Mais, en quinze ans, vous imaginez bien que la vermine avait eu le temps de se mettre à couvert.

— Comment le peuple argentin a-t-il pu laisser faire une telle chose ?

— C'est amusant que vous me posiez cette question avec tant d'arrogance. Et vous, les Américains, vous avez traduit en justice votre président Bush, son vice-président Dick Cheney ou votre secrétaire à la Défense pour avoir autorisé la torture dans les prisons irakiennes pendant les interrogatoires, l'avoir justifiée au nom de la raison d'État ou pour avoir créé le centre de détention de Guantánamo ? Avez-vous fermé ce centre qui défie les accords de la convention de Genève depuis plus d'une décennie ? Vous voyez combien la démocratie est fragile. Alors ne nous jugez pas. Nous avons fait ce que nous avons pu, face à une armée toute-puissante qui manipulait à son avantage les rouages de l'appareil d'État. Nous nous sommes contentés pour la plupart de faire en sorte que nos enfants puissent aller à l'école, que nous ayons quelque chose à mettre dans leur assiette et un toit sur leur tête ; cela demandait déjà beaucoup d'efforts et de sacrifices pour les classes appauvries de la société argentine.

— Je ne vous jugeais pas, assura Andrew.

— Vous n'êtes pas un justicier, monsieur le reporter, mais vous pouvez contribuer à ce que la justice soit rendue. Si vous démasquez celui qui se cache derrière Ortega, si c'est bien d'Ortiz qu'il s'agit, il aura le sort qu'il mérite. Alors je suis prête à vous aider.

Louisa se leva de sa chaise pour se rendre jusqu'au buffet qui trônait dans son salon. Elle sortit d'un tiroir un dossier qu'elle posa sur la table. Elle en parcourut les pages en humectant chaque fois son doigt et s'arrêta pour retourner l'ouvrage afin de le présenter à Andrew.

— Voilà votre Ortiz, dit-elle, en 1977. Il avait la quarantaine, déjà trop vieux pour piloter d'autres avions que ceux des gardes-côtes. Un officier à la carrière sans grande envergure. Selon le rapport d'enquête que je me suis procuré dans les archives de la commission nationale sur la disparition des personnes, il aurait été aux commandes de plusieurs vols de la mort. Depuis l'appareil qu'il pilotait, nombre de jeunes hommes et femmes, parfois de simples gosses tout juste sortis de l'adolescence, ont été jetés vivants dans les eaux du río de La Plata.

Andrew ne put retenir une moue de dégoût en regardant la photo de cet officier qui posait, plein de superbe.

— Il ne dépendait pas de Massera, le chef de l'ESMA. C'est probablement ce qui l'a aidé à passer entre les mailles du filet pendant le peu d'années où il risquait d'être arrêté. Ortiz était sous les ordres d'Héctor Febres, le préfet des gardes-côtes. Mais Febres était aussi le chef du service de renseignements de l'ESMA, il avait la charge du secteur 4 qui comptait plusieurs salles de torture et la maternité. Maternité est un bien grand mot pour ce réduit de quelques mètres carrés où les prisonnières venaient mettre bas comme des animaux. Pire que des animaux : on leur couvrait la tête d'un sac en toile de jute. Febres forçait ces femmes qui venaient d'accoucher à rédiger une lettre demandant à leur famille de prendre en charge leur enfant le temps de leur captivité. Vous savez ce qui arrivait par la suite. Maintenant, monsieur Stilman, écoutez-moi

284

bien, car si vous voulez vraiment que je vous aide, nous devons passer un pacte, vous et moi.

Andrew remplit de limonade le verre de Louisa. Elle le but d'un trait et le reposa sur la table.

— Il est fort possible que, pour ses services rendus, Ortiz ait bénéficié des faveurs de Febres. Entendez par là, qu'on lui ait remis l'un de ces bébés.

— Il est fort possible ou vous savez que c'est le cas ?

— Peu importe, car c'est précisément le sujet de notre pacte. Révéler la vérité à l'un de ces enfants volés demande d'infinies précautions auxquelles nous, les Mères de la place de Mai, sommes très attachées. Apprendre à l'âge adulte que vos parents ne sont pas vos parents, et de surcroît qu'ils ont collaboré de près ou de loin à la disparition de ceux qui vous ont donné la vie, n'est pas sans conséquences. C'est un processus difficile et traumatisant. Nous nous battons pour que la vérité éclate, pour rendre leur véritable identité aux victimes de la dictature, mais pas pour détruire la vie d'innocents. Je vous dirai tout ce que je sais et tout ce que je pourrai apprendre sur Ortiz, et vous, tout ce que vous pourriez apprendre sur ses enfants, c'est à moi et à moi seule que vous en parlerez. Vous devez vous engager sur l'honneur à ne rien publier à ce sujet sans mon autorisation.

— Je ne vous comprends pas Louisa, il n'y a pas de demi-vérités.

— Non, en effet, mais il y a des vérités qui doivent prendre le temps d'être révélées. Imaginez que vous soyez l'enfant « adopté » de cet Ortiz, voudriez-vous apprendre sans ménagement que vos parents légitimes sont morts assassinés, que votre vie n'a été qu'une vaste tromperie, que votre identité est un mensonge, jusqu'à votre prénom ? Voudriez-vous découvrir tout cela en ouvrant le journal ? Avez-vous déjà songé aux conséquences qu'un article peut avoir sur la vie de ceux qu'il concerne ?

Andrew eut la désagréable sensation de voir l'ombre de Capetta rôder dans la pièce.

— Il est inutile de nous emballer pour le moment, car rien ne prouve qu'Ortiz ait adopté l'un de ces bébés volés. Mais, au cas où, je préférais vous prévenir pour que nous soyons bien d'accord, vous et moi.

— Je vous promets de ne rien publier avant de vous avoir consultée, même si je vous soupçonne de ne pas tout me dire…

— Nous verrons la suite en temps utile. En attendant, prenez garde à vous. Febres comptait parmi les plus cruels. Il avait choisi « Jungle » pour nom de guerre, parce qu'il se targuait d'être plus féroce que tous les prédateurs réunis. Les témoignages des rares survivants qui sont passés entre ses mains sont effroyables.

— Febres est toujours vivant ?

— Non, hélas.

— Pourquoi hélas ?

— Après avoir bénéficié de la loi d'amnistie, il a passé la majeure partie du restant de sa vie en liberté. Ce n'est qu'en 2007 qu'il fut enfin jugé, et encore, pour seulement quatre des quatre cents crimes qu'il avait commis. Nous attendions tous son jugement. Celui d'un homme qui avait attaché un enfant de quinze mois sur la poitrine de son père avant d'actionner la gégène pour faire parler son supplicié. Quelques jours avant son procès, alors qu'il bénéficiait d'un régime de faveur en prison, où il vivait dans des conditions de rêve, on l'a retrouvé mort dans sa cellule. Empoisonné au cyanure. Les militaires avaient trop peur qu'il parle, et justice n'a jamais été rendue. Pour les familles de ses victimes, c'était comme si la torture n'avait jamais cessé.

Louisa cracha par terre après avoir dit cela.

— Seulement voilà, Febres a emporté dans sa tombe ce qu'il savait de l'identité des cinq cents bébés et enfants confisqués. Sa mort ne nous a pas rendu la tâche facile, mais nous continuons notre travail d'enquête, sans relâche et avec foi. Tout cela pour vous dire de faire attention à vous. La plupart des hommes de Febres sont encore vivants et libres, et ils sont prêts à décourager, par tous les moyens, ceux qui s'intéressent à eux. Ortiz est l'un des leurs.

— Comment faire pour établir que derrière Ortega se cache Ortiz ?

— Le rapprochement photographique est toujours utile, nous verrons bien ce qu'il reste de la pellicule de Marisa, mais plus de trente années séparent le commandant à l'air prétentieux qui figure dans mon album et le commerçant de soixante-quatorze ans qu'il est aujourd'hui. Et puis une simple ressemblance ne suffira pas à la justice. La meilleure façon d'arriver à nos fins, bien que cela me semble impossible, serait de le confondre et d'obtenir ses aveux. Par quels moyens ? Ça, je n'en sais rien.

— Si j'enquêtais sur le passé d'Ortega, nous verrions bien si son parcours tient la route.

— Vous êtes d'une naïveté déconcertante ! Croyez bien que si Ortiz a changé d'identité, cela ne s'est pas fait sans complicités. Son existence sous le nom d'Ortega sera bien ordonnée, depuis l'école où il aurait étudié, en passant par ses diplômes, ses emplois, y compris une fausse affectation sous les drapeaux. Marisa, viens m'aider dans la cuisine, je te prie, ordonna Louisa en se levant.

Resté seul dans le salon, Andrew tourna les pages de l'album. Chacune contenait la photo d'un militaire, son rang, l'unité à laquelle il appartenait, la liste des crimes qu'il avait commis et, pour certains d'entre eux, la véritable identité de l'enfant ou des enfants qu'il s'était vu offrir. À la fin de l'album, un cahier recensait cinq cents de ces bébés dont les véritables parents avaient disparu à jamais. Seuls cinquante d'entre eux portaient la mention « identifié ».

Louisa et Marisa réapparurent quelques instants plus tard. Marisa fit comprendre à Andrew que sa tante était fatiguée et qu'il serait bon de se retirer.

Andrew remercia Louisa de son accueil et lui promit de l'informer de ce qu'il découvrirait.

De retour dans la voiture, Marisa resta silencieuse et sa conduite trahissait sa nervosité. À un carrefour où un camion lui refusa la priorité, elle klaxonna et lança une bordée d'injures, dont Andrew, bien qu'il parlât couramment l'espagnol, ne comprit pas entièrement la signification.

— J'ai dit quelque chose qui vous a énervée ?

— Ce n'est pas la peine de prendre un ton si guindé, monsieur Stilman, je travaille dans un bar et je préfère que l'on soit direct avec moi.

— Qu'est-ce que votre tante voulait vous dire sans que je l'entende ?

— Je ne sais pas de quoi vous parlez, répondit Marisa.

— Elle ne vous a pas demandé de la suivre dans la cuisine pour que vous l'aidiez à débarrasser les verres de limonade, vous les avez laissés sur la table et vous êtes revenue les mains vides.

— Elle m'a dit de me méfier de vous, que vous en saviez plus que vous ne le prétendiez et, puisque vous lui cachiez des choses, on ne pouvait pas vous faire entièrement confiance. Vous ne m'avez pas rencontrée par hasard au bar de l'hôtel, n'est-ce pas ? Je vous déconseille de me mentir, sauf si vous préférez rentrer en taxi et faire une croix définitive sur mon aide.

— Vous avez raison, je savais que votre tante était une Mère de la place de Mai et que grâce à vous je pourrais la rencontrer.

— Je vous ai servi d'appât en quelque sorte. C'est agréable. Comment m'avez-vous trouvée ?

— Votre nom figurait dans le dossier que l'on m'a remis, ainsi que votre lieu de travail.

— Pourquoi mon nom était-il dans ce dossier ?

— Je n'en sais pas plus que vous. Il y a quelques mois, ma rédactrice en chef a reçu une enveloppe qui contenait des informations sur Ortiz et sur un couple de disparus. Une lettre accusait Ortiz d'avoir participé à leur assassinat. Votre nom s'y trouvait aussi, comme votre lien de parenté avec Louisa, et une mention assurant que vous étiez une personne de confiance. Olivia Stern, ma rédactrice en chef, s'est passionnée pour cette enquête, elle m'a demandé de remonter la piste d'Ortiz et au travers de son histoire de retracer les années sombres de la dictature argentine. L'an prochain, on célébrera son triste quarantième anniversaire, tous les journaux s'empareront du sujet. Olivia aime bien avoir un train d'avance sur la concurrence. Je suppose que c'est ce qui la motive.

— Et qui avait adressé cette enveloppe à votre rédactrice en chef ?

— Elle m'a dit que l'envoi était anonyme, mais les informations qu'il contenait suffisamment étayées pour que nous les prenions au sérieux. Et jusque-là, tout semble le confirmer. Olivia a des défauts et un caractère difficile à cerner, mais c'est une vraie professionnelle.

— Vous avez l'air bien proches tous les deux.

— Pas plus que ça.

— Moi, je n'appellerais pas mon patron par son prénom.

— Moi si, privilège de l'âge !

— Elle est plus jeune que vous ?

— De quelques années.

— Une femme, plus jeune que vous et qui est votre patronne, votre ego a dû en prendre un coup, dit Marisa en riant.

— Vous voulez bien me conduire aux archives dont votre tante nous a parlé ?

— Si je dois jouer au chauffeur de maître pendant votre séjour, il va falloir penser à me dédommager, monsieur Stilman.

— Et vous me parliez de mon ego ?

Marisa fut contrainte de s'arrêter dans une station-service. Le pot d'échappement de sa Coccinelle traînait dans son sillage une gerbe d'étincelles ; le moteur pétaradait et le bruit devenait assourdissant.

Pendant qu'un mécanicien s'efforçait d'effectuer une réparation de fortune – Marisa n'avait pas les moyens de s'offrir un pot d'échappement neuf – Andrew s'éloigna et appela son bureau.

Olivia était en réunion, mais son assistante insista pour qu'il patiente un instant.

— Quelles sont les nouvelles ? demanda-t-elle essoufflée.

— Pire que la dernière fois.

— Qu'est-ce que ça veut dire ?

— Rien, répondit Andrew furieux de la bourde qu'il venait de faire.

— Je suis sorti de salle de conférences pour vous…

— J'ai besoin d'une rallonge.

— Je vous écoute, dit Olivia en attrapant un stylo sur son bureau.

— Deux mille dollars.

— Vous plaisantez ?

— Il faut graisser les gonds si nous voulons que les portes s'ouvrent.

— Je vous en accorde la moitié et pas un dollar de plus jusqu'à votre retour.

— Je m'en contenterai, répondit Andrew qui n'en espérait pas tant.

— Vous n'avez rien d'autre à me dire ?

— Demain, je partirai pour Córdoba, j'ai toutes les raisons de croire que notre homme se cache par là-bas.

— Vous avez la preuve que c'est bien lui ?

— J'ai bon espoir d'être sur une piste sérieuse.

— Rappelez-moi dès que vous aurez du nouveau, y compris chez moi, vous avez mon numéro ?

— Quelque part dans mon carnet, oui.

Olivia raccrocha.

Andrew eut plus que jamais envie d'entendre la voix de Valérie, mais il se refusa à la déranger à son cabinet. Il lui téléphonerait dans la soirée.

La voiture était prête à repartir, assura le mécano, sa réparation lui permettrait de parcourir un bon millier de kilomètres. Il avait rebouché les trous et fixé le silencieux avec de nouvelles attaches. Alors que Marisa fouillait ses poches pour le payer, Andrew lui tendit 50 dollars. Le mécanicien le remercia plutôt deux fois qu'une et lui ouvrit même la portière.

— Vous n'aviez pas besoin de faire ça, dit Marisa en s'asseyant derrière son volant.

— Disons que c'est ma contribution au voyage.

— La moitié de cette somme aurait suffi à le payer, vous vous êtes fait avoir.

— Vous voyez combien j'ai besoin de vos services, répondit Andrew, le sourire aux lèvres.

— De quel voyage parlez-vous ?

— Córdoba.

— Vous êtes encore plus têtu que moi. Avant de vous aventurer dans une telle folie, j'ai une adresse pour vous. Bien plus proche que Córdoba.

— Où allons-nous ?

— Moi, je rentre me changer, je travaille ce soir. Vous, vous prenez un taxi, répondit Marisa en tendant un papier à Andrew. C'est un bar que fréquentent les anciens Montoneros. En arrivant là-bas, faites preuve d'humilité.

— Qu'est-ce que vous voulez dire par là ?

— Au fond de la salle, vous verrez trois hommes attablés en train de jouer aux cartes. Leur quatrième comparse n'est jamais revenu de son séjour à l'ESMA. Et, chaque soir, ils rejouent la même partie, comme un rituel. Demandez-leur poliment si vous pouvez prendre place sur la chaise vide, proposez de leur offrir à boire, une seule tournée, et débrouillez-vous pour perdre un peu, par courtoisie. Si vous êtes trop chanceux ils vous chasseront, et si vous jouez trop mal, ils feront de même.

— À quel jeu jouent-ils ?

— Au poker, avec nombre de variantes qu'ils vous expliqueront. Quand vous aurez gagné leur sympathie, adressez-vous à celui qui est chauve et qui porte une barbe. Il s'appelle Alberto, c'est un des rares rescapés des centres de détention. Il est passé entre les mains de Febres. Comme beaucoup de survivants, il est rongé par la culpabilité et parler de ce qui s'est passé lui est très pénible.

— Quelle culpabilité ?

— D'être en vie quand la plupart de ses copains sont morts.

— Comment le connaissez-vous ?

— C'est mon oncle.

— Le mari de Louisa ?

— Son ex-mari, ils ne se parlent plus depuis longtemps.

— Pourquoi ?

— Cela ne vous regarde pas.

— Plus j'en saurai et moins je risque de commettre un impair, argua Andrew.

— Elle a consacré sa vie à traquer les anciens criminels, lui a choisi de tout oublier. Je respecte leurs choix.

— Pourquoi me parlerait-il alors ?

— Parce que le même sang coule dans nos veines et nous avons tous les deux le sens de la contradiction.

— Où sont vos parents, Marisa ?

— Ce n'est pas la bonne question, monsieur Stilman. Celle que je me pose tous les jours est qui sont mes vrais parents, ceux qui m'ont élevée ou ceux que je n'ai jamais connus ?

Marisa se rangea le long du trottoir. Elle se pencha pour ouvrir la portière d'Andrew.

— Vous trouverez un taxi à la station juste devant. Si vous ne rentrez pas trop tard, passez me voir au bar. Je finis mon service vers une heure du matin.

*

Le bar était conforme à la description que Marisa en avait faite. Il avait traversé les âges sans que la décoration en soit affectée. Les couches successives de peinture avaient fini par orner les murs d'une composition des plus baroques. Le mobilier se résumait à quelques chaises et tables en bois. Une photo de Rodolfo Walsh, journaliste et dirigeant légendaire des Montoneros, assassiné par la junte, était accrochée au fond de la salle. Alberto était assis juste en dessous. Le crâne chauve et le visage mangé par une épaisse barbe blanche. Lorsque Andrew s'approcha de la table où il jouait en compagnie de ses amis, Alberto leva la tête, l'observa un instant avant de reprendre sa partie, sans un mot.

Andrew suivit à la lettre les consignes de Marisa. Et, quelques instants plus tard, le joueur à la droite d'Alberto l'autorisa à se joindre à eux. Jorge, qui se trouvait à sa gauche, distribua les cartes et misa 2 pesos, l'équivalent de 50 centimes.

Andrew suivit la mise et consulta son jeu. Jorge lui avait servi un brelan, Andrew aurait dû surenchérir, mais, se souvenant des conseils de Marisa, il jeta ses cartes à l'envers. Alberto sourit.

Nouvelle donne. Cette fois, Andrew avait entre les mains une quinte royale. Il se coucha encore et laissa Alberto empocher la mise qui s'élevait à

4 pesos. Les trois tours suivants se déroulèrent de la même façon et, soudain, Alberto jeta ses cartes avant la fin du tour en regardant Andrew droit dans les yeux.

— C'est bon, dit-il, je sais qui tu es, pourquoi tu es là, et ce que tu attends de moi. Tu peux arrêter de perdre ton argent en passant pour un imbécile.

Les deux autres compères rirent de bon cœur et Alberto rendit ses pesos à Andrew.

— Tu n'as pas remarqué qu'on trichait ? Tu croyais avoir autant de chance que cela ?

— Je commençais à m'en étonner, répondit Andrew.

— Il commençait ! s'exclama Alberto en regardant ses deux amis. Tu nous as servi le verre de l'amitié, cela suffit pour que nous discutions, même si nous ne sommes pas encore des amis. Alors comme ça, tu penses avoir mis la main sur le commandant Ortiz ?

— En tout cas, je l'espère, répondit Andrew en reposant son verre de Fernet-Coca.

— Je n'aime pas l'idée que tu mêles ma nièce à cette histoire. Ce sont des recherches dangereuses que tu entreprends. Mais elle est plus têtue qu'une mule et je ne la ferai pas changer d'avis.

— Je ne lui ferai courir aucun risque, je vous le promets.

— Ne fais pas de promesses que tu ne peux tenir, tu n'as aucune idée de ce dont ces hommes sont capables. S'il était là, il pourrait t'en parler, dit Alberto en désignant le portrait accroché au-dessus de lui. Il était journaliste comme toi, mais dans des circonstances où l'on faisait ce métier au risque de sa vie. Ils l'ont abattu comme un chien. Mais il a résisté avant de tomber sous leurs balles.

Andrew observa la photographie. Walsh semblait avoir été un homme charismatique, le regard porté vers le lointain derrière ses lunettes. Andrew lui trouva un air de ressemblance avec son propre père.

— Vous l'avez connu ? demanda Andrew.

— Laisse les morts dormir en paix et parle-moi de ce que tu veux écrire dans ton article.

— Je ne l'ai pas encore rédigé, et je ne voudrais pas vous faire de promesses que je ne pourrais tenir. Ortiz est le fil conducteur de mon papier, c'est un personnage dont le destin intrigue ma rédactrice en chef.

Alberto haussa les épaules.

— C'est étrange comme les journaux s'intéressent toujours plus aux bourreaux qu'aux héros. L'odeur de la merde doit mieux se vendre que celle des roses. Discrets comme vous l'avez été, il est sur ses gardes. Vous ne l'attraperez jamais dans sa tanière, et il doit se déplacer accompagné.

— Ce n'est pas très encourageant.

— On peut s'arranger pour être à armes égales.

— S'arranger comment ?

— J'ai des amis encore vaillants qui se réjouiraient d'en découdre avec Ortiz et ses comparses.

— Désolé, je ne suis pas venu organiser un règlement de comptes. Je veux juste interroger cet homme.

— Comme vous voudrez. Je suis sûr qu'il va vous accueillir dans son salon et vous offrir le thé en vous racontant son passé. Et il prétend qu'il ne veut faire courir aucun risque à ma nièce, s'esclaffa Alberto en regardant ses compagnons de jeu.

Alberto se pencha sur la table, approchant son visage de celui d'Andrew.

— Écoutez-moi bien, jeune homme, si vous ne voulez pas que votre visite soit une perte de temps pour tout le monde. Pour qu'Ortiz vous fasse des confidences, il faudra être très convaincant. Je ne vous parle pas de faire un usage excessif de la force, ce ne sera pas nécessaire. Tous ceux qui ont agi comme lui sont des lâches, au fond. Quand ils ne sont pas en meute, ils ont des couilles plus petites que des noisettes. Intimidez-le juste ce qu'il faut et il vous pleurera son histoire. Montrez-lui que vous avez peur, il vous tuera sans le moindre remords et donnera vos restes en pâture aux chiens errants.

— Je prends bonne note de vos conseils, dit Andrew, s'apprêtant à quitter la table.

— Restez assis, je n'ai pas terminé.

Andrew s'amusa du ton autoritaire de l'oncle de Marisa, mais il préférait ne pas s'en faire un ennemi et obtempéra.

— La chance est avec vous, poursuivit Alberto.

— Pas si le jeu de cartes est truqué.

— Je ne parlais pas de notre partie. Mardi prochain, il y aura une grève générale et les avions resteront cloués au sol. Ortiz n'aura d'autre solution pour venir visiter son client que de prendre la route.

À écouter Alberto, Andrew déduisit que Marisa l'informait de leurs moindres faits et gestes.

— Même s'il est accompagné, c'est sur cette

route que vous aurez le plus de chance de le serrer…
à condition que vous acceptiez qu'on vous donne
un coup de main.

— Ce n'est pas l'envie qui me manque, mais je
ne cautionnerai aucune action violente.

— Qui vous parle de violence ? Vous êtes un
drôle de journaliste, à croire que vous ne pensez
qu'avec vos mains quand moi, je réfléchis avec
ma tête.

Dubitatif, Andrew observa Alberto.

— Je connais bien la route n° 8, je l'ai parcourue
tant de fois que si vous me conduisiez à Córdoba,
je pourrais vous en décrire les alentours les yeux
fermés. Elle traverse des paysages sans âme, des
kilomètres durant, elle est aussi très mal entretenue… et on y dénombre bien trop d'accidents.
Marisa a déjà failli y laisser sa peau et je ne voudrais pas que cela se reproduise. Comprenez-moi
bien monsieur le journaliste, les amis de cet homme
s'en sont pris à ma nièce et le temps de leur impunité est désormais révolu. À quelques kilomètres
de Gahan, la route se divise pour contourner un
calvaire. Sur la droite se trouvent des silos derrière
lesquels vous pourrez vous planquer en l'attendant.
Mes camarades peuvent faire en sorte que les pneus
de la voiture d'Ortiz crèvent à cet endroit précis.
Avec toutes les saloperies qui tombent des camions,
ils ne se méfieront pas.

— Soit, et ensuite ?

— Il n'y a jamais qu'une seule roue de secours
dans une voiture et lorsqu'on se retrouve en pleine
nuit dans un endroit où les téléphones portables ne

passent pas, qu'est-ce qu'il vous reste à faire sinon marcher jusqu'au village le plus proche pour aller chercher de l'aide ? Ortiz y enverra ses hommes et attendra dans la voiture.

— Comment pouvez-vous en être certain ?

— Un ancien officier dans son genre ne se départ jamais de son arrogance, ni de la haute estime qu'il a de lui-même ; en marchant dans la boue à côté de ses hommes de main, il se mettrait à leur niveau. Je peux me tromper, mais je connais bien les types comme lui.

— D'accord, Ortiz se retrouve seul dans la voiture, et de combien de temps disposons-nous avant que ses hommes reviennent ?

— Comptez un quart d'heure aller, un quart d'heure retour et le temps de réveiller un garagiste au milieu de la nuit. Vous aurez tout le loisir de le cuisiner.

— Vous êtes certain qu'il voyagera de nuit ?

— Dumesnil est à sept heures de route de Buenos Aires, rajoutez-en trois si la circulation est dense. Croyez-moi, il partira après le dîner, un homme conduira la voiture, un autre assurera sa sécurité et celui que vous présumez être Ortiz dormira paisiblement sur la banquette arrière. Il voudra franchir la banlieue avant que la capitale ne s'éveille et prendre le chemin du retour aussitôt son rendez-vous terminé.

— C'est un plan bien ficelé, à un détail près : si les pneus de sa voiture éclatent tous en même temps, il y a de grandes chances qu'elle finisse dans le mur et lui avec.

— Sauf qu'il n'y a pas de murs à cet endroit ! Juste des champs et les silos dont je vous ai parlé, mais ils sont trop loin de la route.

Le front entre les mains, Andrew réfléchissait à la proposition d'Alberto, il releva la tête et observa la photographie de Walsh comme s'il cherchait à sonder les pensées de son défunt confrère, figé dans le passé derrière sa paire de lunettes.

— Bon sang, monsieur Stilman, si vous voulez la vérité, il faut avoir le courage d'aller la chercher ! protesta Alberto.

— D'accord, je marche, mais pour interroger Ortiz, il n'y aura que Marisa et moi. Je veux votre parole qu'aucun de vos hommes n'en profitera pour lui régler son compte.

— Nous avons survécu à ces barbares sans jamais leur ressembler, n'insultez pas quelqu'un qui vous vient en aide.

Andrew se leva et tendit la main à Alberto. L'homme hésita un instant et lui tendit la sienne.

— Marisa, vous la trouvez comment ? demanda Alberto en reprenant ses cartes.

— Je ne suis pas sûr de bien comprendre le sens de votre question.

— Moi, je suis sûr du contraire.

— Elle vous ressemble, Alberto, et vous n'êtes pas du tout mon type de femme.

*

De retour à l'hôtel, Andrew s'arrêta au bar. La salle était bondée. Marisa courait d'un bout à l'autre

301

du comptoir, jonglant avec les cocktails. Le col ouvert de sa chemise blanche laissait entrevoir les rondeurs de sa poitrine quand elle se penchait, et les clients assis sur les tabourets ne perdaient rien du spectacle. Andrew l'observa un long moment. Il regarda sa montre, il était une heure du matin, il soupira et se retira dans sa chambre.

*

Dans la pièce flottait une odeur de tabac froid et de désodorisant bon marché. Andrew s'allongea sur le couvre-lit. Il était tard pour appeler Valérie, mais elle lui manquait.

— Je te réveille ?

— Ce n'est pas la peine de chuchoter tu sais, je m'endormais, mais je suis heureuse que tu aies appelé, je commençais à m'inquiéter.

— Ce fut une longue journée, répondit Andrew.

— Tout se passe comme tu veux ?

— Ce que je voudrais, c'est être allongé à côté de toi.

— Mais si tu l'étais, tu rêverais d'être en Argentine.

— Ne dis pas ça.

— Tu me manques.

— Toi aussi tu me manques.

— Tu travailles bien ?

— Je n'en sais rien, demain peut-être…

— Demain peut-être quoi ?

— Tu me rejoindrais ici ce week-end ?

— J'en rêverais, mais je ne crois pas que ma

302

ligne de métro passe par Buenos Aires, et puis je suis de garde ce week-end.

— Tu ne voudrais pas venir me garder, moi ?

— Les Argentines sont si belles que ça ?

— Je n'en sais rien, je ne les regarde pas.

— Menteur.

— Ton sourire me manque aussi.

— Qui t'a dit que je souriais ?... Je souriais. Rentre vite.

— Je te laisse te rendormir, pardon de t'avoir réveillée, j'avais besoin d'entendre ta voix.

— Tout va bien, Andrew ?

— Je crois, oui.

— Tu peux me rappeler n'importe quand si tu n'arrives pas à dormir, tu sais ?

— Je sais. Je t'aime.

— Moi aussi, je t'aime.

Valérie raccrocha. Andrew se rendit à la fenêtre de sa chambre. Il aperçut Marisa qui sortait de l'hôtel. Pour une raison qu'il ignorait, il espéra qu'elle se retourne, mais Marisa grimpa à bord de sa Coccinelle et démarra.

*

Andrew fut réveillé par la sonnerie de son téléphone. Il n'avait aucune idée de l'endroit où il se trouvait ni de l'heure qu'il était.

— Ne me dis pas que tu dormais encore à 11 heures du matin ! demanda Simon.

— Non, mentit Andrew en se frottant les yeux.

— Tu as fait la fête toute la nuit ? Si tu réponds oui, je prends le premier avion.

— J'ai fait un sale cauchemar et j'ai enchaîné avec une insomnie jusqu'au petit matin.

— Mouais, je vais essayer de croire ça. Pendant que tu te reposes, moi je suis à Chicago.

— Mince, j'avais oublié.

— Pas moi. Ça t'intéresse ce que j'ai à te raconter ?

Andrew fut pris d'une violente quinte de toux qui l'empêcha de respirer. En regardant la paume de sa main, il s'inquiéta d'y découvrir des taches de sang. Il s'excusa auprès de Simon, promit de le rappeler et courut dans la salle de bains.

Le miroir lui renvoyait une image terrifiante. Sa peau était d'une pâleur cadavérique. Il avait les traits émaciés, ses yeux enfoncés dans leurs orbites faisaient saillir ses pommettes. Il lui semblait avoir vieilli de trente ans au cours de la nuit. Une nouvelle quinte de toux projeta des postillons de sang sur le miroir. Andrew sentit sa tête tourner, ses jambes devenir molles. Il s'accrocha au rebord de la vasque et s'agenouilla avant de tomber sur le sol.

Le contact du carrelage froid sur ses joues le raviva un peu. Il réussit à basculer sur le dos et fixa le plafonnier dont la lumière vacillait.

Des bruits de pas dans le couloir lui laissèrent espérer l'arrivée de la femme de chambre. Incapable d'appeler au secours, il essaya d'attraper le cordon électrique du séchoir à cheveux qui pendait à quelques centimètres. Tendant son bras au prix de mille efforts, il réussit à s'en saisir, mais le cordon lui glissa des doigts et se balança mollement sous ses yeux.

Quelqu'un introduisait une clé dans la serrure de sa chambre. Andrew craignit qu'en devinant la pièce occupée la femme de chambre renonce à y entrer. Il essaya de s'agripper au rebord de la douche, mais s'immobilisa en entendant les voix de deux hommes qui chuchotaient de l'autre côté de la porte de la salle de bains.

On fouillait sa chambre, il reconnut le grincement du placard que l'on venait d'ouvrir. Il tendit à nouveau la main pour attraper ce satané séchoir, comme s'il s'agissait d'une arme.

Il tira sur le fil, l'appareil tomba sur le carrelage. Les deux voix se turent brusquement. Andrew réussit à s'asseoir, et à s'adosser à la porte, poussant de toutes ses forces sur ses jambes pour empêcher qu'on l'ouvre.

Il fut catapulté en avant, un violent coup de pied avait fait voler la serrure en éclats et propulsé la porte vers l'intérieur de la salle de bains.

Un homme le saisit aux épaules et tenta de le plaquer au sol, Andrew lui résista, la peur avait dissipé son vertige. Il réussit à balancer son poing sur la figure de son agresseur. L'homme, qui ne s'y attendait pas, s'effondra dans le bac de douche. Andrew se releva pour repousser le second assaillant qui se jetait sur lui. Il attrapa le flacon de savon liquide à portée de main et le lui balança. L'homme évita le projectile, le flacon explosa sur le carrelage. Deux crochets au visage projetèrent Andrew contre le miroir, lui fendant l'arcade sourcilière. Le sang se mit à jaillir et obscurcit sa vision. La lutte était inégale, Andrew n'avait aucune chance. Le plus costaud des deux agresseurs le bloqua à terre, l'autre sortit un couteau de sa poche et lui planta la lame au bas du dos. Andrew hurla de douleur. Dans un ultime effort, il attrapa un éclat du flacon et entailla le bras de l'homme qui tentait de l'étrangler.

L'homme, à son tour, poussa un hurlement de douleur. En reculant, il glissa sur le savon répandu au sol et son coude alla heurter le poussoir de l'alarme d'incendie.

Une sirène assourdissante se mit à résonner ; les deux hommes détalèrent.

Andrew se laissa glisser le long du mur. Assis par terre, il passa sa main dans son dos, sa paume était ensanglantée. La lumière du plafonnier vacillait encore au moment où il perdit connaissance.

20.

— Si vous teniez tant que ça à rencontrer Antonio, il suffisait de me le demander, dit Marisa en entrant dans la chambre d'hôpital.

Andrew la regarda sans répondre.

— Je vous l'accorde, ce n'était pas le moment de faire de l'humour, je suis désolée, ajouta-t-elle. Ils vous ont drôlement amoché, mais vous avez eu beaucoup de chance m'a dit l'interne.

— Question de point de vue ! La lame d'un couteau est passée à dix centimètres de mon rein. Les toubibs ont une étrange conception de la chance.

— La police a dit que vous aviez surpris des voleurs ; c'est de plus en plus fréquent m'a raconté le flic à qui j'ai parlé. Ils cherchent les ordinateurs portables, les passeports, les objets de valeur que les touristes laissent à l'hôtel.

— Vous croyez à cette version des faits ?

— Non.

— Alors nous sommes deux.

— Vous aviez un ordinateur dans votre chambre ?

— Je travaille à l'ancienne, stylo et carnets.

— Ils sont repartis les mains vides, j'ai récupéré vos affaires, elles sont en sécurité chez moi.

— Vous avez mes carnets de notes ?

— Oui.

Andrew soupira de soulagement.

— Il va falloir vous reposer si vous voulez interroger Ortiz mardi prochain. Vous êtes toujours partisan d'une approche civilisée ?

— Je ne suis pas là pour me reposer, dit Andrew en tentant de se redresser dans son lit.

La douleur le fit grimacer et il fut pris d'un vertige. Marisa s'avança vers lui pour le retenir. Elle arrangea ses oreillers et l'aida à se réinstaller confortablement. Puis elle lui tendit un verre d'eau.

— J'en avais déjà un à l'hôpital... C'est infirmière que j'aurais dû devenir plutôt que barmaid.

— Comment va votre ami ?

— Ils doivent le réopérer la semaine prochaine.

— Et à mon sujet, que disent les médecins ?

— Que vous devez rester au calme quelques jours, monsieur Stilman, annonça le docteur Herrera en entrant. Vous l'avez échappé belle.

Le médecin s'approcha d'Andrew et examina son visage.

— Vous auriez pu perdre l'œil. Heureusement, le cristallin et la cornée n'ont pas été touchés, vous vous en tirerez avec un hématome qui se résorbera tout seul. Vous aurez peut-être la paupière fermée pendant quelques jours. Nous vous avons suturé une sérieuse entaille au niveau des reins, mais mon interne de service vous a déjà rassuré à ce sujet. En revanche, votre état général n'est pas fameux.

Je tiens à vous garder en observation pour vous faire subir des examens complémentaires.

— Quel genre d'examens ?

— Tous ceux que je jugerai nécessaires. Je crains que vous ayez une petite hémorragie quelque part. Comment vous sentiez-vous avant cet incident ?

— Pas au mieux de ma forme, avoua Andrew.

— Vous avez eu des problèmes de santé récents ?

Andrew réfléchit à la question. « Récents » n'était pas le terme approprié, mais comment avouer au docteur Herrera qu'il souffrait des séquelles d'une agression mortelle qui n'aurait lieu que dans quelques semaines ?

— Monsieur Stilman ?

— J'enchaîne malaises et épisodes de violentes douleurs au dos, j'ai tout le temps froid.

— Il pourrait s'agir d'un simple pincement vertébral, bien qu'un pincement vertébral ne soit jamais simple à traiter. Mais j'ai la conviction que vous perdez du sang quelque part et je ne vous laisserai pas sortir tant que je n'en aurai pas le cœur net.

— Je dois être sur pied lundi au plus tard.

— Nous ferons de notre mieux. Vous avez failli y rester. Réjouissez-vous d'être en vie et de vous trouver dans l'un des meilleurs services hospitaliers de Buenos Aires. Cet après-midi nous vous ferons passer une échographie de l'abdomen, si les résultats ne donnent rien, j'envisagerai un scanner. Reposez-vous maintenant, je repasserai à la fin de mon service.

Le docteur Herrera se retira, laissant Andrew seul avec Marisa.

— Vous avez mon téléphone portable ? demanda Andrew.

Elle le sortit de sa poche et le lui remit.

— Vous devriez avertir votre journal, suggérat-elle.

— Certainement pas, ils me feraient rapatrier ; je préfère que personne ne sache ce qui m'est arrivé.

— Une enquête est en cours, la police voudra vous interroger dès que vous irez mieux.

— Les investigations ne mèneront nulle part, alors pourquoi perdre du temps ?

— Parce que c'est la loi.

— Marisa, je ne manquerai pas une seconde fois mon rendez-vous avec Ortiz.

— Pourquoi « une seconde fois » ?

— Oubliez ça.

— Faites ce que le toubib vous a dit et reposez-vous. Vous serez peut-être rétabli à la fin du week-end. Je vais prévenir mon oncle d'attendre quelques jours.

*

Le jeudi, échographies, radiographies, doppler, prises de sang s'enchaînèrent, entrecoupés de longues attentes dans des antichambres de salles d'examens où Andrew devait patienter en compagnie d'autres malades.

On le raccompagna à sa chambre en début de soirée et bien qu'il dût garder la perfusion qui lui faisait un mal de chien, il fut autorisé à se réalimenter normalement. Le personnel hospitalier était

310

bienveillant, les brancardiers attentionnés et la nourriture convenable. Si ce n'était le temps perdu, il n'y avait pas de quoi se plaindre.

Sans nouvelles de ses résultats, Andrew appela Valérie. Il ne lui révéla rien de ce qui lui était arrivé, se refusant à l'inquiéter et redoutant qu'elle aussi exige qu'on le rapatrie.

Marisa vint lui rendre visite avant d'aller prendre son service au bar. En la voyant partir, Andrew ressentit le désir de la suivre. La mort qui lui rôdait autour depuis trop longtemps lui donnait l'envie soudaine de vivre à cent à l'heure, d'aller renouer avec l'ivresse sans plus jamais avoir à se soucier des lendemains de cuite.

*

Samedi, le docteur Herrera se présenta en fin de matinée accompagné d'un cortège d'étudiants. Andrew n'appréciait guère d'être observé comme un cobaye, mais il se plia au rituel.

Son arcade sourcilière avait pris de jolies proportions, Andrew ne voyait plus que d'un œil. Le docteur le rassura, l'inflammation se résorberait d'ici quarante-huit heures. L'échographie rénale avait bien révélé un léger saignement, les autres résultats étaient normaux. Herrera se réjouissait d'avoir vu juste. Il suspectait une fièvre hémorragique avec syndrome rénal, probablement d'origine virale. Les symptômes ressemblaient d'abord à ceux d'une grippe. S'ensuivaient maux de tête, douleurs musculaires, lombalgies et saignements. Il n'y avait pas de traitement spécifique pour cette maladie que le temps guérissait sans laisser de séquelles. Le docteur Herrera demanda à Andrew s'il avait récemment campé en forêt, la maladie se transmettant à l'homme par l'inhalation de particules provenant des déjections de rongeurs sauvages.

Andrew, qui aimait son confort plus que tout, lui assura qu'une telle idée ne lui aurait jamais traversé l'esprit.

— Auriez-vous pu vous blesser avec un outil ayant traîné dans les bois, du matériel de bûcheron ou de chasseur ?

Andrew pensa aussitôt à Olson, et il serra les poings tant il rêvait à cet instant de lui fracasser la mâchoire.

— C'est possible, dit Andrew en contenant sa colère.

— Soyez plus prudent la prochaine fois, dit le docteur en souriant, ravi de la perspicacité dont il avait fait preuve devant ses étudiants. Si tout va bien, je vous laisserai sortir lundi après-midi, c'est bien ce que vous souhaitiez ?

Andrew acquiesça d'un mouvement de tête.

— Vous devrez vous ménager. Votre plaie au bas du dos n'est pas plus grave que cela, mais il faudra lui laisser le temps de cicatriser et veiller à ce qu'elle ne s'infecte pas. Quand devez-vous rentrer aux États-Unis ?

— À la fin de la semaine prochaine, en principe, répondit Andrew.

— Je vous prierai de repasser faire une petite visite de contrôle avant de reprendre l'avion. Nous en profiterons pour vous ôter les fils. À lundi et bon week-end, monsieur Stilman, dit le docteur en se retirant avec ses élèves.

*

Un peu plus tard dans l'après-midi, Andrew reçut la visite d'un policier qui prit sa déposition. Après que ce dernier lui eut expliqué qu'il n'y avait aucune chance qu'on arrête les coupables, l'hôtel ne disposant pas de caméras de surveillance, Andrew renonça à porter plainte. Soulagé d'éviter une paperasserie inutile, le policier laissa Andrew poursuivre sa convalescence. En fin de journée, Marisa, qui avait passé l'après-midi auprès de son fiancé, vint lui rendre visite et resta une heure à son chevet.

Le dimanche, Louisa, ayant appris par sa nièce ce qui était arrivé, se rendit à l'hôpital et apporta à Andrew le repas qu'elle avait cuisiné. Elle passa une bonne partie de l'après-midi en sa compagnie. Il lui raconta quelques épisodes de sa vie de journaliste, elle lui relata les circonstances qui l'avaient conduite à devenir une des Mères de la place de Mai... Puis elle lui demanda s'il avait rencontré Alberto.

Andrew lui parla de la partie de cartes et Louisa s'emporta en disant que cela faisait trente ans qu'il ne faisait plus que jouer au poker et prendre du poids. Cet homme si intelligent avait renoncé à sa vie autant qu'à sa femme, et elle ne décolérait pas à son sujet.

— Si vous saviez comme il était beau lorsqu'il était jeune, soupira-t-elle. Toutes les filles du quartier le voulaient, mais c'est moi qu'il avait choisie. J'avais su me faire désirer, je lui laissais croire qu'il m'était totalement indifférent. Et pourtant, chaque fois qu'il s'adressait à moi ou me souriait en me croisant, je fondais comme une glace au soleil. Mais j'étais bien trop fière pour le lui montrer.

— Et qu'est-ce qui vous a fait changer d'attitude ? demanda Andrew amusé.

— Un soir… répondit Louisa en sortant un Thermos de son cabas… le docteur vous autorise le café ?

— Il n'a rien dit, mais depuis que je suis ici on ne me sert qu'une tisane infecte, avoua Andrew.

— Qui ne dit mot consent ! s'exclama Louisa en lui servant une tasse sortie de son sac à provisions. Un soir, donc, Alberto est passé chez mes parents. Il a sonné à la porte et a demandé à mon père l'autorisation de m'emmener me promener. C'était au mois de décembre. L'humidité ne faisait qu'ajouter à la chaleur étouffante qui régnait chez nous. J'étais au premier étage de notre maison et j'épiais la conversation.

— Qu'a dit votre père ?

— Il a refusé et a éconduit Alberto en lui assurant que sa fille ne voulait pas le voir. Comme je prenais un malin plaisir à contrarier mon père sur tout, j'ai descendu l'escalier en courant, passé un châle sur mes épaules, pour ne pas choquer papa, puis j'ai suivi Alberto et nous sommes partis. Je suis certaine qu'ils avaient manigancé ça ensemble.

Mon père n'a jamais voulu l'avouer, Alberto non plus, mais à la façon dont ils se sont moqués de moi pendant des années chaque fois que quelqu'un évoquait ma première soirée avec Alberto, j'en reste convaincue. La promenade a été bien plus plaisante que je ne l'avais supposé. Alberto ne me faisait pas la cour comme tous ces garçons qui ne rêvent qu'à vous mettre dans leur lit le plus vite possible. Lui me parlait de politique, d'un monde nouveau où chacun serait libre de s'exprimer, où la pauvreté ne serait pas une fatalité. Alberto est un humaniste, aussi utopiste que naïf, mais profondément généreux. Il avait une voix grave qui me rassurait, un regard qui me faisait chavirer. À refaire ainsi le monde, nous n'avions pas vu le temps passer. Lorsque nous avons pris le chemin du retour, l'heure à laquelle mon père m'avait autorisée à rentrer, et il l'avait suffisamment crié dans notre dos alors que nous descendions la ruelle, était dépassée depuis longtemps. Je savais que papa nous attendrait sur le pas de la porte, peut-être même avec son fusil chargé de gros sel pour donner une leçon à Alberto. Je lui ai dit qu'il était préférable que je rentre seule, pour lui éviter des ennuis, mais Alberto a insisté pour me raccompagner.

« Au coin de ma rue, je lui ai demandé son mouchoir et je l'ai enroulé autour de ma cheville. Puis je me suis appuyée sur son épaule, et j'ai feint de boiter jusqu'à ce que nous arrivions à la maison. En me voyant, mon père s'est calmé aussitôt et a accouru vers nous. Je lui ai raconté que je m'étais tordu la cheville et que nous avions mis deux heures à rentrer, car je devais m'arrêter tous les cent mètres pour reprendre mon souffle. Je ne sais pas si papa m'a crue, mais il a remercié Alberto d'avoir ramené sa fille saine et sauve. L'honneur aussi était sauf, c'est ce qui comptait le plus. Quant à moi, en me couchant, je ne pensais plus qu'à l'émotion que j'avais ressentie lorsque Alberto m'avait prise sous son bras et lorsque ma main avait touché son épaule. Six mois plus tard, nous étions mariés. Nous n'étions pas bien riches, les fins de mois étaient difficiles, mais Alberto se débrouillait toujours pour joindre les deux bouts. Nous avons été heureux, vraiment heureux. J'ai vécu à ses côtés les plus belles années de ma vie. On riait tellement ensemble. Et puis une nouvelle dictature s'est installée, plus terrible que les précédentes. Notre fils avait vingt ans quand ils l'ont kidnappé. Alberto et moi n'avons eu qu'un enfant. Il ne s'est jamais remis de sa disparition, notre couple non plus. Nous avons survécu chacun à notre façon, lui dans l'oubli, moi dans la lutte, les rôles étaient inversés. Si vous étiez amené à revoir Alberto, je vous interdis de lui dire que je vous ai parlé de lui. C'est promis ?

Andrew promit.

— Depuis que vous êtes venu me rendre visite, je dors mal. Ortiz ne figurait pas en première place dans mon album, ce n'était qu'un second couteau, comme je vous l'ai dit, un officier à la carrière sans envergure. Mais, maintenant, je ne peux m'empêcher de songer qu'il pilotait peut-être l'avion d'où ils ont jeté mon fils dans le río de La Plata. Je voudrais que vous le retrouviez et que vous le fassiez avouer. Il n'y a pas pire horreur pour une femme que de perdre son enfant, c'est le plus grand drame qui puisse frapper un être humain, plus redoutable que sa propre mort. Mais si vous imaginiez la douleur de ne pouvoir se recueillir sur sa tombe, de n'avoir jamais vu sa dépouille. Savoir que celui qui vous appelait jadis maman, courait se jeter dans vos bras en vous serrant de toutes ses forces...

Louisa marqua une pause.

— ... Quand l'enfant qui était votre lumière disparaît sans laisser de traces, lorsque vous savez que plus jamais vous n'entendrez sa voix, votre existence n'est plus qu'enfer.

Louisa se rendit à la fenêtre pour cacher son visage. Elle inspira et poursuivit, le regard porté vers le lointain.

— Alberto s'est réfugié dans l'oubli, il redoutait que la douleur le pousse à une vengeance aveugle. Il ne voulait pas devenir comme eux. Moi, je n'avais pas peur de ça. Une femme peut tuer sans le moindre remords celui qui lui a volé son enfant. Si j'en avais eu l'occasion, je l'aurais fait.

Andrew eut une pensée furtive pour Mme Capetta. Louisa se retourna vers lui, les yeux rouges, mais le regard fier.

— Trouvez-le, je vous le demande du fond du cœur, ou du moins, de ce qu'il m'en reste.

Louisa se leva et attrapa son cabas. En la voyant partir, Andrew eut l'impression qu'elle avait vieilli depuis le début de leur conversation. Et toute la nuit, il songea à sa rencontre avec Ortiz, espérant pour la première fois que le plan d'Alberto fonctionne.

*

En fin d'après-midi, le téléphone d'Andrew sonna. La contorsion à laquelle il dut se livrer pour saisir l'appareil réveilla la douleur.

— Quand tu dis « je te rappelle dans cinq minutes », tu...

— Je suis à l'hôpital, Simon.

— Tu rends visite à quelqu'un ?

— Non, je suis à l'hôpital...

Andrew raconta son agression à Simon, lui faisant promettre de n'en rien dire à Valérie. Il voulut le rejoindre immédiatement, mais Andrew le lui interdit. Il s'était déjà suffisamment fait remarquer depuis son arrivée à Buenos Aires et la venue de Simon ne ferait que compliquer les choses.

— Je suppose que ce n'est pas le moment de te faire mon rapport sur la femme de Capetta.

— Si, au contraire, je n'ai pas grand-chose à faire du week-end.

— Elle passe ses après-midi dans ce petit parc à tricoter pendant que son gamin joue dans le bac à sable.

— Tu lui as parlé ?

— Quand je t'ai dit qu'elle tricotait, ce n'était pas au sens figuré.

— Rien d'autre ?

— Non, à part qu'elle me semble bien trop belle pour avoir épousé un type comme ce Capetta dont tu m'as parlé, mais c'est probablement la jalousie qui me fait dire ça.

— Belle comment ?

— Cheveux noirs, yeux ébène, le regard volontaire avec une expression de solitude et de profonde souffrance.

— Tu as perçu tout cela juste en l'observant ?

— Ce n'est pas parce que j'aime les femmes, toutes les femmes, que je ne leur prête pas attention.

— Simon, c'est à moi que tu parles...

— Bon d'accord... Elle prenait un café dans un McDonald's, son môme revenait avec un plateau un peu trop lourd pour lui. Je me suis arrangé pour qu'il me rentre dedans. J'ai sacrifié un jean à ta cause. Sa mère s'est levée, elle s'est confondue en excuses. Avec deux grimaces, j'ai fait rire le gamin qui était au bord des larmes, je lui ai donné dix dollars pour qu'il aille se rechercher un Coca et des nuggets, et sous prétexte d'utiliser les serviettes en papier qui étaient sur la table, je me suis assis avec elle le temps que son fils revienne.

— Voilà qui te ressemble beaucoup plus.

— Ça me fait une peine folle que tu aies cette image de moi.

— Qu'est-ce qu'elle t'a raconté ?

— Qu'elle s'était installée à Chicago après le décès de son mari, pour se construire une nouvelle vie avec son fils.

— ... Qu'elle prive d'un père qui est pourtant bien vivant, drôle de veuve !

— La dureté de son visage quand elle évoquait

son mari, c'était à vous glacer le sang. D'ailleurs, il y avait quelque chose de terrifiant chez elle.

— Quoi ?

— Je ne saurais te le décrire, simplement je me sentais mal à l'aise en sa compagnie.

— Elle t'a parlé d'un voyage à New York ?

— Non, et quand je lui ai dit en la quittant que si elle s'y rendait et avait besoin de quoi que soit, elle pouvait m'appeler, elle m'a assuré qu'elle n'y retournerait jamais.

— Elle a dû penser que tu lui sortais le grand jeu.

— Si je l'avais fait, elle aurait certainement changé d'avis.

— Évidemment !

— Oui, évidemment ! Mais compte tenu de ma mission, je me suis tenu à carreau. Je n'étais qu'un homme d'affaires, en visite à Chicago, père de trois enfants, et amoureux de sa femme.

— Qu'est-ce que ça t'a fait de te retrouver dans la peau d'un père de famille ? Pas trop épuisé ce matin ?

— Je pensais que tu me manquais, mais finalement...

— Tu la crois capable de tuer quelqu'un ?

— Elle en a la force, elle ment sur sa vie et sur ses intentions, il y a quelque chose de réellement dérangeant chez elle. Ce n'est pas Nicholson dans *Shining*, mais je t'assure que son regard fout la trouille. Enfin, Andrew, qu'est-ce que tu vas perdre ton temps à Buenos Aires, si tu crois vraiment qu'on va t'assassiner dans quelques semaines ?

— On m'a offert une deuxième chance, Simon,

320

protéger Valérie de mes errances, mais aussi mener à terme une enquête dont l'issue ne compte pas seulement pour moi. J'en suis encore plus conscient aujourd'hui qu'hier.

Andrew demanda un dernier service à son ami. Dès qu'ils eurent raccroché, Simon alla acheter un bouquet de fleurs et le fit livrer chez Valérie accompagné du petit mot qui lui avait été dicté.

Pendant ce temps, dans sa chambre d'hôpital à Buenos Aires, Andrew eut l'impression d'entendre la voix de Louisa lui murmurer à l'oreille : « Si Mme Capetta te croit responsable de la perte de sa fille, prends garde à toi. »

*

Andrew passa de nouveaux examens le lundi matin et le docteur Herrera le laissa quitter l'hôpital en début d'après-midi.

Marisa patientait dans sa voiture. Après une courte halte à l'hôtel, ils se rendirent au bar où Alberto et ses copains les attendaient.

Andrew s'assit à la table au fond de la salle, Alberto était seul. Il déplia une grande feuille de papier et dessina l'itinéraire qu'emprunterait Ortiz.

— À la sortie de Villa Maria, un camion en panne en travers de la route l'obligera à quitter la nationale 9. Son chauffeur bifurquera au sud, pour rattraper la 8. Pendant ce temps-là, vous irez jusqu'à Gahan. À la hauteur du calvaire que vous reconnaîtrez facilement à sa statuette de la Vierge Marie sous une petite pyramide en verre, vous repérerez sur votre droite trois silos à grains à cinquante mètres de la route. Un petit chemin de terre y conduit. Vous vous planquerez là, tous feux éteints, avec Marisa. Profitez-en pour dormir à tour de rôle.

« Si Ortiz quitte Dumesnil vers 21 heures, il arrivera à Gahan vers 4 heures du matin. Nous aurons fait le nécessaire, la chaussée sera couverte de morceaux de ferraille, si sa voiture dépasse le calvaire, ce sera en roulant sur les jantes.

— Et si ce n'était pas lui qui passait le premier ?

— Il n'y aura personne d'autre à cette heure-là.

— Comment pouvez-vous en être absolument certain ?

— Des amis surveilleront les sorties d'Olivia, de Chazon, d'Arias, de Santa Émilia, de Colón, et de Rojas. Nous saurons au quart d'heure près où il se trouve et nous ne piégerons la route que lorsque nous serons sûrs qu'il est en approche du calvaire.

— Il y a une ville qui s'appelle Olivia ? demanda Andrew.

— Oui, pourquoi ? répondit Alberto.

— Pour rien.

— Une fois sa voiture hors-service, restez planqués jusqu'à ce que ses hommes partent à Gahan. À un contre trois vous ne feriez pas le poids. Je crois savoir que vous avez eu affaire à eux récemment et, à voir votre tête, on n'est pas très rassurés quant à l'issue d'un combat.

— Et moi, je ne compte pas, demanda Marisa ?

— Toi, tu restes dans la voiture et tu conduis. Je t'interdis de quitter le volant, même si notre courageux journaliste se fait tirer dessus. Tu m'as bien compris, Marisa, et je ne plaisante pas ! S'il t'arrivait quelque chose, ta tante viendrait m'abattre ici en plein jour.

— Elle ne sortira pas de la voiture, promit Andrew qui reçut aussitôt un coup de pied de Marisa dans le tibia.

— Ne traînez pas, Gahan est à deux bonnes heures d'ici, vous aurez besoin de temps pour repérer les lieux, prendre vos marques et vous fondre dans le paysage. Ricardo vous a préparé de quoi dîner en route, il t'attend à la cuisine, Marisa. File, j'ai deux, trois mots à dire à monsieur.

Marisa obéit à son oncle.

— Vous vous sentez capable de remplir cette mission jusqu'au bout ?

— Vous le saurez demain, répondit nonchalamment Andrew.

Alberto l'empoigna par l'avant-bras.

— J'ai mobilisé beaucoup d'amis pour mener à bien cette opération, il en va non seulement de ma crédibilité, mais de la sécurité de ma nièce.

— C'est une grande fille, elle sait ce qu'elle fait, mais il est encore temps de lui interdire de m'accompagner. Avec une bonne carte routière, je devrais trouver ce bled sans trop de difficultés.

— Elle ne m'écouterait pas, je n'ai plus assez d'autorité sur elle.

— Je ferai de mon mieux, Alberto, et vous, faites en sorte que cette mission, comme vous l'appelez, ne vire pas au drame. J'ai votre parole qu'aucun de vos hommes n'essaiera de régler son compte à Ortiz ?

— Je n'en ai qu'une et je vous l'ai déjà donnée !

— Alors, tout devrait se dérouler sans problèmes.

— Prenez ça, dit Alberto en posant un revolver sur les genoux d'Andrew, on ne sait jamais.

Andrew le rendit à Alberto.

— Je ne crois pas que cela renforcerait la sécurité de Marisa, je n'ai jamais utilisé d'arme à feu. Contrairement aux idées reçues, tous les Américains ne sont pas des cow-boys.

Andrew voulut se lever, mais Alberto lui fit signe que leur conversation n'était pas terminée.

— Louisa est venue vous voir à l'hôpital ?

— Qui vous l'a dit ?

— Je me suis assuré de votre bon rétablissement pendant votre séjour, au cas où les hommes d'Ortiz auraient eu l'idée d'achever leur besogne.

— Alors vous connaissez déjà la réponse à votre question.

— Elle vous a parlé de moi ?

Andrew observa Alberto et se leva.

— Nous en discuterons demain, quand je serai rentré de Gahan. Bonne soirée, Alberto.

*

En sortant du restaurant, Andrew chercha la Coccinelle de Marisa. Un coup de klaxon attira son attention. Marisa passa la tête par la vitre d'un break 406 et l'appela.

— On y va, ou vous avez changé d'avis ?

324

Andrew s'installa à bord.

— Mon oncle craignait que ma voiture ne soit pas en assez bon état.

— Je me demande comment il a pu imaginer une idée pareille, répondit Andrew.

— C'est sa voiture, c'est vous dire s'il accorde de l'importance à notre mission.

— Arrêtez avec ce mot, c'est grotesque ! Nous ne sommes pas en mission, je ne travaille pas pour les services secrets, mais pour un quotidien respectable. Je vais interroger le dénommé Ortega et essayer de lui faire avouer qu'il est Ortiz, s'il est bien Ortiz.

— Vous feriez mieux de vous taire au lieu de dire n'importe quoi, rétorqua Marisa.

Et durant les cent quatre-vingts kilomètres qui les séparaient de Gahan, ils ne se parlèrent presque pas. Marisa se concentrait sur la route, qui, comme l'avait annoncé son oncle, était en fort mauvais état et pratiquement dénuée d'éclairage. Ils arrivèrent vers minuit au fameux croisement. Elle se rangea devant le calvaire et inspecta les alentours à l'aide d'une lampe torche.

— Si les pneus éclatent à cet endroit, dit-elle à Andrew, la voiture terminera sa course dans ce champ, vous voyez, pas de quoi vous inquiéter, mon oncle n'a pas menti.

Andrew inspecta la chaussée à la lueur des phares et il se demanda quand les hommes d'Alberto interviendraient.

— Remontez dans la voiture, ordonna Marisa, le petit chemin qui conduit aux silos se trouve juste là, nous allons commencer à planquer, les heures seront longues, autant grignoter quelque chose maintenant.

Elle remit le moteur en marche et s'engagea sur la sente qui contournait les silos. Elle se rangea entre deux réservoirs à grains et éteignit les phares. Le temps que ses yeux s'accommodent à la pénombre, Andrew réalisa qu'ils bénéficiaient d'un point de vue parfait sur la zone où l'opération devait se produire, alors que, de la route, il était impossible de les apercevoir.

— Votre oncle n'a vraiment rien laissé au hasard.

— Alberto était Montonero, il s'est battu contre les salopards à une époque où ils tiraient à vue. Disons qu'il a de l'expérience. S'il avait votre âge, il serait à votre place dans cette voiture.

— Je ne suis pas son homme de main, Marisa, mettez-vous ça dans la tête une bonne fois pour toutes.

— Vous nous l'avez assez répété. J'ai bien compris. Vous avez faim ?

— Pas vraiment, non.

— Mangez quand même, dit-elle en lui tendant un sandwich. Vous allez avoir besoin de toutes vos forces.

Elle alluma le plafonnier et regarda Andrew en souriant.

— Quoi ? Qu'est-ce qui vous fait sourire ?

— Vous.

— Et qu'est-ce que j'ai de si drôle ?

— Côté gauche vous êtes plutôt pas mal, et côté droit on dirait Elephant Man.

— Merci du compliment !

— Ce n'était qu'un demi-compliment, tout dépend de quel côté on se trouve.

— Vous préférez que je m'asseye au volant ?

— Non, j'aime bien votre côté gueule cassée, c'est plus dans mon genre.

— Je suis sûr qu'Antonio serait heureux d'entendre ça.

— Antonio n'est pas beau, mais c'est quelqu'un de bien.

— Ça ne me regarde pas.

— Et vous, votre femme, elle est jolie ?

— Ça ne vous regarde pas non plus.

— Nous allons passer une bonne partie de la nuit dans cette voiture, vous préférez que l'on parle de la météo ?

— Valérie est très jolie.

— Le contraire m'aurait étonnée.

— Et pourquoi donc ?

— Parce que j'imagine que vous êtes le genre de type qui doit se sentir fier de se promener avec une belle femme à son bras.

— Vous vous trompez. Nous nous sommes connus au collège, je n'avais rien d'un séducteur, j'étais timide et pas très doué pour faire la cour aux filles, ça n'a pas changé.

Le portable de Marisa vibra dans sa poche, elle le récupéra et lut le message qu'elle venait de recevoir.

— Le camion a rempli son office à la sortie de Villa Maria, la voiture d'Ortiz se dirige vers la route numéro 8. Ils seront là dans quatre heures tout au plus.

— Je croyais que les téléphones ne captaient pas ici ?

— Ce sera le cas le moment venu. Le seul relais de la région est à vingt kilomètres et, quand il sera privé de courant, les communications deviendront impossibles.

Andrew sourit.

— Vous aviez peut-être raison, cette soirée prend de plus en plus des airs de mission.

— Ça n'a pas l'air de vous déplaire tant que ça.

— Donnez-moi ce sandwich et arrêtez de vous moquer de moi tout le temps, je vais finir par vous trouver séduisante.

Marisa se pencha vers la banquette arrière, offrant une vision de ses fesses qui ne laissa pas Andrew indifférent.

— Tenez, prenez du café, dit-elle en tendant un gobelet à Andrew.

Une heure plus tard, ils entendirent le bruit d'un moteur dans le lointain. Marisa éteignit le plafonnier.

— Il est trop tôt pour que ce soit Ortiz, murmura Andrew.

Elle éclata de rire.

— Vous avez raison de chuchoter, on n'est jamais trop prudent ; nous sommes à cinquante mètres de la route, on pourrait nous entendre… Non, ça ne peut pas être encore Ortiz.

— Alors pourquoi avez-vous éteint la lumière ?

Et avant qu'Andrew ne comprenne ce qui lui arrivait, Marisa enjamba le levier de vitesse et s'assit à califourchon sur lui. Elle caressa ses lèvres du bout des doigts et l'embrassa.

— Chut, murmura-t-elle, vous allez vous marier, moi aussi, aucun risque que nous tombions amoureux l'un de l'autre.

— Pour quelqu'un qui me demande de me taire, tu es drôlement bavarde.

Marisa embrassa à nouveau Andrew et ils se faufilèrent jusqu'à l'arrière du break où ils s'enlacèrent dans la nuit silencieuse.

*

Marisa rouvrit les yeux, regarda sa montre et donna un coup de coude à Andrew.

— Réveille-toi et rhabille-toi, il est 3 heures du matin !

Andrew sursauta. Marisa attrapa son portable dans sa poche. Six messages se succédaient, chacun annonçant le nom d'un village que la voiture d'Ortiz avait traversé. Elle regarda l'écran et passa en toute hâte à l'avant du break.

— Je n'ai plus de réseau, ils ont déjà coupé le courant du relais, Ortiz ne doit plus être loin, dépêche-toi !

Andrew enfila son pantalon et son pull et s'installa à la place du passager. Le silence régnait. Il tourna la tête vers Marisa dont le regard était rivé à la route.

— Regarde devant toi, dit-elle, c'est là que ça se passe !

— Et ce qui s'est passé à l'arrière ? se hasarda Andrew.

— Il ne s'est rien passé d'autre qu'un bon moment entre adultes consentants.

— Bon comment ? demanda Andrew en souriant.

Marisa lui balança un nouveau coup de coude.

— Tu crois que les copains de ton oncle nous ont vus, quand ils sont venus jeter leur limaille sur la route ?

— Il ne vaudrait mieux pas, ni pour toi ni pour moi. Maintenant, prie le ciel pour que nous n'ayons pas raté Ortiz.

— Si sa voiture était déjà passée, elle serait au milieu de la route, non ? Tu vois une voiture ?

Marisa ne répondit pas. Un bruit de moteur approchait dans le lointain. Andrew sentit les battements de son cœur accélérer.

— Et si ce n'était pas eux ? murmura-t-il.

— Dommage collatéral... regrettable, mais parfois inévitable !

Et tandis qu'Andrew s'inquiétait, une berline noire passa en trombe devant le calvaire. Trois de ses pneus éclatèrent, le chauffeur tenta de maintenir sa trajectoire, mais la voiture fit une embardée et se mit à zigzaguer avant de se coucher sur le flanc. Elle partit en glissade, l'aile avant s'enfonça dans un nid-de-poule, l'arrière du véhicule se souleva et la berline enchaîna plusieurs tonneaux dans un fracas assourdissant. Le pare-brise éclata alors que le passager avant passait au travers. La voiture continua sa course folle sur le toit, entraînant derrière elle une gerbe d'étincelles avant de s'immobiliser en bordure d'un champ. Au chaos succéda un silence de mort.

— En douceur, tout devait se passer en douceur, fulmina Andrew en sortant du break.

Marisa le rattrapa par le bras et l'obligea à se rasseoir. Elle fit tourner la clé de contact et s'engagea sur le chemin en terre. Elle s'arrêta en bordure de la route et découvrit, à la lumière des phares, un spectacle de désolation. Un homme gisait à dix mètres de l'épave. Andrew se précipita vers lui. Il était dans un sale état, mais respirait encore. Marisa avança vers la voiture accidentée. Le chauffeur, inconscient, avait le visage ensanglanté. À l'arrière, coincé dans l'habitacle enfoncé par l'impact, un homme gémissait en reprenant ses esprits.

Andrew rejoignit Marisa et s'allongea pour pénétrer dans l'habitacle.

— Donne-moi un coup de main, dit-il à Marisa, il faut le sortir de là avant que ça prenne feu.

Marisa s'agenouilla et regarda froidement l'homme blessé.

— Tu as entendu, ça va bientôt prendre feu. Nous avons des questions à te poser, réponds rapidement si tu ne veux pas griller comme un cochon.

— Qui êtes-vous ? Qu'est-ce que vous me voulez ? gémit l'homme.

— C'est nous qui t'interrogeons, toi, tu te contentes de répondre.

— Bon sang, Marisa, arrête ces conneries et aide-moi, il y a eu assez de dégâts comme ça, cria Andrew en essayant d'extraire le blessé de la carcasse.

— Laisse-le où il est jusqu'à ce qu'il parle. Quel est ton vrai nom ? demanda-t-elle.

— Miguel Ortega.

— Et moi je suis Evita Perón ! Je vais te donner une seconde chance, reprit Marisa en plaçant une cigarette entre ses lèvres.

Elle sortit une boîte d'allumettes de sa poche, en craqua une et approcha la flamme du visage d'Ortega.

— Je m'appelle Miguel Ortega ! cria-t-il, vous êtes folle, sortez-moi de là !

— Fais un effort, ça pue de plus en plus l'essence, ici, fit-elle.

Andrew réunit toutes ses forces pour tenter de sortir Ortega, mais les jambes du vieil homme étaient coincées sous le fauteuil du conducteur et, sans l'aide de Marisa, il n'y arriverait pas.

— Allez viens, on se tire d'ici, dit Marisa en laissant tomber son allumette à l'intérieur de la voiture.

La flamme vacilla et s'éteignit. Marisa en alluma une autre et enflamma la petite boîte, la tenant du bout des doigts.

Ortega regarda la flamme danser au-dessus de sa tête.

— Ortiz, je m'appelle Felipe Ortiz, éteignez ça, je vous en supplie, j'ai une famille, ne faites pas ça !

Marisa lança la boîte d'allumettes au loin et cracha à la figure du commandant Ortiz.

Andrew était fou de rage. Marisa se faufila dans la voiture et repoussa le fauteuil. Andrew réussit à dégager Ortiz et le traîna sur la route pour l'éloigner de la voiture.

— Il faut s'occuper du chauffeur, ordonna-t-il.

Alors qu'il retournait vers la berline, des étincelles se mirent à crépiter sous le capot et le véhicule s'embrasa. Il vit le corps du conducteur prendre feu, son visage se déformer avant que la fumée n'obscurcisse cette vision cauchemardesque.

Andrew prit sa tête entre ses mains et s'agenouilla pour vomir. Lorsque les spasmes se calmèrent, il rejoignit Ortiz, allongé sur le bas-côté. Marisa était accroupie à côté de lui, fumant une cigarette.

— On l'emmène à l'hôpital et on embarque aussi celui qui est allongé là-bas, ordonna Andrew.

— Non, répondit Marisa en agitant les clés du break et, si tu t'approches, je les balance dans le champ.

— Un mort, ça ne te suffit pas ?

— Un contre trente mille ? Non, ça ne me suffit pas. On va jouer la deuxième mi-temps et cette fois c'est moi qui ai l'avantage. Si cette ordure veut rester vivant, il va devoir parler. Sors ton carnet et ton stylo, monsieur le journaliste, ton heure de gloire est arrivée !

— J'ai mal, supplia Ortiz, conduisez-moi à l'hôpital, je vous dirai tout ce que vous voulez en route.

Marisa se leva, se rendit vers le break, ouvrit la boîte à gants et revint avec le revolver d'Alberto.

Elle appuya le canon sur la tempe d'Ortiz et releva le percuteur.

— Je vais jouer le rôle de la sténo, on commence l'interview ? Parce que, avec le sang qui pisse de sa jambe, je ne perdrais pas trop de temps si j'étais vous.

— Tu vas me tirer dessus aussi, si je refuse de participer à cette saloperie ? demanda Andrew.

— Non, tu me plais trop pour que je fasse une chose pareille, mais lui régler son compte ne me poserait aucun problème, je pourrais même y prendre du plaisir.

Andrew s'agenouilla à côté d'Ortiz.

— Finissons-en au plus vite, que je puisse vous emmener. Je suis désolé, je ne voulais pas que les choses se passent comme ça.

— Tu crois qu'il était désolé quand il a fait cisailler les freins de la voiture d'Antonio, ou quand il a envoyé ses cerbères dans ta chambre d'hôtel ?

— Vous êtes venus sur mes terres, vous posiez des questions à tout le monde. Nous voulions juste vous dissuader, vous intimider, pas que vous ayez un accident.

— Mais oui, bien sûr, soupira Marisa. Tu iras expliquer ça à Antonio si tu le rejoins à l'hôpital. Nous aussi on voulait juste t'intimider, on est quittes, alors ? Ah non, pas tout à fait, regarde la tête de mon ami, tu vois comment tes hommes l'ont arrangé ?

— Je n'ai rien à voir là-dedans, je ne sais pas qui vous êtes.

Andrew fut persuadé de la sincérité d'Ortiz qui semblait tout ignorer de son identité.

— Je m'appelle Andrew Stilman, je suis journaliste reporter au *New York Times*. Je mène une enquête sur le parcours d'un pilote et ses activités durant la dernière dictature. Êtes-vous le commandant Ortiz qui a servi entre 1977 et 1983 en qualité d'officier pilote des gardes-côtes ?

— Jusqu'au 29 novembre 1979. Je n'ai plus jamais pris les commandes d'un avion après cette date.

— Pourquoi ?

— Parce que je ne supportais plus ce qu'on m'ordonnait de faire.

— En quoi consistaient vos missions, commandant Ortiz ?

Ortiz poussa un soupir.

— Cela fait bien longtemps qu'on ne m'a plus appelé commandant.

Marisa lui appuya son revolver sur la joue.

— On se fout de tes états d'âme. Contente-toi de répondre aux questions.

— J'effectuais des vols de surveillance le long de la frontière uruguayenne.

Marisa fit glisser son arme jusqu'à la jambe d'Ortiz, elle caressa du canon le morceau d'os qui sortait de la plaie béante. Ortiz hurla de douleur, Andrew la repoussa brusquement.

— Si vous refaites ça une fois, je vous laisse seule ici, quitte à rentrer à pied à Buenos Aires, c'est clair ?

— On se vouvoie maintenant ? rétorqua Marisa en lui adressant un regard aguicheur.

— Conduisez-moi jusqu'à un hôpital, supplia Ortiz.

Andrew reprit son carnet de notes et son stylo.

— Avez-vous participé à des vols de la mort, commandant Ortiz ?

— Oui, murmura-t-il.

— Combien de ces vols avez-vous effectués ?

— Trente-sept, souffla-t-il.

— À raison de vingt passagers par voyage, cet enfoiré a balancé plus de sept cents personnes dans le río de La Plata, dit Marisa.

— Du poste de pilotage, je ne voyais rien de ce qui se passait à l'arrière, mais je savais. Quand l'avion s'allégeait soudainement au point de changer d'assiette sans que je touche au manche, je savais ce qui venait de se passer. Je ne faisais qu'obéir aux ordres. Si j'avais refusé, on m'aurait passé par les armes. Qu'auriez-vous fait à ma place ?

— J'aurais préféré sacrifier ma vie plutôt que de participer à cette abomination.

— Tu n'es qu'une gamine, tu ne sais pas de quoi tu parles, tu n'as aucune idée de ce qu'est l'autorité. J'étais militaire de carrière, programmé pour obéir, pour servir mon pays sans me poser de question. Tu n'as pas connu cette époque.

— Je suis née à cette époque, ordure, et mes vrais parents font partie de ceux que vous avez assassinés après les avoir torturés.

— Je n'ai jamais torturé personne. Ceux qui montaient à bord de mon avion étaient déjà morts, ou tout comme. Et si j'avais voulu jouer au héros, on m'aurait fusillé, ma famille aurait été arrêtée, et un autre pilote aurait pris ma place.

— Alors pourquoi avez-vous cessé de voler en 1979 ? interrompit Andrew.

— Parce que je ne pouvais plus. Je n'étais qu'un soldat ordinaire, un homme sans histoires, sans plus de courage qu'un autre. Incapable de se rebeller ouvertement contre sa hiérarchie. J'avais trop peur des conséquences pour les miens. Un soir de novembre, j'ai essayé de faire plonger mon appareil dans le fleuve avec sa cargaison et les trois officiers montés à bord pour faire leur sale besogne. Nous volions à très basse altitude, de nuit, tous feux éteints. Il me suffisait de pousser brusquement sur le manche. Mais mon copilote a récupéré l'appareil de justesse. De retour à la base, il m'a dénoncé. J'ai été mis aux arrêts et je suis passé en cour martiale. C'est un médecin militaire qui m'a évité le peloton. Il a jugé que je n'avais plus toute ma raison, et que je n'étais pas responsable de mes actes. Febres m'avait à la bonne. D'autres que moi commençaient aussi à flancher. Il a craint que me fusiller n'entraîne des désertions alors qu'en étant bienveillant avec un officier qui avait servi sa patrie, il s'attirerait la sympathie de ses hommes. J'ai été réformé et rendu à la vie civile.

— Tu as participé à l'assassinat de sept cents innocents et tu voudrais qu'on verse une larme sur ton sort ? ironisa Marisa.

— Je ne vous en demande pas tant. Leurs visages, que je n'ai jamais vus, hantent ma vie depuis plus de trente ans.

— Comment vous êtes-vous fabriqué une nouvelle identité ? Comment avez-vous réussi à rester dans l'anonymat toutes ces années ? intervint Andrew.

— En protégeant les hommes qui l'avaient servie, l'armée se protégeait aussi. À la fin de la

« guerre sale », Febres nous a aidés. On nous a donné de nouveaux papiers, des passés recomposés, un bout de terre ou une petite affaire pour repartir dans la vie.

— Des terres et des affaires volées à ses victimes ! hurla Marisa.

— Tu es la nièce d'Alberto, n'est-ce pas ? demanda Ortiz.

— Vous êtes peut-être revenu à la vie civile, mais vos services de renseignements n'ont rien perdu de leur efficacité.

— Tu m'accordes trop d'importance. Je n'ai accès à aucun service de renseignements. Je ne suis plus qu'un petit commerçant, qui fait tourner une tannerie. J'ai deviné qui tu étais dès que je t'ai vue rôder à Dumesnil. Tu lui ressembles, tu parles comme lui... depuis le temps que ce renard me traque. Mais il est devenu trop vieux pour faire le boulot lui-même.

— Ça suffira pour ce soir, dit Andrew en rangeant son carnet, va chercher la voiture, Marisa, on l'embarque et on récupère l'autre blessé en espérant qu'il soit encore vivant. Dépêche-toi ou je te botte le cul.

Marisa haussa les épaules, rangea son arme et s'éloigna vers le break, les mains dans les poches.

— Ce n'est pas moi qui ai envoyé des hommes à votre hôtel, reprit Ortiz, dès qu'il fut seul avec Andrew. C'est certainement Alberto. Ce type est bien plus retors que vous ne le croyez, il vous a manipulé depuis le début, pour vous amener à accomplir ce qu'il ne pouvait faire lui-même. C'est lui qui a organisé cette embuscade, n'est-ce pas ? Vous n'êtes qu'un pion dont il s'est servi pour jouer sa partie.

— Taisez-vous, Ortiz, vous ne savez pas ce que vous dites. Ce n'est pas Alberto qui m'a fait venir en Argentine. J'étais sur vos traces depuis des semaines, depuis que l'on m'a confié cette enquête.

— Pourquoi moi plus qu'un autre ?

— Les hasards de la vie, votre nom était dans le dossier que nous avons reçu au journal.

— Et qui vous a envoyé ce dossier, monsieur Stilman ? J'ai soixante-dix-sept ans, ma santé n'est pas fameuse. Je me moque bien de passer mes dernières années de vie en prison, cette pénitence serait presque un soulagement. Mais j'ai deux filles, monsieur Stilman, elles n'ont rien fait et la plus jeune ignore tout de mon passé. Si vous révélez mon identité, ce n'est pas moi que vous condamnerez, mais elle. Racontez la pitoyable histoire du commandant Ortiz, mais ne me citez pas, je vous en supplie. Si c'est une vengeance que vous voulez, laissez-moi me vider de mon sang au bord de cette route. Ce sera une délivrance. Vous ignorez ce qu'il en coûte d'avoir contribué à détruire des vies innocentes, pour vous il n'est pas encore trop tard.

Andrew reprit son carnet, en feuilleta les pages et sortit une photographie qu'il présenta à Ortiz.

— Vous reconnaissez cette petite fille ?

Ortiz regarda le visage de l'enfant de deux ans qui figurait sur la photographie et ses yeux s'emplirent de larmes.

— Je l'ai élevée.

*

La voiture filait sur la route numéro 7. Ortiz avait perdu connaissance après qu'Andrew et Marisa l'avaient allongé à l'arrière du break. Son garde du corps n'était pas en meilleure forme.

— À quelle distance sommes-nous de l'hôpital le plus proche ? demanda Andrew en jetant un regard aux deux blessés.

— Celui de San Andrés de Giles est à quarante kilomètres, nous y serons dans une demi-heure.

— Arrange-toi pour y arriver plus vite si tu veux que nos passagers restent en vie.

Marisa appuya sur l'accélérateur.

— J'aimerais bien que nous aussi nous restions en vie, dit Andrew en s'accrochant à son fauteuil.

— Ne t'inquiète pas, maintenant que nous avons obtenu ses aveux, je ne veux pas qu'il meure. Il sera traduit en justice et paiera pour ses crimes.

— Ça, ça m'étonnerait beaucoup !

— Et pourquoi cela ?

— Et qu'est-ce que tu comptes dire à la justice ? Que tu as obtenu ses aveux en lui braquant un revolver sur la tempe ? Et tu feras ces confidences avant ou après avoir révélé que nous avons sciemment provoqué un accident qui a entraîné la mort d'un homme ? Si le juge nous a à la bonne, nous pourrons peut-être lui demander de partager la même cellule qu'Ortiz et continuer notre conversation...

— Qu'est-ce que tu racontes ?

— Qu'à force de tricher, toi et ton oncle avez

oublié qu'au-dehors de son bar miteux, il y avait des règles auxquelles on ne pouvait déroger. Nous sommes complices d'un meurtre, peut-être de deux, si nous n'arrivons pas à l'hôpital à temps. Je ne sais même pas si je pourrai publier mon article !

— C'était un accident, nous n'avons rien à voir avec ça. Nous sommes passés par là et nous avons secouru ces deux hommes, voilà la seule version que tu rapporteras.

— À la rigueur, c'est celle que nous raconterons en arrivant aux urgences. À moins qu'Ortiz ne reprenne conscience et nous dénonce avant que nous ayons eu le temps de déguerpir.

— Tu vas laisser tomber ?

— Comment veux-tu que je justifie la façon dont j'ai obtenu mes renseignements ? En racontant à ma rédaction que j'ai participé à une tuerie préméditée ? Ils vont adorer ça, ce sera du plus bel effet pour le journal. Toi et ton oncle m'avez foutu le bec dans l'eau et des semaines de travail avec.

Marisa freina de toutes ses forces, les pneus crissèrent et la voiture s'immobilisa en travers de la route.

— Tu ne peux pas abandonner.

— Que veux-tu que je fasse d'autre ? Passer dix ans dans une prison argentine pour que justice soit rendue, toute la justice ! Redémarre avant que je m'énerve vraiment et que je te laisse sur cette route, allez !

Marisa enclencha une vitesse et la voiture s'élança. Ortiz gémissait à l'arrière.

— Il ne manquait plus que ça, soupira Andrew. Donne-moi ton revolver.

— Tu vas le buter ?

— Non, mais si tu pouvais arrêter de dire des conneries, ça me ferait des vacances.

— Dans la boîte à gants.

Andrew prit l'arme et se retourna vers Ortiz, résolu à l'assommer. Son bras retomba lentement.

— Je suis incapable de faire ça.

— Frappe-le bon sang, s'il nous balance on est cuits.

— Il fallait y penser avant. De toute façon, il nous dénoncera dès qu'il sera en état de le faire.

— Ça te laissera au moins le temps de quitter le pays, tu peux prendre le premier avion pour New York.

— Et toi ? Il sait qui tu es.

— Moi, je me débrouillerai.

— Non, pas question, on s'est embarqués dans cette folie à deux, on s'en sortira ensemble.

Andrew rangea le revolver.

— J'ai peut-être une idée… accélère et tais-toi, j'ai besoin de réfléchir.

Lorsque le break s'engouffra sous le porche des urgences, Ortiz s'était à nouveau évanoui. Marisa klaxonna et cria aux deux brancardiers qui sortaient du sas d'apporter une seconde civière. Elle expliqua à l'interne de garde qu'ils étaient passés sur les lieux d'un accident à la hauteur de Gahan. Son ami et elle avaient réussi à sortir deux hommes de la voiture, mais le conducteur avait péri dans les flammes. L'interne demanda à une infirmière de prévenir la police et, avant d'accompagner les blessés au bloc opératoire, ordonna à Marisa d'attendre son retour.

Marisa lui répondit qu'elle allait garer sa voiture et qu'elle reviendrait aussitôt.

*

— C'est quoi ton plan maintenant ? demanda-t-elle en reprenant la route.

— Attendre.

— Brillant.

— Nous n'avons pas envie qu'il raconte notre histoire et il n'a pas envie qu'on raconte la sienne. Un ami flic m'a confié un jour que d'arrêter un coupable sans avoir compris ses motifs ce n'était que la moitié du travail. Si Ortiz nous dénonce, il faudra qu'il explique pourquoi nous lui avions tendu ce piège. Nous sommes liés par le même secret. Dès qu'il sera rétabli, je retournerai le voir pour lui proposer un marché.

— Alors il va s'en tirer comme ça ?

— Nous verrons qui aura le dernier mot. Ton oncle n'est pas le seul à aimer les jeux de société, moi j'étais doué aux échecs, on y apprend à avoir un coup d'avance sur son adversaire.

21.

Marisa déposa Andrew à son hôtel en début de matinée.

— Je vais rendre la voiture à Alberto, à plus tard.

— C'est vraiment sa voiture ?

— Qu'est-ce que ça peut te faire ?

— S'il y avait une caméra de surveillance devant les urgences, je lui conseille de s'en débarrasser et de faire une déclaration de vol dès que possible.

— Ne t'inquiète pas, nos hôpitaux de campagne ne sont pas assez riches pour ça. Mais je lui passerai le message.

Andrew sortit de la voiture et se pencha à la portière.

— Marisa, je sais que tu ne suivras pas mon conseil, mais pour l'instant ne dis pas à ton oncle que j'ai trouvé une solution pour faire taire Ortiz.

— Tu as peur de quoi ?

— C'est nous qui sommes exposés, Alberto est resté planqué dans son bar, pour une fois, fais-moi confiance.

— Parce que je ne t'ai pas fait confiance quand je suis passée à l'arrière du break, imbécile ?

Marisa démarra en trombe, Andrew regarda la Peugeot s'éloigner.

*

Andrew se présenta à l'accueil pour récupérer la clé de sa chambre. Le directeur de l'hôtel vint lui présenter ses excuses, assurant qu'un tel incident ne s'était jamais produit dans son établissement. Des mesures de sécurité seraient prises afin que cela ne se reproduise plus. Pour se faire pardonner, il annonça à Andrew qu'il avait fait transporter ses affaires dans une junior suite, au dernier étage.

La suite n'était pas celle d'un palace, mais elle jouissait d'un petit salon et d'une vue plus agréable sur la rue. La robinetterie de la salle de bains ne fuyait pas et la literie était bien plus confortable.

Andrew jeta un œil à sa valise pour vérifier que rien n'y manquait. En la fouillant, il aperçut un renflement dans une poche du bagage.

Il fit glisser la fermeture Éclair et découvrit une petite locomotive en métal, la miniature qu'il avait tant rêvé d'acheter chez un antiquaire de Brooklyn. Un petit papier dépassait de la cheminée.

Tu me manques, je t'aime. Valérie

Andrew s'allongea sur le lit, posa la locomotive sur l'oreiller à côté de lui et s'endormit en la regardant.

*

Il s'éveilla au début de l'après-midi en entendant frapper à sa porte ; Alberto attendit qu'Andrew l'invite à entrer.

— Je pensais que vous ne quittiez jamais votre bar ?

— Seulement pour les grandes occasions, répondit Alberto. Enfilez une veste, je vous emmène déjeuner.

En arrivant dans la rue, Andrew sourit devant la voiture d'Alberto, un véhicule de marque japonaise et non plus le break Peugeot.

— J'ai suivi vos recommandations, de toute façon elle avait plus de deux cent mille kilomètres au compteur, il était temps d'en changer.

— Vous n'êtes pas venu pour me montrer votre nouvelle voiture, j'imagine ?

— Oh, celle-ci est juste un prêt... je suis venu vous présenter mes excuses.

— C'est la journée...

— Je suis sincèrement désolé de la façon dont les choses se sont passées, je n'ai jamais souhaité cela et encore moins qu'un homme perde la vie.

— Je vous avais pourtant mis en garde.

— Je sais, et je m'en sens d'autant plus coupable. Vous devez quitter l'Argentine avant que la police ne remonte jusqu'à vous. J'ai demandé à Marisa d'aller se mettre au vert, le temps que l'affaire se tasse.

— Et elle a accepté ?

— Non, elle ne veut pas perdre son travail. Quand cela deviendra vraiment nécessaire, j'écrirai à sa tante pour lui demander d'intervenir. Elle, elle l'écoutera. Pour vous, c'est différent, vous êtes étranger et, si vous deviez fuir le pays, ce serait plus compliqué. Autant ne pas prendre de risques, je vous en ai fait courir assez comme ça.

Alberto se rangea devant une librairie.

— Je croyais que nous allions déjeuner ?

— C'est le cas, il y a un petit restaurant à l'intérieur, l'endroit appartient à un ami, nous pourrons discuter tranquillement.

La librairie était charmante, un long couloir garni de bibliothèques menait à un patio où quelques tables étaient alignées. Entouré de centaines de livres, le patron servait à manger aux quelques habitués de l'endroit. Alberto, après avoir salué son ami, invita Andrew à s'installer en face de lui.

— Si Louisa et moi sommes séparés, c'est parce que je suis un lâche, monsieur Stilman. C'est ma faute si notre fils est… a disparu. J'étais un activiste pendant la dictature. Oh, je ne faisais rien de bien héroïque, je participais à la fabrication d'un journal d'opposition, une publication clandestine. Nous avions très peu de moyens, juste de la bonne volonté et une ronéo, vous voyez, ce n'était pas grand-chose, mais nous avions l'impression de résister à notre façon. Les militaires ont fini par débusquer certains d'entre nous. Ils les ont arrêtés, torturés et fait disparaître. Ceux qui sont tombés entre leurs mains n'ont pas parlé.

— Parmi eux, avez-vous le souvenir d'un certain Rafaël ? demanda Andrew.

Alberto fixa longuement Andrew avant de lui répondre.

— Peut-être, je ne sais plus, c'était il y a quarante ans, et nous ne nous connaissions pas tous.

— Et sa femme Isabel ?

— Je vous l'ai dit, je ne m'en souviens plus, insista Alberto en haussant le ton brièvement. J'ai tout fait pour oublier. Mon fils Manuel fut kidnappé peu de temps après les rafles qui ont décimé nos rangs. Il n'avait rien à voir avec tout cela. C'était juste un étudiant en mécanique sans histoires. À travers lui, c'est moi que Febres voulait atteindre. En tout cas, c'est ce que pense Louisa. Febres devait croire que j'irais me rendre pour faire sortir Manuel. Je ne l'ai pas fait.

— Même pour sauver votre fils ?

— Non, pour sauver les autres copains. Je savais que je ne résisterais pas une seconde fois à la torture. Et puis il n'aurait jamais libéré Manuel. Ils ne relâchaient personne. Louisa ne m'a jamais pardonné.

— Elle savait pour le journal ?

— Elle en rédigeait la plupart des articles.

Alberto se tut un instant. Il prit son portefeuille, sortit la photographie jaunie d'un jeune homme et la montra à Andrew.

— Louisa est une mère à qui on a volé son enfant. Le monde entier est coupable à ses yeux. Regardez comme Manuel était beau garçon. Il était courageux, généreux et si drôle. Il aimait sa mère plus que tout. Je sais que lui non plus n'a pas parlé... pour la protéger. Il connaissait ses opinions. Vous auriez dû les voir, quand ils étaient ensemble... Nous entretenions des rapports plus distants, mais je l'aimais plus que tout au monde, même si je n'ai jamais su comment le lui exprimer. J'aurais voulu pouvoir le revoir, ne serait-ce qu'une fois. Je lui aurais dit combien j'étais fier de lui, combien il m'avait rendu heureux d'être père et combien son absence me pèse depuis qu'il est parti. Ma vie s'est arrêtée le jour où ils nous l'ont enlevé. Louisa n'a plus de larmes, moi, je continue d'en verser chaque fois que dans la rue je croise un garçon de son âge. Il m'est arrivé d'en suivre qui lui ressemblent, espérant qu'ils se retournent et m'appellent papa. La douleur peut rendre fou, monsieur Stilman, et je me rends compte aujourd'hui de ce que je n'aurais pas dû faire hier. Manuel ne reviendra jamais. Dans la cour de notre maison, j'ai creusé un trou, j'y ai enterré ses affaires, ses cahiers d'écolier, ses crayons, ses livres et les draps dans lesquels il a passé sa dernière nuit. Chaque dimanche, j'attends que la lumière s'éteigne aux fenêtres de la chambre de Louisa et je vais me recueillir au pied du grand jacaranda. Je sais que ma femme se cache derrière ses rideaux et me regarde, je sais qu'elle aussi prie pour lui. Il est peut-être préférable que nous n'ayons pas revu son corps.

Andrew posa sa main sur celle d'Alberto. Il releva la tête et lui sourit tristement.

— Je ne les fais peut-être pas, mais je vais avoir quatre-vingts ans l'an prochain et j'attends encore que la mort me permette de retrouver mon fils. J'imagine que d'avoir vécu si vieux aura été ma pénitence.

— Je suis désolé, Alberto.

— Et moi donc. Par ma faute, Ortiz va s'en tirer à bon compte. Quand il sera rétabli, il retournera à sa vie comme si rien ne s'était passé. Nous étions pourtant près du but.

— Vous me prêteriez votre voiture jusqu'à demain soir ?

— Elle appartient à un copain, mais je vous dois bien cela, où est-ce que vous voulez aller ?

— Nous en reparlerons plus tard.

— Déposez-moi au bar et je vous laisse repartir avec.

— Où pourrais-je trouver Marisa à cette heure-ci ?

— Chez elle, je suppose. Elle travaille la nuit et dort le jour, quelle vie !

Andrew tendit son carnet et son stylo à Alberto.

— Écrivez-moi son adresse, mais ne la prévenez pas que je viens la voir.

Alberto regarda Andrew, l'air interdit.

— Faites-moi confiance, chacun son tour.

*

Andrew déposa Alberto et suivit ses instructions pour se rendre au domicile de Marisa.

Il grimpa les trois étages du petit immeuble, rue Malabia dans le quartier de Palermo Viejo. Marisa sursauta en ouvrant sa porte, à moitié nue, une serviette autour de sa poitrine.

— Merde, qu'est-ce que tu fais là, j'attendais une copine.

— Appelle-la pour annuler et habille-toi, ou dans l'autre sens si tu préfères.

— Ce n'est pas parce qu'on a couché une fois ensemble que tu es autorisé à me donner des ordres.

— Ça n'a rien à voir.

— J'annule ma copine et on reste là si tu veux, dit Marisa en dénouant sa serviette.

Elle était encore plus sensuelle que dans le souvenir qu'Andrew en avait gardé. Il s'agenouilla pour ramasser la serviette et la passa autour des hanches de Marisa.

— C'est parfois moins bien la deuxième fois, va t'habiller, nous avons des choses importantes à faire.

Elle lui tourna le dos et claqua la porte de la salle de bains.

Andrew inspecta le studio de Marisa. Un salon servait de pièce à vivre et de chambre à coucher. Le lit était défait, mais la blancheur et la fraîcheur des draps invitaient à aller s'y blottir. Contre un mur, des piles de livres se soutenaient les unes les autres. Des coussins de toutes les couleurs entouraient une table basse au centre de la pièce. Au mur, entre deux fenêtres qui laissaient entrer une belle lumière, des étagères pliaient sous le poids d'autres livres. Tout n'était que désordre et charme, le studio ressemblait à sa locataire.

Marisa reparut, elle portait un jean déchiré aux

genoux et un tee-shirt qui ne cachait pas grand-chose de sa poitrine.

— Je peux savoir où on va ? demanda-t-elle en cherchant ses clés.

— Voir ta tante.

Marisa s'arrêta net.

— Tu ne pouvais pas le dire plus tôt ! râla-t-elle en rebroussant chemin. Elle sortit d'un tas de vêtements empilés sur le sol un pantalon en velours côtelé noir et un débardeur, fit glisser son jean, ôta son tee-shirt et se changea devant Andrew.

*

Andrew était au volant, Marisa alluma une cigarette et ouvrit la fenêtre.

— Qu'est-ce que tu lui veux à Louisa ?

— Lui poser quelques questions pour boucler mon enquête et aussi lui demander d'arrêter de me prendre pour un idiot.

— Pourquoi tu dis ça ?

— Parce que ton oncle et elle se voient toujours, contrairement à ce qu'ils prétendent.

— Ça m'étonnerait beaucoup et, d'abord, en quoi cela te regarde ?

— Tu comprendras plus tard.

*

Louisa ne sembla pas surprise en leur ouvrant sa porte. Elle fit entrer Andrew et sa nièce dans son salon.

— Que puis-je faire pour vous ? demanda-t-elle.

— Me raconter vraiment tout ce que vous savez sur le commandant Ortiz.

— Je ne sais pas grand-chose de lui, je vous l'ai déjà dit. Jusqu'à ce que je vous rencontre, il n'était qu'une photo parmi d'autres dans mon album.

— Vous me permettez de revoir votre album ? Pas celui où figurent les photographies des tortionnaires, mais celles de leurs victimes.

— Bien sûr, répondit Louisa en se levant.

Elle ouvrit le tiroir du buffet et posa l'album devant Andrew qui le feuilleta jusqu'à la dernière page. Il regarda fixement Louisa en le refermant.

— Isabel et Rafaël Cruz, vous n'avez aucune photo d'eux ?

— Je suis désolée, mais ces noms ne me disent rien. Je n'ai pas les photos de chacun des trente mille disparus, uniquement des cinq cents dont les enfants furent volés.

— Leur fille s'appelait María Luz, elle avait deux ans quand sa mère a été assassinée, son histoire vous a échappé ?

— Votre ton ne m'impressionne pas, monsieur Stilman, pas plus que votre insolence. Vous ne savez que très peu de choses du travail que nous avons accompli. Depuis que nous luttons pour que la vérité soit faite, nous avons réussi à retrouver l'identité réelle de seulement dix pour cent de ces enfants volés. Il nous reste une longue route à parcourir et, vu mon âge, je n'en verrai certainement pas le bout. Et puis en quoi le sort de cette petite fille vous concerne-t-il ?

— Le commandant Ortiz l'avait adoptée, drôle de coïncidence vous ne trouvez pas ?

— De quelle coïncidence parlez-vous ?

— Dans le dossier qui nous a mis sur la piste d'Ortiz se trouvait la photo de María Luz, sans aucune précision sur le lien qui les unissait.

— Il semblerait que celui qui vous a informé a souhaité vous guider.

— Celui ou celle ?

— Je suis fatiguée, Marisa, il est temps que tu raccompagnes ton ami, c'est l'heure de ma sieste.

Marisa fit signe à Andrew de se lever. En embrassant sa tante, elle lui chuchota quelques mots à l'oreille, pour lui dire qu'elle était désolée et Louisa lui murmura à son tour :

— Ne le sois pas, il est plutôt beau garçon et la vie est courte.

Marisa descendait l'escalier, Andrew la pria de l'attendre un instant dans la cour, il avait laissé son stylo sur la table de la salle à manger.

Louisa fronça les sourcils en le voyant revenir.

— Vous avez oublié quelque chose, monsieur Stilman ?

— Appelez-moi Andrew, cela me fera un plaisir fou. Une dernière chose avant de vous laisser vous reposer, je suis heureux qu'Alberto et vous soyez réconciliés.

— De quoi parlez-vous ?

— C'est vous, tout à l'heure, qui parliez d'âge, je me disais que vous aviez passé celui de voir votre ancien mari en cachette, vous ne trouvez pas ?

Louisa resta muette.

— La veste accrochée à la patère dans votre entrée, c'est celle qu'Alberto portait lorsque je l'ai rencontré dans son bar. Bonne sieste, Louisa… Vous permettez que je vous appelle Louisa ?

*

— Qu'est-ce que tu fichais ? demanda Marisa lorsque Andrew la rejoignit dans la cour.

— Je te l'ai expliqué avant de partir, mais tu ne fais pas attention à ce que je te dis. Tu es de service ce soir ?

— Oui.

— Préviens ton patron que tu ne pourras pas venir, tu n'as qu'à lui dire que tu es malade, tu n'es plus à un mensonge près.

— Et pourquoi je n'irais pas travailler ?

— Je t'ai promis hier que nous terminerions ensemble ce que nous avions commencé, et c'est exactement ce que nous allons faire. Tu pourrais m'indiquer où trouver une station-service, il va falloir faire le plein.

— Où m'emmènes-tu ?

— À San Andrés de Giles.

*

Ils arrivèrent à l'orée du village après deux heures de route. Andrew s'arrêta le long d'un trottoir pour demander à un passant où se situait le poste de police.

L'homme lui indiqua le chemin et la voiture redémarra.

— Qu'est-ce qu'on va faire chez les flics ?

— Toi, rien, tu restes dans la voiture et tu m'attends.

Andrew entra dans le commissariat et demanda à parler à un officier de garde. Le seul officier, lui répondit le planton, était déjà rentré chez lui. Andrew attrapa un bloc-notes sur le comptoir et griffonna son numéro de téléphone portable ainsi que les coordonnées de son hôtel.

— Je suis passé sur les lieux d'un accident qui a coûté la vie à une personne hier soir du côté de Gahan. J'ai conduit deux blessés à l'hôpital. Je n'ai pas grand-chose d'autre à raconter, mais si vous aviez besoin d'une déposition en bonne et due forme, voici où me joindre.

— Je suis au courant, annonça le policier en quittant sa chaise. Le médecin à qui nous avons parlé nous a raconté que vous étiez parti sans laisser vos coordonnées.

— J'ai attendu longtemps sur le parking, j'avais un rendez-vous important à Buenos Aires, je me suis dit que je reviendrais dès que possible et comme vous le voyez, c'est ce que j'ai fait.

Le policier se proposa de recueillir son témoignage. Il s'installa derrière une machine à écrire et prit la déposition d'Andrew. Neuf lignes et pas un mot de plus. Andrew signa le compte rendu de ses déclarations, accepta modestement les félicitations du policier pour son sens civique qui avait permis de sauver deux vies et regagna sa voiture.

— Je peux savoir ce que tu as fait tout ce temps dans ce commissariat ? demanda Marisa.

— J'ai ôté une pièce sur l'échiquier d'Ortiz, je t'expliquerai en temps voulu, maintenant, on fonce à l'hôpital.

*

— Comment vont les blessés ? demanda Andrew, nous sommes venus prendre de leurs nouvelles avant de regagner Buenos Aires.

— Vous revoilà ? dit l'interne en apercevant Andrew dans le hall. Nous vous avons cherchés hier soir, j'ai fini par penser que vous aviez quelque chose à vous reprocher et que vous vous étiez sauvés.

— Je ne pouvais pas attendre et vous ne m'aviez donné aucune indication sur l'heure à laquelle vous sortiriez du bloc opératoire.

— Et comment aurais-je pu le savoir ?

— C'est bien ce que je me suis dit, je n'allais pas passer la nuit sur le parking. Je sors du commissariat.

— Et à qui avez-vous parlé ?

— Un certain sergent Guartez, un type plutôt sympathique, avec une voix grave et de grosses lunettes.

Le médecin hocha la tête, la description correspondait bien à l'un des trois policiers du village.

— Ils ont eu de la chance, beaucoup de chance que vous soyez passés par là. Le plus atteint a été évacué tôt ce matin vers la capitale. C'est un tout petit hôpital ici, et nous ne sommes pas équipés pour traiter des cas aussi graves. M. Ortega, lui, ne souffrait que d'une plaie profonde à la cuisse et d'une lacération des muscles. Nous l'avons opéré, il se repose dans un box, je n'ai pas de chambre de libre pour l'instant, demain peut-être, sinon je le ferai évacuer vers un autre établissement. Vous voulez le voir ?

— Je ne voudrais pas le fatiguer inutilement, répondit Andrew.

— Il sera certainement ravi de pouvoir remercier son sauveur. Je dois monter faire mes visites, je vous laisse y aller, c'est juste au bout du couloir. Mais ne traînez pas, il a en effet besoin de reprendre des forces.

Le médecin salua Andrew et se retira, informant l'infirmière de garde que ce dernier pouvait aller voir son patient.

Andrew tira le rideau qui isolait le patient du box voisin pourtant inoccupé.

Ortiz dormait. Marisa lui secoua l'épaule.

— Encore vous ! dit-il en ouvrant les yeux.

— Comment vous sentez-vous ? demanda Andrew.

— Mieux depuis qu'ils m'ont donné des calmants. Qu'est-ce que vous me voulez encore ?

— Vous offrir une seconde chance.

— De quelle chance parlez-vous ?

— Vous avez été admis sous le nom d'Ortega, si je ne me trompe ?

— C'est celui qui figure sur mes papiers, répondit l'ex-commandant en baissant les yeux.

— Vous pourriez ressortir d'ici sous le même nom et rentrer chez vous.

— Jusqu'à la publication de votre article ?

— J'ai un marché à vous proposer.

— Je vous écoute.

— Vous répondez à mes questions, en toute honnêteté et je me contenterai de raconter l'histoire du commandant Ortiz sans jamais citer sa nouvelle identité.

— Qu'est-ce qui me prouve que vous tiendrez votre promesse ?

— Je ne peux que vous offrir ma parole.

Ortiz observa longuement Andrew.

— Et elle, elle saura tenir sa langue ?

— Aussi bien qu'elle savait tenir un revolver sur votre tempe hier soir. Je ne crois pas qu'elle ait envie que je vous trahisse, son futur en dépend, n'est-ce pas ?

Ortiz resta silencieux, le visage crispé. Son regard alla se fixer sur le sachet de la perfusion qui coulait dans ses veines.

— Allez-y, souffla-t-il.

— Dans quelles circonstances avez-vous adopté María Luz ?

La question avait fait mouche. Ortiz se retourna vers Andrew et ne le quitta plus des yeux.

— Au moment de ma démobilisation, Febres a voulu s'assurer de mon silence. Il m'a conduit dans un orphelinat clandestin. La plupart des enfants n'étaient que des bébés âgés de quelques semaines.

Il m'a ordonné d'en choisir un, en m'expliquant que c'était le meilleur moyen pour moi de retrouver le sens des réalités. Il m'a dit que j'avais moi aussi contribué à sauver cette âme innocente en pilotant l'appareil d'où ses parents avaient été jetés à la mer.

— C'était le cas ?

— Je n'en savais rien, pas plus que lui d'ailleurs, je n'étais pas le seul pilote à effectuer ce genre de vols, vous vous en doutez. Mais c'était possible. À l'époque, j'étais jeune marié, María Luz était la plus âgée de ces bébés. Je me suis dit qu'avec une enfant de deux ans, ce serait moins difficile.

— Mais c'était une enfant volée, protesta Marisa, et votre femme a accepté de participer à cette mons-truosité ?

— Ma femme n'a jamais rien su. Jusqu'à sa mort, elle a cru ce que je lui avais raconté, que les parents de María Luz étaient des soldats assas-sinés par les Montoneros et qu'il était de notre devoir de lui venir en aide. Febres nous a remis un certificat de naissance établi à notre nom. J'ai expliqué à mon épouse qu'il serait plus facile pour María Luz de vivre pleinement sa vie si elle ignorait tout du drame dont elle avait été la victime inno-cente. Nous l'avons aimée comme si nous l'avions mise au monde. María Luz avait douze ans quand ma femme est morte et elle l'a pleurée comme on pleure une mère. Je l'ai élevée seul, j'ai travaillé comme un forcené pour lui payer ses études de lettres, de langues étrangères, la faculté. Tout ce qu'elle a voulu, je le lui ai offert.

— Je ne peux pas entendre ça, protesta Marisa en se levant.

Andrew lui adressa un regard furieux. Elle se rassit à califourchon sur sa chaise, tournant le dos à Ortiz.

— María Luz habite toujours à Dumesnil ? demanda Andrew.

— Non, elle est partie depuis longtemps. Les Mères de la place de Mai l'ont retrouvée quand elle avait vingt ans. María Luz passait ses week-ends à Buenos Aires, elle faisait de la politique ! Elle ne ratait jamais une occasion d'aller manifester, elle prétendait œuvrer pour ce qu'elle appelait le progrès social. Ce sont tous ces syndicalistes en herbe rencontrés sur les bancs de l'université qui lui avaient mis ces idées dans la tête. À l'opposé de l'éducation que nous lui avions donnée.

— Mais en phase avec les idéaux de ses véritables parents, intervint Marisa. Ce n'est pas votre sang qui coulait dans ses veines, la pomme ne tombe jamais loin de l'arbre.

— Vous croyez que le gauchisme est héréditaire ? C'est possible, il y a bien d'autres tares qui se transmettent ainsi, railla Ortiz.

— Le gauchisme, comme vous le dites avec un tel mépris, je ne sais pas, mais l'humanisme c'est fort possible !

Ortiz se retourna vers Andrew.

— Si elle intervient encore une fois, je ne vous dit plus un mot.

Cette fois Marisa sortit du box en faisant un doigt d'honneur au commandant Ortiz.

362

— Les Mères de la place de Mai l'ont repérée au cours de ces nombreuses manifestations auxquelles María Luz participait. Elles ont mis plusieurs mois avant de l'approcher. Lorsqu'elle a appris la vérité, ma fille a demandé à changer de nom. Elle a quitté la maison le jour même, sans un mot, sans même un regard.

— Vous savez où elle est allée ?

— Je n'en ai pas la moindre idée.

— Vous n'avez pas cherché à la retrouver ?

— Dès qu'il y avait une manifestation, je me rendais à Buenos Aires. J'arpentais les cortèges dans l'espoir de l'apercevoir. Ce fut le cas, une fois. Je l'ai abordée, suppliée de m'accorder un moment pour que nous parlions. Elle a refusé. Dans son regard, je ne voyais que haine. J'ai eu peur qu'elle me dénonce, elle ne l'a pas fait. Après avoir obtenu son diplôme, elle a quitté le pays, et je n'ai plus jamais rien su d'elle. Vous pouvez écrire votre article, monsieur Stilman, j'espère que vous respecterez votre parole. Je ne vous le demande pas pour moi, mais pour mon autre fille. Elle ne sait qu'une seule chose, que sa sœur était une enfant adoptée.

Andrew rangea son stylo et son carnet. Il se leva et partit sans saluer Ortiz.

Marisa l'attendait derrière le rideau et, à voir la mine qu'elle faisait, elle était de fort mauvaise humeur.

*

— Ne me dis pas que ce salopard va s'en tirer comme ça ! s'écria Marisa en rentrant dans la voiture.

— Je n'ai qu'une parole.

— Tu ne vaux pas mieux que lui !

Andrew la regarda, un sourire au coin des lèvres. Il fit démarrer le moteur et la voiture s'engagea sur la route.

— Tu es très sexy quand tu es en colère, dit-il à Marisa en posant sa main sur son genou.

— Ne me touche pas, répondit-elle en le repoussant.

— Je me suis engagé à ne pas révéler son identité dans mon article, je n'ai rien promis d'autre, que je sache.

— Qu'est-ce que tu racontes ?

— Rien ne m'empêche de publier une photo pour illustrer mon article ! Si, par la suite, quelqu'un reconnaît Ortega derrière le visage d'Ortiz, je n'y serai pour rien... Indique-moi comment aller chez le photographe à qui tu avais confié ta pellicule, et espérons qu'elle ne soit pas voilée, j'aimerais vraiment éviter d'avoir à revenir ici demain.

Marisa regarda Andrew et reprit sa main qu'elle posa sur ses cuisses.

*

La journée était belle, quelques cirrus biffaient le ciel de Buenos Aires. Andrew profitait de ces derniers instants argentins pour visiter la ville. Marisa lui fit découvrir le cimetière de la Recoleta et il s'étonna en découvrant des mausolées où les cercueils étaient disposés sur des étagères à la vue de chacun, plutôt qu'enfouis sous terre.

— C'est comme cela ici, dit Marisa. Les gens dépensent de vraies fortunes pour se faire construire leur dernière demeure. Un toit, quatre murs, un portail en fer pour laisser passer la lumière, et toute la famille finit un jour par se retrouver réunie dans l'éternité. Remarque, ajouta-t-elle, j'aime mieux continuer après ma mort à voir le soleil se lever plutôt que de moisir au fond d'un trou. Et puis je trouve cela plutôt joyeux que les gens puissent vous rendre visite.

— Ce n'est pas faux, dit Andrew, replongeant soudain dans les sombres pensées qu'il avait presque réussi à occulter depuis son arrivée en Argentine.

— Nous avons le temps, nous sommes jeunes.

— Oui… Toi tu as le temps, soupira Andrew. On peut s'en aller ? Trouve-moi un endroit plus vivant.

— Je te ramène dans mon quartier, dit Marisa, il est plein de vie, de couleurs, on y joue de la musique à chaque coin de rue, je ne pourrais habiter nulle part ailleurs.

— Alors, je crois que je nous ai enfin trouvé un point commun !

Elle l'invita à dîner dans un petit restaurant de Palermo. Le patron semblait bien la connaître et, alors que de nombreux clients attendaient qu'une table se libère, ils furent assis les premiers.

La soirée se poursuivit dans un club de jazz. Marisa se déhanchait sur la piste. Elle essaya à plusieurs reprises d'y entraîner Andrew mais il préféra rester sur son tabouret, accoudé au bar, à la regarder danser.

Vers une heure du matin, ils allèrent se promener dans les ruelles encore très animées.

— Quand publieras-tu ton article ?

— D'ici quelques semaines.

— Lorsqu'il paraîtra, Alberto identifiera Ortega derrière la photo d'Ortiz. Il ira porter plainte. Il est décidé à le faire, je crois qu'il espérait cela depuis longtemps.

— Il faudra d'autres témoignages pour le confondre.

— Ne t'inquiète pas, Louisa et son réseau feront le nécessaire, Ortiz rendra compte devant la justice des crimes auxquels il a participé.

— C'est une sacrée femme, ta tante.

— Tu sais, tu avais raison pour elle et Alberto. Une fois par semaine, ils se retrouvent sur un banc de la place de Mai. Ils restent assis tous les deux côte à côte pendant une heure, le plus souvent échangeant à peine quelques mots, et puis chacun repart de son côté.

— Pourquoi font-ils cela ?

— Parce qu'ils ont besoin de se retrouver, d'être encore les parents d'un fils dont ils veulent perpétuer la mémoire. Ils n'ont pas de tombe où se recueillir.

— Tu crois qu'un jour ils se remettront ensemble ?

— Non, ce qu'ils ont vécu est trop dur.

Marisa laissa passer quelques secondes avant d'ajouter :

— Louisa t'aime bien tu sais.

— Je ne m'en suis pas rendu compte.

— Moi si. Elle te trouve séduisant et c'est une femme qui a beaucoup de goût.

— Je prends cela comme un compliment, dit Andrew en souriant.

— Je t'ai laissé un petit cadeau dans tes affaires.

— Qu'est-ce que c'est ?

— Tu le trouveras en arrivant à New York. Ne l'ouvre pas avant, promets-le-moi, c'est une surprise.

— Je te le promets.

— J'habite à deux pas d'ici, lui dit-elle. Viens, suis-moi.

Andrew raccompagna Marisa au pied de son immeuble, il s'arrêta au seuil de la porte.

— Tu ne veux pas monter ?

— Non, je ne veux pas monter.

— Je ne te plais plus ?

— Si, un peu trop, justement. Dans la voiture, c'était différent, nous n'avions rien prémédité. Nous étions face au danger, je me suis dit que la vie était courte et qu'il fallait vivre l'instant présent. Non, en fait je ne me suis rien dit de tout ça, j'ai eu envie de toi et…

— Et maintenant tu penses que la vie sera longue et tu te sens coupable d'avoir trompé ta fiancée ?

— Je ne sais pas si la vie sera longue, Marisa, mais oui, je me sens coupable.

— Tu es un type meilleur que je ne le pensais, Andrew Stilman. Va la retrouver et pour ce qui s'est passé dans cette voiture, ça ne compte pas.

Je ne t'aime pas, tu ne m'aimes pas, ce n'était que du sexe, mémorable, mais rien d'autre.

Andrew se pencha vers elle et l'embrassa sur la joue.

— Ça te vieillit de faire des choses comme ça, dit-elle. Allez, file avant que je ne te viole sur ce trottoir. Je peux te poser une dernière question ? Quand j'ai récupéré tes carnets à l'hôtel, sur la couverture de l'un des deux tu as écrit « Si c'était à refaire », qu'est-ce que ça signifie ?

— C'est une longue histoire… au revoir, Marisa.

— Adieu, Andrew Stilman, je ne crois pas que nous nous reverrons. Que la vie te soit belle, je garderai un beau souvenir de toi.

Andrew s'éloigna sans se retourner. Au carrefour, il s'engouffra dans un taxi.

Marisa grimpa l'escalier en courant. En regagnant son appartement, elle laissa échapper les larmes qu'elle avait retenues pendant les derniers instants passés avec Andrew.

22.

L'avion atterrit à JFK en fin d'après-midi. Andrew s'était endormi juste après le décollage pour se réveiller au moment où les roues avaient touché le sol.

Il franchit la douane et fut surpris de découvrir Valérie qui l'attendait derrière les portes coulissantes. Elle le serra dans ses bras et lui dit combien il lui avait manqué.

— J'ai failli me fâcher avec Simon qui voulait venir te chercher.

— Je suis content que tu aies eu gain de cause, répondit Andrew en l'embrassant.

— On ne peut pas dire que tu m'aies donné beaucoup de nouvelles.

— J'ai travaillé jour et nuit, ça n'a pas été facile.

— Mais tu as fini ton enquête ?

— Oui, répondit Andrew.

— Alors, cela valait la peine que je me morfonde tout ce temps.

— Tu t'es vraiment morfondue ?

— Je n'irai pas jusque-là, je n'ai jamais autant

369

travaillé que pendant ton absence. Le soir, je rentrais pour m'écrouler sur mon lit, je n'avais même pas la force de dîner. Mais tu m'as énormément manqué.

— Alors il était temps que je revienne, toi aussi, tu m'as manqué, répondit Andrew en l'entraînant vers la file des taxis.

*

On sonna plusieurs fois à la porte. Andrew sauta de son lit, enfila une chemise et traversa le salon.

— Alors, c'était comment Buenos Aires ? demanda Simon.

— Ne parle pas si fort, Valérie dort encore.

— Elle t'a eu tout le week-end rien qu'à elle et moi pas un appel.

— On ne s'est pas vus depuis dix jours tu permets que nous...

— Oui, oui, pas la peine de me raconter, enfile un pantalon, je t'emmène prendre un petit déjeuner.

— Bonjour quand même !

Andrew s'habilla à la hâte et rédigea un petit mot à Valérie qu'il colla à la porte du réfrigérateur. Il rejoignit Simon au bas de l'immeuble.

— Tu aurais quand même pu me téléphoner hier. Alors ce voyage ?

— Intense !

Ils entrèrent dans le café au coin de la rue et s'installèrent à la table d'angle que Simon affectionnait.

— Tout s'est passé comme tu le souhaitais là-bas ?

— En ce qui concerne mon article, oui, pour le reste, nous pouvons écarter la piste argentine.

— Comment en es-tu si sûr ?

— Ortiz ne peut se douter une seconde du tour que je suis en train de lui jouer. Je t'expliquerai tout plus tard, mais il faut chercher ailleurs, Simon.

— Il ne nous reste que Mme Capetta, ton collègue Olson et...

— Valérie ?

— C'est toi qui l'as dit. Mais il y a une autre personne à ajouter à la liste. Pendant que tu batifolais en Amérique du Sud, j'ai eu plusieurs conversations au téléphone avec ton ami inspecteur.

— À quel sujet ?

— Tu vas tomber de ta chaise, mais aussi dingue que cela paraisse, Olson a peut-être eu raison à propos du serial killer.

— Tu es sérieux ?

— Le moins souvent possible... mais la police de New York, elle, commence à y croire. Concordance de l'arme, de la méthode, et le vol n'était pas le motif de l'agression du bijoutier que nous sommes allés voir au Lenox.

— Ce n'est pas ce que disait ce type.

— Il a essayé d'escroquer son assurance. En se réveillant à l'hôpital, l'idée lui est venue de raconter qu'il allait rendre visite à une cliente. En réalité, il rentrait simplement chez lui en passant par le parc. Un inspecteur de la compagnie d'assurances l'a confondu en moins de temps qu'il ne faut pour le dire. La cliente n'existait pas et cet idiot avait fait figurer dans sa déclaration deux colliers prétendument volés, qui se trouvaient déjà dans l'inventaire d'un précédent cambriolage. L'attaque dont il a été victime était purement gratuite.

— Je ne peux pas croire qu'Olson ait levé un lièvre de cette taille.

— Rassure-moi, on est bien d'accord : il n'y a pas de compétition entre vous ?

Andrew avait le regard ailleurs.

— Oui, oui, bien sûr…

— Pour en revenir à nos affaires, les policiers s'interrogent, et il est assez difficile d'aller leur raconter qu'une quatrième victime s'ajoutera peut-être début juillet à la liste de ce tueur en série.

— Si c'est vraiment un dingue qui m'a tué, dit Andrew songeur, alors c'est fichu.

— Ce besoin que tu as toujours eu de dramatiser les choses…

— Quand tu dis « les choses », tu veux parler de ma mort ? Excuse-moi si je dramatise un peu, tu as raison, où avais-je la tête…

— Ce n'est pas ce que je voulais dire, et puis rien ne prouve que ton cas soit lié à cette affaire. Nous avons encore quatre semaines devant nous.

— Peut-être…

— Quoi peut-être ?

— En Argentine, rien ne s'est déroulé exacte-ment comme la première fois.

— Tu as vécu des expériences inédites ?

— L'ordre des événements différait et, oui, cer-taines choses étaient nouvelles.

— Tu les avais peut-être oubliées ?

— Pour certaines, j'en doute fort.

— Qu'est-ce que tu me caches ?

— J'ai couché avec la barmaid. Ça n'était pas arrivé avant.

— Je savais que j'aurais dû venir, s'écria Simon en tapant du poing sur la table.

— Pour m'éviter de faire des conneries ?

— Non, tu fais ce que tu veux, quoique si j'avais été là, c'est moi qui aurais couché avec elle. Tu ne vas pas me dire maintenant que tu culpabilises ?

— Évidemment que je me sens coupable.

— Tu es un type incroyable, Andrew. Tu es convaincu que quelqu'un va t'assassiner dans un mois et c'est toi qui te sens coupable ? Ce qui est fait est fait. Tu ne dis surtout rien à Valérie et tu te concentres sur les jours à venir, s'il te plaît. Maintenant, changeons de sujet de conversation, ajouta Simon en regardant par la vitrine.

Valérie entra dans le café.

— Je savais que je vous trouverais là tous les deux, dit-elle en s'asseyant à côté d'Andrew. Vous faites une de ces têtes, vous vous êtes disputés ?

Simon se leva et embrassa Valérie.

— On ne se dispute jamais. Je vous laisse en amoureux, j'ai un client qui m'attend. Passe me voir au garage si tu peux, Andrew, que nous finissions cette discussion.

Valérie attendit que Simon soit sorti et s'installa à sa place.

— Parfois, j'ai l'impression qu'il est jaloux de moi, dit-elle amusée.

— C'est possible, Simon est un peu possessif.

— De quoi parliez-vous ? C'était tendu entre vous, ne me dis pas le contraire.

— De la soirée d'enterrement de vie de garçon qu'il veut m'organiser.

— Je crains le pire !

— Justement, moi aussi, je le lui ai dit et il l'a mal pris, répondit Andrew.

Premier mensonge à Valérie depuis qu'il était rentré, songea-t-il aussitôt.

*

En arrivant au journal, Andrew se rendit directement chez sa rédactrice en chef. Olivia Stern raccrocha son téléphone et l'invita à s'asseoir. Andrew lui raconta son voyage, les circonstances dans lesquelles il avait réuni les faits et le marché qu'il avait dû passer avec Ortiz.

— Vous voulez qu'on publie sans citer son nom d'emprunt ? Vous me demandez beaucoup, Andrew. Votre article perdra de son poids, vous en sacrifiez la finalité.

— Je croyais que le propos était de raconter le parcours d'un homme ordinaire devenu complice d'atrocités. De quelle finalité, parlez-vous ?

— Dénoncer un ancien criminel de guerre. Sans cela, je ne vois pas comment le mettre en une.

— Vous comptiez vraiment le publier en première page ? questionna Andrew.

— Je l'espérais, mais il va falloir choisir entre

374

la gloire et le respect de votre parole. C'est à vous seul de décider.

— Il y a d'autres façons de le dénoncer, dit-il en sortant une enveloppe de sa poche, qu'il fit glisser sur le bureau.

Olivia l'ouvrit. L'expression de son visage changea quand elle découvrit les photos du commandant Ortiz prises par Marisa.

— Il a l'air plus vieux que je ne l'imaginais, murmura-t-elle.

— C'était encore pire sur son lit d'hôpital, répondit Andrew.

— Vous êtes un drôle de type, Andrew.

— Je sais, on me l'a déjà dit ce matin. Alors, vous avez ce qu'il vous faut maintenant ?

— Écrivez-moi votre article, c'est une priorité absolue. Je vous donne deux semaines, et si votre texte est à la hauteur, je demanderai une accroche en une en comité de rédaction, et deux pages dans le journal.

Andrew voulut récupérer les photos, mais Olivia les rangea dans son tiroir en l'assurant qu'elle les lui rendrait dès qu'elles auraient été scannées.

En quittant son bureau, Andrew alla rendre visite à Freddy.

— Tu es déjà rentré, Stilman ?

— Comme tu vois, Olson.

— Tu as une sale mine, c'était si moche que ça le Brésil ?

— L'Argentine, Freddy.

— Oui, enfin, ça reste l'Amérique du Sud, on ne va pas chipoter.

375

— Et toi, le boulot, tout se passe bien ?

— On ne peut mieux, répondit Freddy, ne compte pas sur moi pour t'en dire plus.

— J'ai un copain flic, à la retraite, mais il a encore le bras long… Tu n'as qu'à demander.

Freddy observa Andrew, dubitatif.

— Qu'est-ce que tu manigances, Stilman ?

— Rien, Freddy, je ne manigance rien. Cette petite guéguerre entre nous me fatigue. Si tu es vraiment sur la piste d'un tueur et que je peux te donner un coup de main, je le ferai avec plaisir, c'est tout.

— Et pourquoi tu m'aiderais ?

— Pour l'empêcher de commettre un crime de plus, ça te semble être une bonne raison ?

— Tu me fais bien marrer, Stilman, tu as senti que j'étais sur un coup. Tu ne voudrais pas cosigner mon article, pendant que tu y es ?

— Non, ça ne m'avait pas traversé l'esprit, mais maintenant que tu en parles, tu me donnes une idée. Et si au lieu de nous tourner le dos, on publiait un jour un papier ensemble ? J'en connais un qui serait aux anges.

— Ah oui, qui ça ?

— Mon plus fidèle lecteur, Spookie Kid. Je n'ose imaginer le plaisir que nous lui ferions, nous pourrions même le lui dédier…

Andrew laissa Freddy, dont les joues venaient de virer au rouge, réfléchir à sa question et alla s'installer à son poste de travail.

Un message de Valérie sur son portable lui rappelait de passer chez le tailleur pour faire ajuster son costume de mariage. Il alluma son ordinateur et se mit au travail.

*

Andrew consacra la semaine à son article. Depuis son retour de Buenos Aires, ses nuits redevenaient cauchemardesques. Chaque fois, il revivait le même scénario : il se retrouvait, courant dans l'allée de River Park, avec Olson à ses trousses. Freddy se rapprochait et finissait toujours par le poignarder, sous le regard complice et amusé de Valérie. Parfois, juste avant de mourir, il reconnaissait l'inspecteur Pilguez ou Marisa ou Alberto ou Louisa et même Simon, qui s'étaient tous mêlés aux joggeurs. Chaque fois, Andrew se réveillait suffoquant, transi de froid et ruisselant de sueur avec cette insupportable douleur au bas du dos qui ne disparaissait jamais plus complètement.

Le mercredi, Andrew quitta son bureau un peu plus tôt que d'ordinaire. Il avait promis à Valérie d'arriver à l'heure au dîner qui devait réunir leurs témoins de mariage.

Le jeudi, la climatisation de son appartement rendit l'âme et Valérie, que les cris d'Andrew réveillaient chaque nuit, décida pour eux deux qu'ils iraient s'installer le soir même dans son appartement de l'East Village.

Andrew se sentait de plus en plus épuisé, son mal de dos empirait, l'obligeant à s'allonger parfois au pied de son bureau, ce qui amusait beaucoup Olson dans ses allers-retours aux toilettes.

Le vendredi, en la quittant, Andrew promit à Valérie qu'il ne laisserait pas Simon l'entraîner dans un club de strip-tease. Mais Simon le conduisit dans le dernier endroit auquel il s'attendait.

*

Le Novecento était bondé. Simon leur fraya un chemin jusqu'au bar.

Andrew commanda un Fernet noyé dans du Coca.

— Qu'est-ce que c'est ?

— Un truc que tu n'aimeras pas, n'essaye pas d'y goûter.

Simon attrapa le verre, en but une gorgée, fit la grimace et commanda un verre de vin rouge.

— Qu'est-ce qui t'a pris de m'emmener ici ? demanda Andrew.

— Dis donc, je ne t'ai pas beaucoup forcé. Si je me souviens bien de ce que tu m'as raconté, c'est ce soir le grand coup de foudre, n'est-ce pas ?

— Tu ne m'amuses pas du tout, Simon.

— Ça tombe bien, moi non plus je ne m'amuse pas. À quelle heure eut lieu la rencontre fatale qui devait foutre ton mariage en l'air ?

— Tu n'aimes pas Valérie, Simon, et encore moins le fait que nous ayons décidé de nous marier. Tu m'as fait venir ici pour que je refasse les mêmes erreurs. C'est tout ce que tu as trouvé pour foutre mon mariage en l'air, comme tu le dis ?

378

— Tu dois être vraiment à côté de tes pompes pour être désobligeant à ce point. C'était tout le contraire, je voulais t'aider à démystifier un fantasme. Et pour ta gouverne, j'aime énormément Valérie et plus encore le fait que vous soyez heureux ensemble !

Simon repéra une créature aux jambes interminables qui traversait la salle et se leva sans ajouter un mot de plus.

Seul au comptoir, Andrew le regarda s'éloigner.

Une femme prit place sur le tabouret à côté du sien et lui adressa un sourire alors qu'il se faisait resservir un Fernet-Coca.

— C'est assez rare un Américain qui apprécie cette boisson, lui dit-elle en le regardant fixement.

À son tour, Andrew l'observa. Une sensualité à couper le souffle se dégageait d'elle, son regard était d'une insolence saisissante. De longs cheveux noirs tombaient sur sa nuque élégante. Ce visage qu'il ne pouvait quitter des yeux n'était que beauté.

— C'est la seule chose qui soit rare chez moi, dit-il en se levant.

En sortant du Novecento, Andrew respira l'air du soir à pleins poumons. Il prit son téléphone et appela Simon.

— Je suis dehors, tu fais ce que tu veux, mais moi je rentre.

— Attends-moi, j'arrive, répondit Simon.

*

— Tu fais une tête ! s'inquiéta Simon en rejoignant Andrew sur le trottoir.

— Je veux juste rentrer.

— Ne me dis pas que tu es retombé amoureux en deux secondes.

— Je ne te le dirai pas, tu ne comprendrais pas.

— Cite-moi une seule chose que je n'aie pas comprise à ton sujet, ces dix dernières années.

Andrew enfouit ses mains dans ses poches et remonta West Broadway. Simon lui emboîta le pas.

— J'ai ressenti la même impression que la première fois. Ça ne s'invente pas.

— Alors pourquoi tu n'es pas resté ?

— Parce que j'ai assez fait de dégâts comme ça.

— Je suis sûr que demain matin, tu ne te souviendras pas de son visage.

— Tu le pensais déjà la première fois et les événements t'ont donné tort. Il n'y aura plus de mensonge, j'ai appris ma leçon. Je garderai peut-être en moi la nostalgie d'une rencontre inachevée, mais j'ai choisi. L'amour de sa vie, c'est celui qu'on a vécu, pas celui qu'on a rêvé. Tu verras mon Simon, je veux croire que ça t'arrivera un jour.

*

En entrant dans son appartement, Andrew trouva Valérie en soutien-gorge et petite culotte, et en pleine séance de gymnastique au milieu du salon.

— Tu ne dors pas ? demanda-t-il en ôtant sa veste.

— Si, si bien sûr, les pieds en l'air et les mains

sous les fesses… Il est bien tôt, Simon est tombé raide dingue d'une strip-teaseuse et il t'a abandonné ? Je peux ajouter un couvert à la table des mariés si ça devient sérieux entre eux…

— Non, Simon n'a rencontré personne, répondit Andrew en s'allongeant à côté de Valérie.

Il leva les jambes et commença d'enchaîner des mouvements de gymnastique en même temps qu'elle.

— La soirée était ratée ?

— Ma soirée d'enterrement de vie de garçon a été très belle, répondit Andrew, bien plus belle que je ne me l'étais imaginé.

*

Le lendemain, Andrew passa chez M. Zanetti pour procéder aux essayages de son costume. Le tailleur le fit monter sur une estrade. Il l'observa et releva l'épaule droite du veston.

— Ce n'est pas votre faute, monsieur Zanetti, j'ai un bras plus long que l'autre.

— Je vois ça, répondit le tailleur en piquant des épingles dans le tissu.

— Je sais que vous ne voulez pas que l'on vous reproche de m'avoir vendu un costume mal ajusté, mais j'ai un article important à finir.

— Et vous êtes pressé, c'est cela ?

— Un peu.

— Alors vous y êtes retourné ? demanda M. Zanetti en regardant son travail.

— Où cela ? répondit Andrew.

— Dans ce bar de nuit voyons, c'est bien là que vos ennuis ont commencé, non ?

— Comment êtes-vous au courant ? s'exclama Andrew stupéfait.

Zanetti lui fit un large sourire.

— Vous croyez être le seul à avoir eu droit à une deuxième chance ? Cette vision égocentrique est bien naïve, mon cher monsieur Stilman.

— Vous aussi, vous…

— L'inconnue du bar, vous l'avez revue ? interrompit Zanetti. Bien sûr que vous l'avez revue, vous avez encore plus mauvaise mine que la dernière fois. Mais j'imagine que si nous sommes en train d'ourler votre pantalon, c'est que vous avez pris la décision de vous marier. C'est drôle, j'aurais parié le contraire.

— Qu'est-ce qui vous est arrivé pour que vous soyez reparti dans le passé ? interrogea Andrew, la voix tremblante.

— La seule question qui devrait vous préoccuper, monsieur Stilman, c'est ce qui vous est arrivé, à vous. Vous allez bientôt mourir si vous ne vous en préoccupez pas plus que cela. Que croyez-vous ? Que vous aurez une troisième chance ? Ce serait pousser le bouchon un peu loin, vous ne trouvez pas ? Et arrêtez de trembler comme ça, je vais finir par vous piquer.

Zanetti fit un pas en arrière et détailla le costume d'Andrew.

— Ce n'est pas encore ça, mais c'est mieux. Un petit centimètre sous l'épaule et ce devrait être parfait. J'aime la perfection et, à mon âge, on ne se refait pas. Si je vous disais mon âge, vous seriez étonné, ajouta Zanetti en partant dans un grand éclat de rire.

Andrew voulut descendre de l'estrade, mais Zanetti le retint par le bras, avec une vigueur surprenante.

— Et où comptez-vous aller dans cette tenue ? Soyez raisonnable. Donc, vous avez opté pour votre amour d'adolescence. C'est une sage décision. Croyez-en mon expérience, je me suis marié quatre fois, ça m'a ruiné. Mais vous n'aurez probablement pas le loisir de connaître ce genre de désagrément, si vous n'avez toujours pas trouvé votre assassin. Je ne voudrais pas être insistant, mais il est plus qu'urgent que vous y réfléchissiez.

Zanetti passa derrière Andrew et tira légèrement sur le bas de sa veste.

— Vous êtes vraiment bâti de travers, tenez-vous droit s'il vous plaît, c'est déjà assez difficile comme ça. Où en étais-je ? Ah oui, je vous parlais de votre assassin. Avez-vous seulement une idée de son identité ? demanda Zanetti en approchant son visage de la nuque d'Andrew. Est-ce votre future femme ? Votre collègue de bureau ? Ce mystérieux tueur en série ? Cette mère que vous avez privée de sa fille adoptive ? Votre rédactrice en chef...

Andrew sentit soudain une violente morsure dans le dos, il eut le souffle coupé par la douleur.

— Ou moi..., ricana Zanetti.

Andrew se regarda dans le miroir qui lui faisait face, son visage était d'une pâleur effrayante, il vit Zanetti derrière lui, une longue aiguille ensanglantée à la main. Il sentit ses jambes fléchir sous lui et tomba à genoux sur l'estrade. Une tache de sang s'élargissait à la surface de son plastron. Il s'écroula face contre terre, tandis que le rire de M. Zanetti résonnait à lui faire perdre la raison.

La lumière s'éteignit.

*

Valérie le secouait de toutes ses forces. Andrew se réveilla en sueur.

— Si ce mariage t'angoisse à ce point, il est encore temps de le repousser, Andrew. Demain, il sera trop tard.

— Demain ? répondit-il en se redressant dans le lit. Quel jour sommes-nous ?

— Il est 2 heures du matin, répondit Valérie en se retournant vers le réveil. Nous sommes samedi 30, en fait le mariage est aujourd'hui.

Andrew bondit du lit et se précipita dans le salon. Valérie repoussa les draps et le suivit.

— Qu'est-ce qu'il y a, tu as l'air terrorisé ?

Andrew fit un tour d'horizon et se jeta sur sa sacoche qu'il venait de repérer au pied du canapé. Il l'ouvrit fébrilement et en sortit un épais dossier.

— Mon article ! Si nous sommes déjà le 30, je n'ai pas fini mon article à temps.

Valérie s'approcha de lui et le prit dans ses bras.

— Tu l'as envoyé par mail à ta rédactrice en chef en début de soirée. Calme-toi, maintenant. Je l'ai trouvé excellent et elle aussi le trouvera formidable. Viens te recoucher, je t'en supplie Andrew, tu vas avoir une tête épouvantable sur les photos du mariage et moi aussi si tu m'empêches de dormir.

— On ne peut pas être déjà le 30, murmura Andrew, ce n'est pas possible.

— Tu veux annuler ce mariage, Andrew ? demanda Valérie en le regardant fixement.

— Non, bien sûr que non, ça n'a rien à voir avec ça.

— Qu'est-ce qui n'a rien à voir avec ça ? Qu'est-ce que tu me caches, Andrew, et qui semble te faire si peur ? Tu peux tout me dire.

— Si seulement je le pouvais.

23.

Juste avant le début de la cérémonie, la mère de Valérie s'approcha d'Andrew, lui épousseta l'épaule et se pencha comme pour lui murmurer quelque chose à l'oreille. Andrew la repoussa délicatement.

— Vous pensiez que je n'épouserais jamais votre fille, n'est-ce pas ? Je vous comprends, l'idée de vous avoir pour belle-mère en aurait fait reculer plus d'un, et nous voilà pourtant à l'église…, dit Andrew l'air narquois.

— Mais qu'est-ce qui te prend, je n'ai jamais pensé une chose pareille ! protesta Mme Ramsay.

— Et menteuse en plus ! ricana Andrew en entrant dans l'église.

Valérie était plus belle que jamais. Elle portait une robe blanche aussi discrète qu'élégante. Ses cheveux noués étaient coiffés d'un petit chapeau blanc. Le sermon du prêtre fut parfait et Andrew se sentit plus ému encore qu'à son premier mariage, façon de parler bien sûr.

Après la cérémonie, le petit cortège quitta l'église en empruntant l'allée du parc qui bordait l'église

St Lukes in the Fields. Andrew s'étonna de voir sa rédactrice en chef.

— Nous n'allions pas gâcher notre nuit de noces à attendre ses commentaires sur ton article, chuchota Valérie à l'oreille de son mari. Pendant que tu travaillais comme un fou à la maison hier, j'ai pris l'initiative de lui téléphoner au journal et de l'inviter. Et puis c'est ta patronne quand même...

Andrew sourit et embrassa sa femme.

Olivia Stern s'approcha d'eux.

— C'était une belle cérémonie et vous êtes très beaux tous les deux. Votre robe vous va à merveille, quant à Andrew, je ne l'avais encore jamais vu en costume. Vous devriez en porter plus souvent. Je peux vous emprunter votre mari quelques minutes ? demanda Olivia en s'adressant à Valérie.

Valérie la salua et rejoignit ses parents qui marchaient devant eux.

— Votre papier est remarquable, Andrew. Je ne vais pas vous embêter le jour de votre mariage, vous ne m'en voudrez pas de vous fausser compagnie, c'est pour la bonne cause. Je vous enverrai mes annotations dans la nuit. Pardon de vous obliger à travailler dès le lendemain de vos noces, mais j'ai besoin que vous m'écriviez quelques feuillets de plus. Je vous publie mardi, j'ai obtenu la une et trois pages dans le journal, c'est la gloire, mon vieux ! dit Olivia en lui tapotant l'épaule.

— Vous ne voulez plus retarder la publication d'une semaine ? demanda Andrew hébété.

— Pourquoi retarder un article qui fera pâlir de

jalousie nos concurrents ? Vous avez fait un travail épatant, à lundi et amusez-vous bien ce soir.

Olivia l'embrassa sur la joue et salua Valérie en s'en allant.

— Elle avait l'air très satisfait, c'est la première fois que je te vois sourire de la journée. Tu vas enfin pouvoir te détendre.

Valérie était heureuse, Andrew se sentait bien, divinement bien jusqu'à ce qu'en arrivant sur Hudson Street, il aperçoive un 4×4 noir arrêté au feu rouge. Sa gorge se noua.

— Tu fais une tête ? dit Simon en s'approchant de lui, tu as vu un fantôme ?

Le feu passa au vert et le 4×4 s'éloigna, fenêtres fermées.

— J'ai fait un bon de deux semaines en avant, Simon.

— Tu as fait quoi ?

— Elles se sont volatilisées… Je me trouvais chez Zanetti, il lui est arrivé la même chose qu'à moi. Il savait tout de mon histoire. Je ne sais pas ce qui s'est passé, c'était un cauchemar et, quand je me suis réveillé, je me suis retrouvé quinze jours plus tard. J'ai refait un saut dans le temps, mais dans le futur cette fois. Je ne comprends plus rien à rien.

— Si ça peut te rassurer, moi non plus. Ce que tu dis n'a aucun sens. De quoi tu parles, Andrew ? demanda Simon en regardant son ami, l'air sincèrement inquiet.

— De ce qui m'attend, de nous deux, de Pilguez,

de Mme Capetta, je n'ai plus que huit jours, je suis terrorisé.

— Qui sont ce Pilguez et cette Mme Capetta ? demanda Simon de plus en plus intrigué.

Andrew observa Simon longuement et soupira.

— Mon Dieu ! Je vous ai perdus toi et Pilguez en faisant ce saut dans le temps. Tu n'as pas la moindre idée de ce dont je te parle, n'est-ce pas ?

Simon hocha la tête et prit Andrew par les épaules.

— Je savais que le mariage provoquait des effets secondaires, mais là je dois dire que tu y vas fort !

Valérie les rejoignit, elle prit son mari par la taille et s'adressa à Simon.

— Tu ne m'en voudras pas si je le garde pour moi le jour de mon mariage, mon Simon ?

— Garde-le toute la semaine, jusqu'à la fin de l'été si tu veux, mais rends-le-moi en forme parce que là, il débloque complètement.

Valérie emmena Andrew à l'écart.

— Je voudrais que la journée soit derrière nous pour me retrouver seul avec toi à la maison, soupira Andrew.

— Tu m'ôtes les mots de la bouche, lui répondit Valérie.

*

Ils passèrent leur dimanche dans l'appartement de Valérie. Il pleuvait à verse, l'un de ces orages d'été qui détrempent la ville.

Après le déjeuner, Andrew s'était plongé dans

la réécriture de son article. Valérie en profitait pour ranger ses papiers. En fin d'après-midi, ils sortirent faire quelques pas jusqu'à l'épicerie du quartier, marchant blottis l'un contre l'autre sous leur parapluie.

— Ce n'est pas mal aussi l'East Village, dit Andrew en regardant autour de lui.

— Tu changerais de quartier ?

— Je n'ai pas dit ça, mais si tu entendais parler d'un joli trois pièces, je ne serais pas contre l'idée de le visiter.

De retour à l'appartement, Andrew se remit au travail et Valérie à sa lecture.

— Ce n'est pas terrible comme voyage de noces, lui dit-il en relevant la tête. Tu mérites mieux que moi.

— Question de point de vue... Mais tu es l'homme de ma vie.

Andrew mit un point final à son article alors que le jour se couchait. Il était 21 heures passées. Valérie le relut et c'est elle qui appuya sur la touche « envoi » du clavier de l'ordinateur.

Andrew regroupait ses feuilles de brouillon quand Valérie les lui prit des mains.

— Va te reposer sur le canapé, et laisse-moi ranger ce dossier.

Andrew accepta de bon cœur, son dos le faisait souffrir et l'idée de s'allonger un instant n'était pas pour lui déplaire.

— Qui est Marisa ? demanda Valérie au bout de quelques instants.

— Mon contact à Buenos Aires, pourquoi ?

— Parce que je viens de trouver une petite enveloppe avec un mot rédigé à ton attention.

Andrew retint son souffle. Valérie lui en fit la lecture.

Pour toi Andrew,
ce cadeau emprunté chez Louisa.
En souvenir d'Isabel et Rafaël.
Merci pour eux.
Marisa

Andrew bondit du canapé et arracha l'enveloppe des mains de Valérie. Il l'ouvrit et découvrit une petite photo en noir et blanc. Deux visages souriaient, figés dans la pâleur du temps.

— Ce sont eux ? demanda Valérie.

— Oui, ce sont eux, Isabel et Rafaël, répondit Andrew ému.

— C'est étrange, dit Valérie, je ne sais pas si c'est de connaître leur histoire, ou d'avoir lu ton article, mais le visage de cette femme me semble familier.

Andrew se rapprocha de la photographie pour l'observer attentivement.

— Mon article n'a rien à voir avec ça, répondit-il stupéfait. Moi aussi je connais ce visage et bien mieux que tu ne l'imagines.

— Qu'est-ce que tu veux dire ? demanda Valérie.

— Que j'avais pensé à tout, sauf à ça et que je suis vraiment le dernier des imbéciles.

*

Avant de franchir les portes du 860, Huitième Avenue, Andrew jeta un regard à l'inscription noire qui orne la façade du *New York Times*. Il traversa le hall, le pas pressé, emprunta l'ascenseur et se rendit directement dans le bureau de sa rédactrice en chef.

Andrew s'installa dans le fauteuil en face d'elle sans attendre d'y avoir été invité.

Olivia le regarda, intriguée.

— Vous avez lu la fin de mon article ?

— C'est exactement ce que j'attendais de vous. J'ai envoyé le texte à la maquette et, à moins qu'un événement majeur ne se produise dans la journée, nous ouvrons en une dans l'édition de demain.

Andrew rapprocha son fauteuil du bureau.

— Vous saviez que tout près de l'endroit où vit Ortiz un village porte votre prénom ? C'est amusant, non, de savoir qu'un bled s'appelle Olivia ?

— Si vous le dites.

— Non, ça n'a pas l'air de vous amuser plus que cela. Peut-être que s'il s'était appelé « María Luz » vous auriez trouvé la chose plus drôle… un village qui se serait vraiment appelé comme vous.

Andrew prit la petite enveloppe dans sa poche, en sortit la photographie qu'elle contenait et la posa devant sa rédactrice en chef. Elle la regarda longuement et la reposa sans rien dire.

— Vous reconnaissez ce couple ? demanda Andrew.

— Je sais qui ils sont, mais je ne les ai jamais connus, soupira Olivia.

— Cette femme sur la photo vous ressemble

tellement que j'ai cru un instant que c'était vous, perdue au milieu des années soixante-dix. Vous savez, depuis le jour où Louisa est venue vous dévoiler votre véritable identité, n'est-ce pas María Luz ?

María Luz se leva et avança jusqu'à la fenêtre de son bureau.

— Ça s'est passé dans un café où les étudiants de la faculté avaient pour habitude de se retrouver à la sortie des cours. Louisa était venue à de nombreuses reprises, sans jamais m'aborder. Elle se réfugiait dans un coin de la salle et m'observait. Et puis un jour, elle s'est approchée et m'a demandé si elle pouvait s'asseoir à ma table, elle avait des choses importantes à me révéler, des choses difficiles à entendre, mais que je devais connaître. Ma vie a basculé, quand elle m'a raconté l'histoire d'Isabel et Rafaël, mes vrais parents. Je n'ai pas voulu la croire. Découvrir que pendant vingt ans, mon existence n'avait été qu'un vaste mensonge, que j'ignorais tout de mes origines, que j'aimais un père qui était en partie responsable de leur sort, comme du mien, était inconcevable. Accepter la vérité fut une terrible épreuve. Je ne me plains pas, j'ai bénéficié d'une chance que d'autres n'ont pas eue, ou pas encore : j'ai pu me reconstruire. Je suis partie le jour même de la maison où j'avais grandi, sans dire un mot à l'homme qui m'avait élevée. Je me suis installée chez mon petit ami de l'époque et j'ai postulé à une bourse de l'université de Yale. Je l'ai obtenue. Je suis devenue une étudiante acharnée. La vie m'offrait une possibilité de sortir grandie de cette abomination, de rendre hommage à mes parents, de les faire triompher de ceux qui les voulaient effacés à jamais. Plus tard, grâce à l'appui de mes professeurs, j'ai acquis la nationalité américaine. Mes études terminées, je suis entrée au *New York Times*, d'abord comme stagiaire puis j'ai gravi les échelons.

Andrew reprit la photographie d'Isabel et Rafaël et la regarda une nouvelle fois.

— C'est mon enquête en Chine qui vous a donné cette idée ? Vous vous êtes dit que si j'avais pu remonter une fois la piste d'enfants volés, j'avais de bonnes chances de réussir le même genre d'entreprise en Argentine ?

— Cette idée m'a effleuré l'esprit, en effet.

— C'est Louisa ou Alberto qui vous a envoyé ce dossier ?

— Les deux. Je n'ai jamais coupé les ponts avec eux. Louisa est comme une marraine pour moi. Quand j'y pense, c'est un peu le cas.

— Vous m'avez lancé aux trousses d'Ortiz comme on envoie un chien débusquer un gibier dans sa tanière.

— J'ai réussi à le haïr, mais pas à le dénoncer. Il m'a élevée, m'a aimée, c'est beaucoup plus compliqué que vous ne pouvez l'imaginer. J'avais besoin de vous.

— Vous êtes consciente que si nous publions cet article, il sera probablement arrêté et condamné à passer le restant de ses jours en prison ?

— J'ai choisi de faire ce métier par amour de

la vérité, c'était ma seule façon de survivre, je lui ai tourné le dos depuis trop longtemps.

— Vous avez un sacré toupet de me parler de vérité. Vous m'avez manipulé depuis le début, tout était pipé, Marisa, Alberto, Louisa, le fait qu'Ortiz ait prétendument été reconnu en allant visiter un client. Vous saviez déjà tout, mais vous vouliez que ce soit moi qui le découvre. Il fallait qu'un journaliste, étranger à toute cette affaire, assemble les pièces du puzzle à votre place. Vous vous êtes servie de moi, de ce journal pour mener une enquête personnelle...

— Arrêtez votre numéro, Stilman, je vous ai offert le plus beau papier de votre carrière sur un plateau. Lorsqu'il sera publié, votre enquête en Chine ne sera plus qu'un vague souvenir. Cet article fera votre renommée, vous le savez autant que moi. Mais si vous préférez qu'on joue la transparence...

— Non, je vous rassure, je n'en ai pas l'intention. Et votre sœur ? Ortiz m'a dit que sa seconde fille ne savait rien de son passé. Vous comptez la prévenir ou vous lui laissez le soin de découvrir le passé de son père en lisant le journal ? Vous devez penser que ça ne me regarde pas, mais réfléchissez bien, je sais de quoi je vous parle, même si je n'ai pas de conseil à vous donner.

— Ma sœur connaît la vérité depuis longtemps, je lui ai tout dit avant de quitter l'Argentine. Je lui avais même proposé de me rejoindre aux États-Unis, elle n'a jamais voulu. Pour elle, c'était différent, elle est sa fille légitime. Je ne peux pas la blâmer, pas plus que je ne lui en veux de m'avoir reniée pour les choix que j'ai faits.

Andrew observa attentivement Olivia.

— À quoi ressemble votre sœur ?

— À sa mère. Anna est d'une beauté à couper le souffle. J'ai une photo d'elle prise le jour de ses vingt ans, dit María Luz.

Elle se retourna pour prendre le cadre photo qui se trouvait sur la console derrière elle et le tendit à Andrew.

— Louisa me l'avait envoyée, je n'ai jamais su comment elle se l'est procurée.

En regardant le portrait de la jeune femme, Andrew blêmit. Il se leva d'un bond et se retourna, juste avant de sortir précipitamment du bureau.

— María Luz, promettez-moi que quoi qu'il m'arrive, vous publierez mon article.

— Pourquoi dites-vous ça ?

Andrew ne répondit pas. Olivia le vit courir dans la coursive et se précipiter vers la cage d'escalier.

*

Andrew sortit du journal. Ses pensées se bousculaient dans sa tête.

Une clameur attira son regard vers un groupe de joggeurs qui descendait la Huitième Avenue, avançant dans sa direction. Ses sens étaient en alerte, quelque chose ne tournait pas rond.

— Il est trop tôt, ce n'est pas le jour, pas encore, murmura-t-il alors que les premiers coureurs le bousculaient en passant autour de lui.

Pris de panique, Andrew voulut rebrousser chemin, se réfugier à l'intérieur du bâtiment, mais les joggeurs étaient trop nombreux et l'empêchaient d'en atteindre la porte.

Soudain, Andrew reconnut un visage au milieu de la foule, l'inconnue du Novecento marchait vers lui, un écarteur glissait le long de sa manche, la lame brillait dans le creux de sa main.

— C'est trop tard, lui dit Andrew, cela ne sert plus à rien, quoi qu'il m'arrive, l'article paraîtra.

— Mon pauvre Andrew, c'est pour toi qu'il est trop tard, répondit Anna.

— Non, cria Andrew alors qu'elle s'approchait, ne faites pas ça !

— Mais je l'ai déjà fait, Andrew, regarde autour de toi, tout n'est que le fruit de ton imagination. Tu es déjà en train de mourir, Andrew. Que croyais-tu ? Que tu avais ressuscité ? Que la vie t'avait vraiment offert une seconde chance en te renvoyant dans le passé ? Mon pauvre Andrew, tu fais peine à voir. Tous tes malaises, tes cauchemars, cette douleur lancinante dans le dos, ce froid qui ne t'a jamais quitté, ces chocs électriques qui te ramenaient à la vie chaque fois que ton cœur s'arrêtait... Tu luttes dans cette ambulance depuis que je t'ai poignardé et tu te vides de ton sang comme un animal. Tu as lutté tout ce temps, revisité ta mémoire, recomposé ton passé, à l'affût du moindre détail qui avait pu t'échapper, parce que tu voulais comprendre. Et enfin, tu as fini par te souvenir de cette photographie que tu avais pourtant vue tant de fois derrière le bureau de María Luz. Je t'en félicite, je ne pensais pas que tu réussirais. Oh, je n'avais rien de personnel contre toi, mais tu es devenu sans le savoir l'instrument dont ma demi-sœur s'est servi pour arriver à ses fins. C'est une lâche et une ingrate, mon père lui avait tout donné, il l'a aimée autant que moi, et elle nous a trahis. Cette prétentieuse croyait vraiment que j'allais la laisser nous détruire ? Je suis sur tes traces depuis des semaines, depuis que tu as quitté Buenos Aires. Je t'ai traqué comme tu as traqué mon père. J'ai répété tant de fois le geste qui te ferait taire. Je guettais le moment pour intervenir. Le coup que je t'ai porté était parfait, personne ne m'a vue, personne ne se souviendra de rien. L'hôpital n'est plus très loin et j'avoue que tu as survécu plus longtemps que je ne le pensais, mais maintenant que tu as compris, tu peux t'abandonner, Andrew, tu n'as plus de raison de lutter.

— Si, j'en ai une, murmura Andrew alors que ses dernières forces le lâchaient.

— Ne me dis pas que tu penses à ta femme… après ce que tu lui as fait ? Andrew, tu l'as quittée le soir de votre mariage, tu t'en souviens ? Tu étais tombé fou amoureux de moi. Crois-moi, tu peux lâcher prise, ta mort la réjouira autant qu'elle me réjouit. Adieu, Andrew, tes yeux se ferment, je te laisse vivre tes derniers instants en paix.

24.

L'ambulance qui transportait Andrew Stilman entra dans le sas des urgences à 7 h 42. Ce matin-là, la circulation était moins dense que d'habitude.

L'hôpital avait été prévenu par radio, médecins et infirmiers s'affairaient déjà autour de la civière.

— Homme de trente-neuf ans poignardé au bas du dos il y a une demi-heure. Il a perdu beaucoup de sang, le cœur s'est arrêté trois fois, nous avons réussi à le réanimer, mais le pouls est filant, la température corporelle a chuté à 35 degrés. Il est à vous maintenant, dit l'urgentiste en confiant sa feuille de service à l'interne de chirurgie.

Andrew rouvrit les yeux, les néons qui défilaient au-dessus de lui formaient une ligne discontinue au fur et à mesure qu'il avançait vers la salle d'opération.

Il essaya de parler, mais l'interne se pencha pour lui dire de garder ses forces, on l'emmenait au bloc.

— Pardon... Valérie... Dites-lui..., chuchota-t-il.

Et il perdit connaissance.

*

Une voiture de police arriva toutes sirènes hurlantes. Une femme en descendit et se précipita à l'intérieur de l'hôpital. Elle traversa le hall en courant et rattrapa les infirmiers qui poussaient la civière d'Andrew.

Un infirmier la prit à bras-le-corps pour l'empêcher d'aller plus loin.

— Je suis sa femme, hurla-t-elle. Je vous en supplie, dites-moi qu'il est vivant !

— Il faut que vous nous laissiez l'opérer, madame, chaque minute compte. Nous viendrons vous voir dès que possible.

Valérie regarda Andrew disparaître derrière les portes du bloc opératoire.

Elle resta immobile, hébétée.

Une infirmière de garde, comprenant sa détresse, la guida vers la salle d'attente.

— Les chirurgiens qui sont de service ce matin sont les meilleurs que je connaisse, il ne peut pas être en de plus bonnes mains, assura-t-elle à Valérie.

Simon arriva quelques instants plus tard, il se précipita vers l'accueil et repéra Valérie qui sanglotait dans la salle d'attente. Elle se leva en le voyant et s'effondra dans ses bras.

— Ça va aller, tu verras, dit Simon en larmes.

— Dis-moi qu'il va s'en sortir, Simon.

— Je te le promets, c'est un roc, je le connais

c'est un battant, je l'aime comme mon frère, et il t'aime aussi, tu sais, il me l'a dit encore hier. Il n'a cessé de me le répéter. Il s'en voulait tellement. Qui a pu faire ça ? Pourquoi ?

— Le policier qui m'a conduite ici, hoqueta Valérie, m'a dit que personne n'avait rien vu.

— Andrew, lui, aura peut-être vu quelque chose…

Simon et Valérie restèrent assis, côte à côte, à regarder pendant de longues heures les portes closes du couloir qui menait au bloc opératoire.

En fin d'après-midi un chirurgien rejoignit Valérie et Simon dans la salle d'attente.

Ils écoutèrent le compte rendu opératoire en retenant leur souffle.

Une demi-heure s'était écoulée entre le moment où Andrew avait été poignardé et son arrivée à l'hôpital. Pendant son transfert, son cœur avait cessé de battre à plusieurs reprises ; Andrew était revenu à la vie mais il était parti très loin.

L'opération s'était déroulée du mieux que pouvaient l'espérer les médecins. L'arme avait provoqué des lésions profondes et graves et il avait perdu beaucoup de sang, beaucoup trop de sang. Le pronostic vital restait engagé et le resterait au cours des prochaines quarante-huit heures.

Le chirurgien ne pouvait rien leur dire d'autre.

Il salua Valérie et Simon, ajoutant qu'il fallait garder espoir… Dans la vie tout était possible.

Le mardi 10 juillet, l'article d'Andrew Stilman parut en une du *New York Times*.

Valérie en fit la lecture à Andrew sur son lit d'hôpital. Il n'avait toujours pas repris connaissance.

Merci à

Pauline, Louis et Georges.
Raymond, Danièle et Lorraine.

Susanna Lea.
Emmanuelle Hardouin.
Nicole Lattès, Leonello Brandolini, Antoine Caro.
Élisabeth Villeneuve, Anne-Marie Lenfant, Arié Sberro,
Sylvie Bardeau, Lydie Leroy,
toutes les équipes des Éditions Robert Laffont.
Pauline Normand, Marie-Ève Provost.
Léonard Anthony, Sébastien Canot, Romain Ruetsch,
Danielle Melconian, Naja Baldwin, Mark Kessler, Sté-
phanie Charrier,
Katrin Hodapp, Laura Mamelok, Kerry Glencorse, Julia
Wagner, Aline Grond.
Brigitte et Sarah Forissier.

À Mary's Fish.

Et un grand merci à
Victoria Donda dont le parcours et les écrits ont éclairé
ce récit.

Composé par Nord Compo
à Villeneuve-d'Ascq (Nord)

Imprimé en Espagne par
Liberduplex
à Barcelone
en octobre 2013

POCKET – 12, avenue d'Italie – 75627 Paris cedex 13

Dépôt légal : novembre 2013
S24425/01